AS LÁGRIMAS DA GIRAFA

ALEXANDER McCALL SMITH

AS LÁGRIMAS DA GIRAFA

Tradução:
CARLOS SUSSEKIND

COMPANHIA DAS LETRAS

Título original:
Tears of the Giraffe

Capa:
Barrie Tullett

Mapas:
Sírio Cançado

Preparação:
Leny Cordeiro

Revisão:
Otacílio Nunes
Olga Cafalcchio

Dados Internacionais de Catalogação na Publicação (CIP)
(Câmara Brasileira do Livro, SP, Brasil)

Smith, Alexander McCall, 1948- .
As lágrimas da girafa / Alexander McCall Smith ; tradução Carlos Sussekind. — São Paulo : Companhia das Letras, 2003.

Título original: Tears of the Giraffe.
ISBN 85-359-0436-0

1. Romance inglês I. Título.

03-6095 CDD-823

Índice para catálogo sistemático:
1. Romances : Literatura inglesa 823

2003

EDITORA SCHWARCZ LTDA.
Rua Bandeira Paulista 702 cj. 32
04532-002 — São Paulo — SP
Telefone (11) 3707-3500
Fax (11) 3707-3501
www.companhiadasletras.com.br

Este livro é para
Richard Latcham

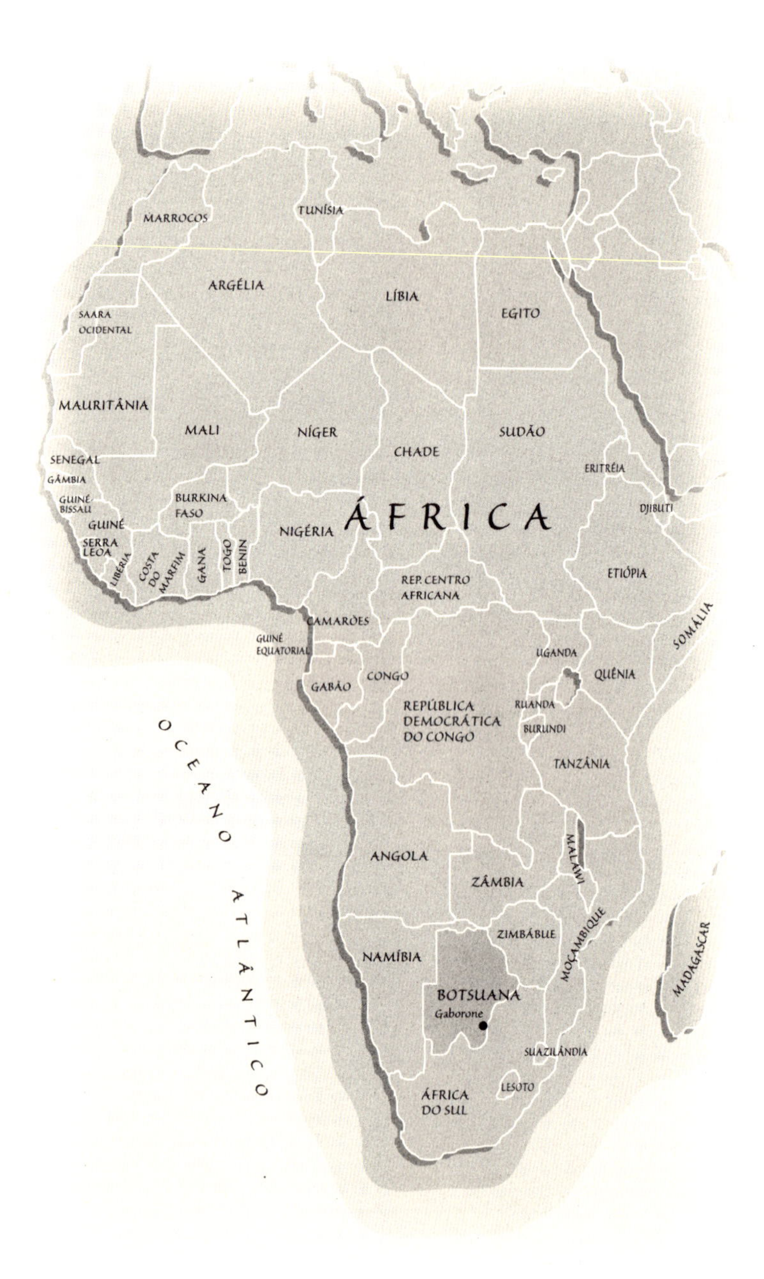
ÁFRICA
MARROCOS
TUNÍSIA
ARGÉLIA
LÍBIA
EGITO
SAARA OCIDENTAL
MAURITÂNIA
MALI
NÍGER
CHADE
SUDÃO
ERITRÉIA
DJIBUTI
SENEGAL
GÂMBIA
GUINÉ-BISSAU
GUINÉ
BURKINA FASO
SERRA LEOA
LIBÉRIA
COSTA DO MARFIM
GANA
TOGO
BENIN
NIGÉRIA
ETIÓPIA
REP. CENTRO AFRICANA
CAMARÕES
SOMÁLIA
GUINÉ EQUATORIAL
UGANDA
QUÊNIA
GABÃO
CONGO
REPÚBLICA DEMOCRÁTICA DO CONGO
RUANDA
BURUNDI
TANZÂNIA
OCEANO ATLÂNTICO
MALAWI
ANGOLA
ZÂMBIA
ZIMBÁBUE
MOÇAMBIQUE
MADAGASCAR
NAMÍBIA
BOTSUANA
Gaborone
SUAZILÂNDIA
LESOTO
ÁFRICA DO SUL

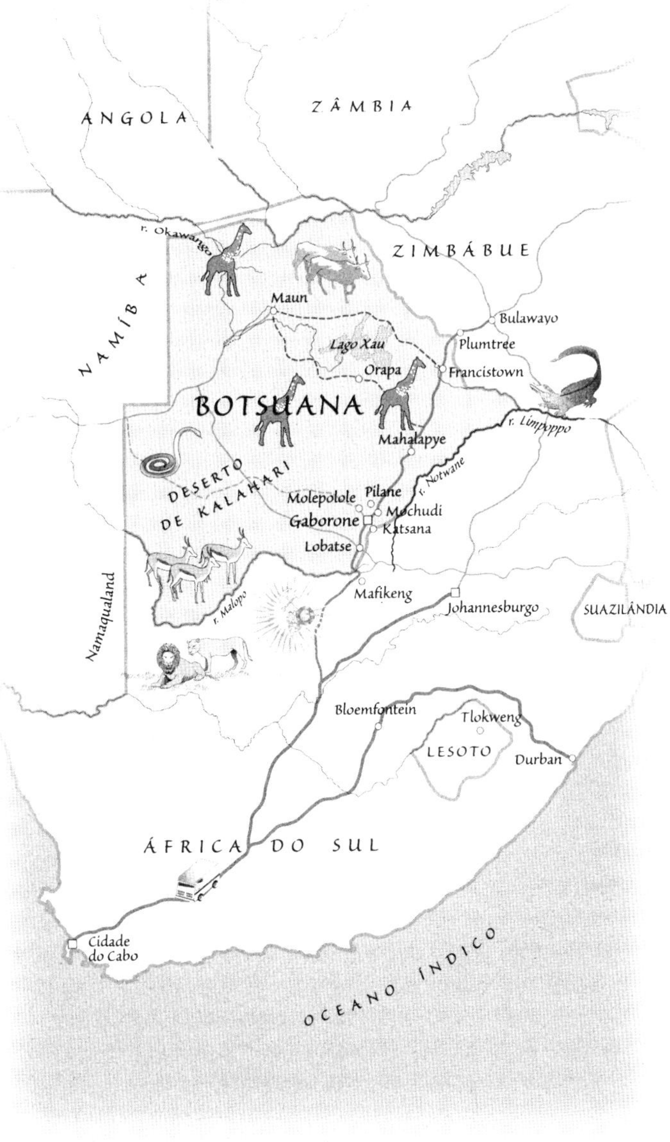

ANGOLA
ZÂMBIA
r. Okawango
ZIMBÁBUE
NAMÍBIA
Maun
Bulawayo
Lago Xau
Plumtree
Orapa
Francistown
BOTSUANA
r. Limpoppo
Mahalapye
DESERTO DE KALAHARI
r. Notwane
Pilane
Molepolole
Mochudi
Gaborone
Katsana
Lobatse
Namaqualand
r. Malopo
Mafikeng
Johannesburgo
SUAZILÂNDIA
Bloemfontein
Tlokweng
LESOTO
Durban
ÁFRICA DO SUL
Cidade do Cabo
OCEANO ÍNDICO

1

A CASA DO SR. J. L. B. MATEKONI

O sr. J. L. B. Matekoni, proprietário da Tlokweng Road Speedy Motors, achou difícil acreditar que Mma Ramotswe, a bem-sucedida fundadora da Agência Nº 1 de Mulheres Detetives, houvesse concordado em se casar com ele. Isso aconteceu na segunda vez em que fez o pedido; a primeira proposta, que havia exigido uma imensa coragem de sua parte, resultara numa recusa — delicada e pesarosa mas, de qualquer maneira, uma recusa. A partir de então, ele presumiu que Mma Ramotswe jamais voltaria a se casar; que o seu breve e desastroso casamento com Note Mokoti, trompetista entusiasta de jazz, a havia convencido de que o matrimônio era uma fórmula segura para se obter tristeza e sofrimento, e nada mais. Afinal de contas, ela era uma mulher de espírito independente, com um negócio para gerir, e uma confortável casa própria em Zebra Drive. Por que, especulava ele, uma mulher assim haveria de optar por ter um homem a seu lado, quando lidar com um homem poderia envolver dificuldades depois de selado o compromisso e depois que ele se instalasse na casa dela? Não, pondo-se no lugar de Mma Ramotswe, era bem provável que recusasse uma oferta de casamento, ainda que com uma pessoa tão eminentemente sensata e respeitável como ele.

E, no entanto, naquela noite mágica, sentada em sua companhia na varanda depois de ele ter passado a tarde consertando a sua minúscula van branca, ela dissera sim. E dera essa resposta de maneira tão simples e tão explicitamente *afetuosa* que, mais do que nunca, fortaleceu nele a convicção de que ela era uma das melhores mulheres de Botsuana. Naquela mesma noite, quando de volta à sua casa perto do antigo Clube da Força de Defesa, ficou pensando na tremenda boa sorte que tinha. Ali estava, com seus quarenta e cinco anos, um homem que até então fora incapaz de encontrar uma esposa adequada e agora era aquinhoado exatamente com a mão da mulher que ele admirava mais do que qualquer outra. Uma sorte tamanha era quase inconcebível, e passou-lhe pela cabeça a hipótese de ter de despertar de repente daquele sonho delicioso por que se deixara levar.

Mas não: era tudo verdade. Na manhã seguinte, quando se virou de lado na cama para ouvir o rádio de cabeceira emitir o som familiar de sinetas de gado com que a Rádio Botsuana iniciava a sua programação diária, ele se deu conta de que aquelas coisas tinham de fato acontecido e de que, a menos que ela tivesse mudado de idéia da noite para o dia, ele era agora um homem com o compromisso de se casar.

Olhou para o relógio de pulso. Eram seis horas, e as primeiras luzes do dia insinuavam-se sobre a acácia visível na janela de seu quarto. A fumaça das fogueiras matutinas, a cheirosa fumaça de madeira que estimulava o apetite, logo estaria impregnando o ar, e ele ouviria o som de pessoas nos caminhos que se entrecruzavam no mato perto de sua casa; a gritaria das crianças indo para a escola; os homens com olhos sonolentos indo para o trabalho na cidade; as mulheres chamando umas pelas outras; a África que despertava e começava o dia. As pessoas acordavam cedo, mas seria melhor ele esperar uma hora mais ou menos antes de telefonar para Mma Ramotswe, o que daria tempo a ela de levantar-se e preparar sua caneca de chá de *rooibos*. Uma vez feito isso, ele sabia que ela gostava de sentar-se cerca de meia hora a olhar os pássaros no seu pequeno gramado. Havia poupas, com suas listras pretas e brancas, bicando insetos com o automatismo de brinquedos mecânicos, e os empertigados pombos-de-coleira, obsessivos na corte que faziam às fêmeas. Mma Ramotswe gostava de pássaros, e, se ela se interessasse, ele bem que poderia construir um viveiro em sua casa. Poderiam criar pombos, talvez, ou até mesmo, como era o costume de certas pessoas, criaturas maiores, aves de rapina tipo águias-de-asa-redonda, embora não desse para saber bem o que fariam com elas depois de criá-las. Essas aves comiam cobras, não resta dúvida que seriam úteis, mas para afastar as cobras do quintal bastaria um cachorro.

Quando garoto em Molepolole, o sr. J. L. B. Matekoni tinha um cachorro que criara fama como pegador de cobras. Era um animal de pêlo castanho, magro, com uma ou duas manchas brancas e um rabo partido. Encontrara-o abandonado e semifaminto, nos confins da aldeia, e o levara para morar com ele na casa da avó. Ela não havia se mostrado muito disposta a desperdiçar comida com um animal sem função aparente, mas o neto acabou convencendo-a e o cachorro ficou. Em poucas semanas ele provou sua utilidade, matando três cobras no quintal e uma no pomar de melões de um vizinho. Desde então sua reputação se firmou, e quem quer que tivesse problemas com cobras logo tratava de pedir ao sr. Matekoni que trouxesse o seu cão para dar um jeito.

O cão era de uma agilidade fora do normal. As cobras, quando o viam se aproximar, pareciam se dar conta de que estavam em perigo mortal. De pêlo eriçado e com os olhos brilhando de excitação, ele se movia em direção à cobra com um andar estranho, como uma pessoa nas pontas dos pés. Em seguida, quando estava a poucos palmos da presa, emitia um rosnado profundo que chegava à cobra como uma vibração no terreno. Momentaneamente confusa, a cobra costumava nessas horas começar a se retirar de fininho, e era quando o cachorro avançava de um salto e mordia com pontaria certeira a parte de trás de sua cabeça. Com isso lhe quebrava a espinha e terminava a luta.

O sr. J. L. B. Matekoni sabia que cães assim não chegavam à velhice. Se sobreviviam à idade de sete ou oito anos, seus reflexos começavam a esmorecer e aos poucos a cobra passava a levar vantagem. O cachorro do sr. J. L. B. Matekoni terminou sendo vítima de uma víbora. Nunca mais houve um cão capaz de substituí-lo, mas agora... Bem, esta era apenas mais uma possibilidade que se abria. Eles poderiam comprar um cão e escolher juntos o seu nome. Na verdade, ele iria sugerir que ficasse a cargo dela tanto a escolha do cachorro como a do nome dele, pois sabia muito bem que Mma Ramotswe não devia ficar com a impressão de que ele estava pretendendo tomar todas as decisões. Pelo contrário, se dependesse dele, preferiria tomar o mínimo de decisões possível. Ela era uma mulher muito competente, e ele tinha absoluta confiança em sua capacidade de dirigir a vida conjunta de ambos, desde que ela não tentasse envolvê-lo em sua empresa de detetive. Ele simplesmente nada tinha a ver com isso. Ela era a detetive; ele, o mecânico. E assim deveriam permanecer.

Telefonou pouco antes das sete. Mma Ramotswe pareceu contente de ouvi-lo, e lhe perguntou, como era de bom-tom entre os falantes de setsuana, se havia dormido bem.

"Dormi muito bem", disse o sr. J. L. B. Matekoni. "Sonhei a noite toda com a inteligente e bela mulher que concordou em se casar comigo."

Fez uma pausa. Se ela estivesse a fim de comunicar uma mudança de idéia, a oportunidade estava criada para que o fizesse.

Mma Ramotswe deu uma risada. "Nunca me lembro do que sonho", disse. "Mas, se me lembrasse, certamente me lembraria de ter sonhado com o mecânico de primeira classe que um belo dia será meu marido."

O sr. J. L. B. Matekoni sorriu com alívio. Ela não havia mudado de idéia e continuavam comprometidos um com o outro.

"Hoje temos que ir almoçar no Hotel Presidente", disse. "Vamos comemorar esse importante acontecimento."

Mma Ramotswe concordou. Ela ficaria pronta ao meio-dia e, depois, se fosse conveniente, talvez ele lhe permitisse visitar sua casa para ver como era. Agora haveria duas casas, e seria preciso que escolhessem em qual das duas iriam morar. A dela, em Zebra Drive, tinha ótimas qualidades, mas ficava muito perto do centro da cidade, e era justificável que desejassem morar mais longe. A dele, perto do antigo campo de aviação, tinha um quintal maior e era sem dúvida mais tranqüila, mas não longe dali ficava a prisão e, inclusive, não havia um cemitério em expansão nas redondezas? Esse era um fator importante a considerar; se tivesse de ficar sozinha em casa à noite por alguma razão, a proximidade do cemitério não seria das mais agradáveis. Não que Mma Ramotswe fosse supersticiosa; suas crenças eram convencionais e não abriam espaço para espíritos aflitos e imaginações do gênero, mas, mesmo assim, mesmo assim...

O mundo espiritual de Mma Ramotswe incluía Deus, *Modimo*, que vivia no céu, mais ou menos diretamente acima da África. Deus era bastante compreensivo, especialmente em relação a pessoas como ela, mas quebrar as regras dele, como tantos costumavam fazer com a maior indiferença, era um convite ao castigo. Quando morriam, homens de bem como o pai de Mma Ramotswe, Obed Ramotswe, tinham sem dúvida uma boa acolhida por parte de Deus. O destino dos outros não era muito claro, provavelmente eram mandados a algum lugar terrível — talvez um pouco como a Nigéria, ela pensava — e lá reconheciam seus erros e acabavam sendo perdoados.

Deus tinha sido bom com ela, pensava Mma Ramotswe. Dera-lhe uma infância feliz, mesmo apesar de sua mãe ter sido levada quando ela ainda era um bebê. Fora criada por seu pai e por uma prima bondosa, e eles lhe ensinaram o que era dar amor — amor que, por sua vez, ela havia dado, durante aqueles poucos dias que foram preciosos, ao seu filhinho recém-nascido. Quando a luta pela vida de seu filho terminou, ela teve um breve período de reflexão em que se indagou por que Deus lhe teria feito tal coisa, mas, com o tempo, havia compreendido. Agora sua bondade para com ela tornara a se manifestar, com o aparecimento do sr. J. L. B. Matekoni, um homem bom e generoso. Deus lhe mandara um marido.

Depois do almoço comemorativo no Hotel Presidente — um almoço em que o sr. J. L. B. Matekoni comera dois grandes bifes e Mma Ramotswe, que era louca por doces, abusara de sorvetes mais do que pretendia —, eles seguiram no caminhão de reboque do sr. J. L. B. para ir ver como era a casa dele.

"Não é uma casa muito arrumada", disse o sr. J. L. B. Matekoni, com ansiedade. "Tento mantê-la arrumada, mas é difícil para um homem. Há uma criada que faz o serviço, mas ela piora as coisas, eu acho. É uma mulher muito desorganizada."

"Podemos ficar com a mulher que trabalha para mim", disse Mma Ramotswe. "Ela é ótima em tudo. Passadeira, faxineira, deixa a casa brilhando. É uma das melhores pessoas em Botsuana para fazer esses serviços. Podemos encontrar algum outro trabalho para a sua empregada."

"E há alguns cômodos na casa onde eu guardo peças de motor", apressou-se em acrescentar o sr. J. L. B. Matekoni. "Às vezes falta espaço na garagem e o jeito é colocar essas peças dentro de casa — são peças interessantes de que eu ainda posso vir a precisar algum dia."

Mma Ramotswe não disse nada. Ela agora sabia por que o sr. J. L. B. Matekoni nunca a convidara para sua casa antes. O escritório na Tlokweng Road Speedy Motors era uma tristeza, com toda aquela graxa e os calendários que os fornecedores mandavam para ele. Eram calendários ridículos, no seu entender, com todas aquelas moças magríssimas sentadas em pneus e recostadas em carros. Eram moças inúteis para tudo. Não serviam para ter filhos, e nenhuma delas parecia ser formada ou sequer possuir um diploma colegial. Eram garotas que serviam unicamente para divertir e deixar os homens excitados, o que não era bom para ninguém. Se ao menos os homens soubessem como essas mulheres imprestáveis os faziam de bobos! Mas eles não sabiam e não havia a menor chance de se mostrar isso a eles.

Chegaram à entrada de veículos da casa e Mma Ramotswe ficou sentada no carro enquanto o sr. J. L. B. Matekoni empurrava o portão prateado para abri-lo. Ela notou que a lata de lixo havia sido destapada pelos cachorros e que papéis rasgados e outros entulhos se espalhavam pelos quatro cantos. Se ela se mudasse para lá — se —, em pouco tempo daria um fim nisso. Na sociedade tradicional de Botsuana, manter o quintal em boa ordem era responsabilidade da mulher, e ela com toda a certeza não gostaria de ser associada a um quintal como aquele.

Estacionaram em frente à varanda da casa, sob um abrigo para proteção dos carros confeccionado pelo sr. J. L. B Matekoni com tela de arame. Era uma casa ampla, se considerada pelos padrões modernos, construída numa época em que os construtores não tinham por que se preocupar com espaço. A África inteira estava disponível naquele tempo, inaproveitada em sua maior parte, e não passava pela cabeça de ninguém economizar espaço. Agora era diferente, as pessoas haviam começado a se preocupar com as cidades e a voracidade com que devoravam a mata à sua volta. Essa casa, um bangalô de pouca altura e um tanto melancólico com telhado de zinco ondulado, fora construída para um funcionário colonial nos dias do Protetorado. As paredes externas eram feitas de adobe e caiadas, e os pisos eram em cimento polido vermelho formando grandes quadrados. Esses pisos refrescavam os pés nos meses quentes, embora fosse difícil superar, em matéria de conforto real, o barro ou o esterco batidos dos pisos tradicionais.

Mma Ramotswe olhou ao redor. Eles se achavam na sala de visitas, para a qual a porta de entrada dava diretamente. Havia uma pesada seqüência de móveis — caros, na época em que foram feitos, mas agora com uma aparência nitidamente decadente. As cadeiras, com largos braços de madeira, eram forradas de vermelho, e havia uma mesa em madeira de lei negra sobre a qual estavam pousados um copo vazio e um cinzeiro. Nas paredes, o quadro de uma montanha pintada em veludo escuro, uma cabeça de antílope *kudu*, feita de madeira, e um pequeno retrato de Nelson Mandela. O efeito de conjunto era perfeitamente agradável, pensou Mma Ramotswe, muito embora não lhe faltasse aquele jeito desleixado, tão característico dos aposentos de um homem solteiro.

"Esta é uma ótima sala", observou Mma Ramotswe.

O sr. J. L. B. ficou radiante. "Tento manter esta sala arrumada", disse. "É importante ter uma sala de visitas especial para visitantes especiais."

"O senhor recebe algum visitante importante?", perguntou Mma Ramotswe.

O sr. J. L. B. Matekoni franziu a testa. "Até agora, não houve nenhum", disse. "Mas sempre é possível."

"Sim", concordou Mma Ramotswe. "Nunca se sabe."

Ela olhou por cima do ombro, em direção a uma porta que dava acesso ao resto da casa.

"Os outros aposentos ficam para lá?", perguntou polidamente.

O sr. J. L. B. Matekoni moveu a cabeça afirmativamente. "É a parte não tão arrumada da casa", disse. "Talvez fosse melhor olhá-la noutra ocasião."

Mma Ramotswe discordou com a cabeça e o sr. J. L. B. Matekoni se deu conta de que não havia escapatória. Aquilo fazia parte do casamento, reconheceu; não podia haver segredos — tudo tinha que ser absolutamente transparente.

"Por aqui, faça o favor", disse ele, vacilante, abrindo a porta. "Sem dúvida, preciso arranjar uma empregada melhor. Ela não está fazendo bem o seu serviço de jeito nenhum."

Mma Ramotswe seguiu-o pelo corredor. A primeira porta a que chegaram estava entreaberta, ela se deteve no umbral e olhou para dentro. O aposento, que obviamente havia sido noutros tempos um quarto de dormir, tinha o chão coberto com jornais, dispostos como se fossem um tapete. No centro estava colocado um motor com os cilindros expostos, tendo em volta, espalhadas sobre os jornais, as peças que haviam sido retiradas.

"Este é um motor muito especial", disse o sr. J. L. B. Matekoni, olhando para ela ansiosamente. "Não há outro igual em Botsuana. Um dia terminarei de consertá-lo."

Seguiram em frente. O cômodo seguinte era um banheiro, razoavelmente limpo — pensou Mma Ramotswe —, embora um tanto sem apetrechos e abandonado. Na beirada da banheira, equilibrando-se sobre uma velha toalha de rosto, havia uma barra bem grande de sabão de ácido fênico. Afora isso, não havia nada.

"O sabão de ácido fênico é muito saudável", disse o sr. J. L. B. Matekoni. "Sempre o usei."

Mma Ramotswe balançou a cabeça, em concordância. Ela preferia o sabão de coco, que era bom para a pele, mas podia compreender que os homens gostassem de algo mais revigorante. Era um banheiro sem vida, ela pensou, mas pelo menos estava limpo.

Dos aposentos restantes, apenas um era habitável, a sala de jantar, que tinha uma mesa no centro e uma cadeira solitária. Seu chão, porém, estava sujo, com poeira empilhada embaixo dos móveis e em cada canto. Quem quer que supostamente limpasse aquela sala, era evidente que havia meses não passava ali uma vassoura. O que fazia, afinal, essa empregada? Ficava no portão conversando com as amigas, como era a tendência delas se não fossem vigiadas de perto? Estava claro para Mma Ramotswe que a empregada se aproveitava do sr. J. L. B. Matekoni e fiava-se na bondade dele para manter-se no emprego.

Os outros cômodos, embora tivessem camas, estavam entulhados com caixas repletas de velas de ignição, hastes de limpador de pára-brisa e outras curiosas peças mecânicas. E quanto à cozinha, também, apesar de limpa, não tinha muito mais do que duas panelas, umas poucas travessas brancas esmaltadas e um pequeno faqueiro.

"A criada está aqui para me fazer a comida", disse o sr. J. L. B. Matekoni. "Prepara uma refeição todo dia, mas é sempre a mesma. Papa de milho e ensopado. Às vezes, abóbora, mas raramente. E, no entanto, parece estar sempre precisando de muito dinheiro para fazer as compras da cozinha."

"É uma mulher muito preguiçosa", disse Mma Ramotswe. "Devia ter vergonha. Se as mulheres de Botsuana fossem todas assim, nossos homens já teriam morrido há muito tempo."

O sr. J. L. B. Matekoni sorriu. Sua empregada o fizera de escravo durante anos, e ele nunca havia tido coragem de enfrentá-la. Mas agora, talvez houvesse chegado a hora de ela medir-se de igual para igual com Mma Ramotswe, e logo estaria tendo que procurar outra pessoa a quem servir negligentemente.

"Onde está essa mulher?", perguntou Mma Ramotswe. "Gostaria de falar com ela."

O sr. J. L. B. Matekoni olhou para o relógio de pulso. "Ela deve estar chegando daqui a pouco", disse. "Vem aqui todas as tardes mais ou menos a esta hora."

Estavam sentados na sala de visitas quando a empregada chegou, anunciando sua presença ao fechar com estrondo a porta da cozinha.

"É ela", disse o sr. J. L. B. Matekoni. "Ela sempre bate as portas. Nunca fechou uma porta suavemente em todos estes anos que trabalhou aqui. É sempre blam, blam."

"Vamos até lá vê-la", disse Mma Ramotswe. "Estou interessada em conhecer essa senhora que vem cuidando do senhor tão bem."

O sr. J. L. B. Matekoni conduziu-a à cozinha. Em frente à pia, onde estava enchendo uma chaleira com água, erguia-se uma mulherona de seus trinta e tantos anos. Era nitidamente mais alta que o sr. Matekoni e Mma Ramotswe, e, embora bem mais magra do que Mma Ramotswe, parecia consideravelmente mais forte, com bíceps salientes e pernas firmes. Usava na cabeça um chapéu vermelho, grande e surrado e, por cima do vestido, um roupão azul. Seus sapatos eram de um curioso couro brilhante, como o verniz com que se fabricam sapatilhas para dança.

O sr. J. L. B. Matekoni pigarreou, para revelar sua presença, e a empregada se virou lentamente.

"Estou ocupada...", começou a dizer, mas parou, vendo Mma Ramotswe.

O sr. J. L. B. cumprimentou-a cortesmente, à maneira tradicional. Depois apresentou sua convidada. "Esta é Mma Ramotswe", disse.

A criada olhou para Mma Ramotswe e respondeu com um aceno de cabeça sem mais delongas.

"Fico contente de ter a oportunidade de conhecê-la, Mma", disse Mma Ramotswe. "O sr. J. L. B. Matekoni me falou da senhora."

A empregada dirigiu um rápido olhar para seu patrão. "Ah, ele lhe falou de mim", disse. "Que bom que ele falou de mim. Não gostaria de pensar que ninguém fala de mim."

"Não", disse Mma Ramotswe. "É melhor falarem do que não falarem da gente. A não ser em certos casos, claro."

A empregada franziu a testa. A chaleira agora estava cheia e ela a afastou da torneira.

"Estou muito ocupada", disse, para cortar a conversa. "Há muito que fazer nesta casa."

"É mesmo" disse Mma Ramotswe. "Sem dúvida, há um bocado a fazer. Numa casa suja como esta, muito trabalho está precisando ser feito."

A empregada grandalhona empertigou-se. "Por que a senhora diz que esta casa é suja?", falou. "Quem é a senhora para dizer que esta casa é suja?"

"Ela...", começou o sr. J. L. B. Matekoni, mas calou-se ao receber um olhar repreensivo da criada.

"Estou dizendo isso porque vi", falou Mma Ramotswe. "Vi toda a poeirada na sala de jantar e todo o lixo espalhado no jardim. O sr. J. L. B. é apenas um homem. Não se pode esperar que ele cuide da limpeza da casa."

Os olhos da criada, aumentados, fixaram-se em Mma Ramotswe com um veneno nem um pouco disfarçado. Suas narinas alargaram-se de raiva, e os lábios espicharam-se, formando uma tromba agressiva.

"Trabalhei para este homem muitos anos", disse com indignação. "Todo santo dia, trabalhei, trabalhei, trabalhei. Preparei boa comida para ele e deixei o chão brilhando. Cuidei dele muitíssimo bem."

"Não é o que eu acho, Mma", disse Mma Ramotswe com toda a calma. "Se a senhora o vem alimentando tão bem, por que está magro desse jeito? Um homem bem tratado engorda. Exatamente como o gado. Todo mundo sabe disso."

A empregada deixou de olhar para Mma Ramotswe e encarou o patrão. "Quem é essa mulher?", perguntou. "Por que está entrando na minha cozinha e dizendo coisas como essas? Por favor, diga-lhe que volte para o bar onde o senhor a encontrou."

O sr. J. L. B. Matekoni engoliu em seco. "Pedi a ela que se case comigo", deixou escapar. "Ela vai ser minha esposa."

Ao ouvir isso, a empregada pareceu ter um ataque. "De jeito nenhum!", gritou. "O senhor não pode se casar com ela! Ela vai matar o senhor! É a pior coisa que o senhor pode fazer."

O sr. J. L. B. Matekoni deu um passo à frente e pousou a mão sobre o ombro da empregada, num gesto de consolo.

"Não se preocupe, Florence", disse. Ela é uma boa mulher e posso garantir que você conseguirá outro emprego. Tenho um primo que é dono daquele hotel perto da estação de ônibus. Está precisando de empregadas e, se eu pedir a ele que lhe dê um emprego, não tenha dúvida que ele dará."

Isso não bastou para acalmar Florence. "Não quero trabalhar num hotel, onde todos são tratados como escravos", disse. "Não sou empregada de ouvir faça isso, faça aquilo. Sou uma empregada de alta classe, própria para casas de família. Ai, meu Deus do céu, estou liquidada agora. E o senhor também está, se for se casar com essa gorda. Ela vai quebrar sua cama. O senhor certamente vai morrer logo, logo. É o seu fim."

O sr. J. L .B. Matekoni olhou para Mma Ramotswe, dando a entender que deveriam se retirar da cozinha. Seria melhor, pensou, que a criada pudesse se recompor sozinha. Ele não esperara que a notícia fosse bem recebida, mas com toda a certeza não imaginara ouvir dela profecias tão inconvenientes e perturbadoras. Tinha que falar o quanto antes com o primo e conseguir a transferência dela para o outro emprego.

Voltaram para a sala, fechando com firmeza a porta atrás deles.

"Sua criada é uma mulher difícil", disse Mma Ramotswe.

"Ela não é fácil", disse o sr. J. L. B. Matekoni. "Mas acho que não temos escolha. Ela vai ter que ir para esse outro emprego."

Mma Ramotswe balançou a cabeça, concordando. Ele estava certo. A criada tinha que ir embora, mas eles também. Não podiam morar naquela casa, por maior que fosse o jardim. Precisariam pôr ali um inquilino, e mudar-se para Zebra Drive. A empregada que trabalhava para ela era infinitamente melhor e cuidaria de ambos muitíssimo bem. Em pouco tempo o sr. J. L. B. Matekoni começaria a ganhar peso e adquirir uma aparência mais apropriada ao próspero dono de oficina que ele era. Ela passeou os olhos pela sala à sua volta. Haveria alguma coisa que eles precisassem levar numa mudança da casa dele para a dela? Resposta (pensou Mma Ramotswe): provavelmente não.

Tudo que o sr. J. L. B. Matekoni precisava levar consigo era uma mala contendo suas roupas e a barra de sabão de ácido fênico. Isso era tudo.

2
APARECE UM CLIENTE

Haveria de proceder com tato. Mma Ramotswe não duvidava de que o sr. J. L. B. ficaria satisfeito de morar em Zebra Drive — disso ela tinha certeza —, mas os homens têm seu orgulho e ela precisaria de extremo cuidado na maneira de transmitir essa decisão. Não poderia de jeito nenhum dizer: "Sua casa é uma terrível bagunça, com motores e peças de carro espalhados por toda parte". Nem dizer: "Não gostaria de morar tão perto de um cemitério". A melhor forma de abordar o assunto seria: "Que casa maravilhosa, quanto espaço! Motores velhos não me incomodam, mas o senhor há de concordar que Zebra Drive é muito conveniente por estar tão perto do centro da cidade". Teria que ser assim.

Ela já havia planejado como adaptar sua casa em Zebra Drive à chegada do sr. J. L. B. Matekoni. O espaço não era tão grande como na casa dele, mas seria mais que suficiente para os dois. Havia três quartos. Eles ocupariam o maior deles, que era também o mais sossegado, por estar nos fundos. Normalmente ela usava os dois outros para despensa e trabalhos de costura, mas podia esvaziar o cômodo da despensa e transferir tudo que continha para a garagem. Isso criaria um espaço para uso particular do sr. J. L. B. Matekoni. Se o aproveitaria para guardar peças sobressalentes de carros ou motores usados, isso caberia a ele decidir, mas lhe seria enfaticamente insinuado que os motores estariam melhor do lado de fora.

A sala de visitas provavelmente continuaria mais ou

menos intocada. Suas cadeiras eram infinitamente preferíveis à mobília que ela havia visto no espaço correspondente da casa dele, embora fosse muito provável que ele quisesse trazer a montanha pintada sobre veludo e um ou dois dos enfeites que lá deixara. Estes complementariam as relíquias pessoais dela própria, como o retrato de seu pai — o Papai, como ela o chamava —, Obed Ramotswe, vestindo o terno preferido, retrato diante do qual ela se detinha tantas vezes, quando se punha a pensar na vida dele e em tudo o que significara para ela. Tinha certeza de que ele aprovaria o sr. J. L. B. Matekoni. Ele a prevenira contra Note Mokoti, embora não houvesse tentado impedir o casamento, como alguns pais poderiam ter feito. Ela estava a par dos sentimentos dele, mas, jovem demais e insensatamente apaixonada pelo brilho enganoso do trompetista, não tinha como levar em conta o que seu pai pensava a respeito. E, quando o casamento terminou de forma tão desastrosa, ele não aproveitara para mencionar seu pressentimento de que era isso exatamente o que esperava que acontecesse, mas preocupara-se tão-somente com a segurança e a felicidade dela — como sempre fora do seu feitio. Sorte a sua ter tido um pai como esse, pensou; hoje eram tantas as pessoas sem pai, pessoas que estavam sendo criadas por suas mães ou suas avós e que, em muitos casos, nem sabiam quem era o pai. Pareciam felizes, pelo menos era o que pareciam, mas sempre devia ficar uma espécie de branco em suas vidas. Se você não sabe que há um branco, talvez não se preocupe. Se você fosse uma centopéia, uma centopéia *tshongololo*, rastejando pelo chão, e olhasse para os pássaros, será que se incomodaria por não ter asas? Provavelmente não.

Mma Ramotswe era dada a especulações filosóficas, mas só até certo ponto. Tais questões constituíam desafios, sem dúvida, mas tendiam a levar a questões outras que simplesmente não podiam ser respondidas. E, ao chegar a esse ponto, a pessoa terminava quase sempre tendo que aceitar que as coisas são como são simplesmente porque é assim que elas são. Por exemplo, todo mundo sabia que é errado para um homem estar perto demais de onde uma mulher está dando à luz. Isso era algo tão óbvio que nem precisava ser mencionado. Noutros países, entretanto, tinha livre curso a idéia surpreendente de que os homens na verdade deveriam estar presentes ao nascimento de seus filhos. Quando Mma Ramotswe leu essa afirmação numa revista, ficou estarrecida. Mas depois indagou de si própria por que um pai não deveria assistir ao nascimento de seu filho e assim dar-lhe as boas-vindas em sua chegada ao mundo e compartilhar aquela alegria — indagou e achou difícil encontrar uma razão para isso. Não se tratava de admitir que não fosse errado — sem sombra de dúvida era profundamente errado para um homem estar lá —, mas como justificar tal proibição? Em última análise, a resposta deveria ser que era errado porque a moral tradicional de Botsuana afirmava que era errado, e a moral tradicional de Botsuana, como todos sabiam muito bem, estava sempre obviamente certa. Era apenas uma questão de *sentir*: dava para *sentir* que estava certa.

Hoje em dia, é claro, muitas pessoas pareciam estar se afastando dessa moral. Ela via isso no comportamento de crianças em idade escolar, que abriam caminho e forçavam passagem, soberanas, sem o mínimo respeito pelos mais velhos. No seu tempo de colegial, as crianças respeitavam os adultos e baixavam os olhos ao falar com eles, mas agora as crianças encaravam os interlocutores e até lhes respondiam com insolência. Ela recentemente havia pedido a um garoto — de seus treze anos, no máximo — para apanhar a lata vazia jogada por ele no chão do shopping center. O garoto olhou para ela, surpreso, depois riu e lhe disse que apanhasse a lata se quisesse, pois ele não tinha a menor intenção de fazer tal coisa. Ela ficou tão pasma diante de grosseria dele que não conseguiu pensar numa resposta apropriada e não abriu a boca, enquanto ele muito tranqüilamente retomava os seus passos. Quando ela era pequena, uma mulher que passasse por isso teria pegado o garoto e o teria enchido de pancada na mesma hora. Mas hoje não dava para uma pessoa espancar os filhos dos outros na rua; quem fosse tentar isso provocaria um escândalo enorme. Ela era uma mulher moderna, claro, e não aprovava espancamentos; mas havia certas ocasiões em que... Ou seja: aquele garoto teria jogado a lata se soubesse que alguém poderia bater nele? Provavelmente não.

Refletir sobre casamento, sobre mudança de casa, sobre bater em meninos, tudo muito bem, mas não era possível deixar de atender às exigências da vida cotidiana, e, para Mma Ramotswe, isso significava que ela precisava abrir a Agência Nº 1 de Mulheres Detetives na segunda-feira de manhã, como fazia todas as manhãs dos dias de trabalho, mesmo quando as possibilidades de alguém aparecer ou telefonar solicitando uma investigação eram muito pequenas. Mma Ramotswe sentia que era importante não faltar com a palavra dada, e a placa do lado de fora da agência anunciava que o expediente era das nove da manhã até as cinco da tarde, diariamente. Na verdade, nenhum cliente jamais a havia consultado antes de a manhã estar bem avançada, e em geral eles apareciam no final da tarde. Por que as coisas se passavam assim ela não saberia dizer, se bem que às vezes lhe ocorria refletir que levava algum tempo até as pessoas criarem a coragem necessária para transpor a sua porta e reconhecer fosse o que fosse que as estivesse perturbando.

Mma Ramotswe então se sentou com sua secretária, Mma Makutsi, e ambas tomaram o canecão de chá de *rooibos* que Mma Makutsi preparava invariavelmente no começo de cada dia. Ela não precisava realmente de uma secretária, mas uma empresa que quisesse ser levada a sério requeria alguém para atender o telefone ou para anotar as chamadas quando ela estivesse ausente. Mma Makutsi era uma datilógrafa de altos méritos — ela alcançara uma média de 9,7 nos seus exames para secretária — e provavelmente estava sendo mal aproveitada numa firma pequena como essa, mas era ótima companhia, leal e, mais importante que tudo, tinha o dom da discrição.

"Não devemos falar sobre o que presenciamos aqui na firma", enfatizara Mma Ramotswe ao contratá-la, e Mma Makutsi assinalara sua concordância balançando a cabeça solenemente. Mma Ramotswe não esperava que ela entendesse o caráter confidencial dos assuntos tratados — as pessoas em Botsuana gostavam de conversar sobre o que estava acontecendo —, e foi uma surpresa quando descobriu que Mma Makutsi entendia muito bem o que significava manter suas obrigações na esfera do confidencial. Mma Ramotswe veio a saber que sua secretária chegava ao extremo de se recusar a dizer às pessoas onde trabalhava, referindo-se apenas a um escritório "nas proximidades da colina Kgale". Isso era um tanto desnecessário, mas valia como um indício de que as confidências dos clientes estariam a salvo com ela.

O chá do começo das manhãs com Mma Makutsi era um ritual agradável, mas também útil do ponto de vista profissional. Mma Makutsi era muito observadora e além disso escutava atentamente qualquer fragmento de fofoca que pudesse trazer informação. Foi graças a ela, por exemplo, que Mma Ramotswe se inteirou de que um funcionário de segundo escalão no departamento de planejamento estava pretendendo se casar com a irmã da mulher que era dona da Lava a Seco e a Jato. Um tipo de informação que podia parecer de interesse exclusivamente mundano, mas quando Mma Ramotswe foi contratada por um proprietário de supermercado para descobrir por que lhe estava sendo negada a licença para construir uma lavanderia ao lado do seu supermercado, foi útil ser capaz de assinalar que a pessoa de quem dependia essa decisão podia ter interesse num outro estabelecimento, rival, do mesmo ramo. Essa simples informação pôs fim ao empecilho criado; tudo que Mma Ramotswe precisou fazer foi mostrar ao funcionário que havia pessoas em Gaborone comentando — claro, sem qualquer justificativa — que ele era capaz de permitir que ligações comerciais influenciassem seu julgamento. E acrescentou: evidentemente, quando lhe transmitiram esse comentário, ela refutara o boato com veemência, afirmando que não havia a menor possibilidade de alguma ligação entre as relações que ele pudesse ter no ramo de lavagem a seco e a dificuldade que outra pessoa pudesse estar tendo em conseguir uma licença para abrir loja no mesmo ramo. O simples fato de que alguém pudesse pensar isso era revoltante, havia dito.

Naquela segunda-feira, Mma Makutsi nada tinha de significativo para relatar. Ela passara um tranqüilo fim de semana com a irmã, que era enfermeira no Hospital Princesa Marina. Haviam comprado um tecido e começaram a fazer um vestido para a filha da irmã. No domingo haviam ido à igreja e uma mulher desmaiara durante um dos hinos. Sua irmã a ajudara a recobrar os sentidos e as duas prepararam para ela um pouco de chá na sala que ficava na lateral da igreja. A mulher era excessivamente gorda, disse Mma Makutsi, e o calor havia sido excessivo para ela, mas recuperara-se em pouco tempo e tomara quatro xícaras de chá. Era uma mulher do norte, segundo declarou, e tinha doze filhos em Francistown.

"Doze filhos é muito", disse Mma Ramotswe. "Nestes tempos modernos, não é boa coisa ter doze filhos. O governo devia mandar as pessoas pararem depois dos seis. Seis é o bastante, ou talvez sete ou oito se a pessoa tem como sustentar tantos."

Mma Makutsi concordou. Ela tinha quatro irmãos e duas irmãs, e sempre achou que isso impedira seus pais de dar a atenção devida à educação de cada um deles.

"Foi um milagre eu haver tirado 9,7 no exame", disse.

"Se houvessem sido apenas três filhos, a senhora teria ultrapassado a nota 10", observou Mma Ramotswe.

"Impossível," disse Mma Makutsi. "Ninguém jamais ultrapassou a nota 10 na história do Centro de Formação de

Secretárias e Funcionários Administrativos de Botsuana. É simplesmente impossível."

Não havia trabalho para ocupá-las naquela manhã. Mma Makutsi limpou sua máquina de escrever e lustrou a mesa, enquanto Mma Ramotswe leu uma revista e escreveu uma carta à sua prima em Lobatse. O tempo passou devagar e, quando deu meio-dia, Mma Ramotswe já se dispunha a fechar a agência para o almoço, mas, bem no momento em que ia fazer essa sugestão a Mma Makutsi, sua secretária fez correr uma das gavetas com estrondo, enfiou uma folha de papel na máquina de escrever e começou a datilografar com toda a energia. Era sinal de que um cliente havia chegado.

Um carrão, coberto pela ubíqua camada fina de poeira que se depositava em tudo na estação seca, parou em frente à agência e do assento de passageiro saiu uma mulher branca e magra usando calça e blusa cáqui. Ela dirigiu um rápido olhar para a placa na frente da casa, pôs os seus óculos de proteção solar e bateu na porta entreaberta.

Mma Makutsi a fez entrar no escritório, enquanto Mma Ramotswe levantava-se de sua cadeira para lhe dar as boas-vindas.

"Desculpe ter vindo sem marcar entrevista", disse a mulher. "Vim na esperança de poder encontrá-la."

"A senhora não precisa marcar entrevista", disse Mma Ramotswe acolhedoramente, estendendo-lhe a mão para cumprimentá-la. "É sempre bem-vinda."

A mulher tomou-lhe a mão, corretamente — Mma Ramotswe notou —, na forma considerada apropriada em Botsuana, pondo sua mão esquerda sobre o antebraço direito, em sinal de respeito. A maioria das pessoas brancas fazia esse aperto de mão muito grosseiramente, segurando uma das mãos e deixando a outra livre para todo tipo de brincadeiras. Essa mulher pelo menos havia aprendido algo sobre como se comportar.

Ela convidou a visitante a sentar-se na cadeira reservada aos clientes, enquanto Mma Makutsi ocupava-se em buscar a chaleira para fazer o chá.

"Sou a senhora Andrea Curtin", disse a visitante. "Ouvi de alguém na minha embaixada que a senhora era uma detetive e que talvez pudesse me ajudar."

Mma Ramotswe ergueu uma sobrancelha. "Embaixada?"

"A embaixada americana", disse a sra. Curtin. "Pedi-lhes que me dessem o nome de uma agência de detetives."

Mma Ramotswe sorriu. "Fico contente de que me tenham recomendado", disse. "Mas em que posso ajudá-la?"

A mulher cruzara as mãos no colo e agora baixava os olhos, contemplando-as. A pele de suas mãos tinha uma descontinuidade cromática, como acontece às mãos das pessoas quando apanham muito sol. Talvez ela fosse uma americana que vivesse há muitos anos na África; havia um grande número de pessoas assim. Tomavam-se de amores pela África e deixavam-se ficar, às vezes até morrer. Mma Ramotswe podia compreender que procedessem dessa maneira. Ela não conseguia imaginar como alguém poderia querer morar noutro lugar. Como as pessoas sobreviviam nos climas frios do norte, com toda aquela neve, chuva e escuridão?

"Eu poderia dizer que estou procurando alguém", falou a sra. Curtin, erguendo os olhos ao encontro do olhar de Mma Ramotswe. "Mas isso poderia sugerir que existe alguém a ser procurado. Não creio que exista. Sendo assim, acho que devo dizer que estou tentando descobrir o que foi que aconteceu a alguém, muito tempo atrás. Não espero que essa pessoa esteja viva. Na verdade, tenho certeza de que não está. Mas gostaria de saber o que aconteceu."

Mma Ramotswe balançou afirmativamente a cabeça. "Às vezes é importante saber", disse. "E lamento, Mma, se a senhora perdeu alguém."

A sra. Curtin sorriu. "A senhora é muito gentil. Perdi, sim, alguém."

"Quando foi isso?", perguntou Mma Ramotswe.

"Há dez anos", disse a sra. Curtin. "Há dez anos perdi meu filho."

Por alguns momentos fez-se silêncio. Mma Ramotswe olhou para onde se achava Mma Makutsi, de pé junto à pia, e reparou que sua secretária observava atentamente a sra. Curtin. Quando percebeu sobre ela o olhar da patroa, Mma Makutsi sentiu-se culpada e voltou à tarefa de pôr água na chaleira.

Mma Ramotswe rompeu o silêncio. "Lamento muito. Sei o que é perder um filho."

"A senhora sabe, Mma?"

Mma Ramotswe ficou na dúvida se havia um certo tom agressivo na pergunta, como se fosse um desafio, mas respondeu com ternura: "Perdi meu bebê. Não resistiu".

A sra. Curtin abaixou os olhos. "Então a senhora sabe", disse.

Mma Makutsi acabara de preparar o chá de *rooibos*, e o trouxe em duas canecas postas numa bandeja de esmalte lascado. A sra. Curtin pegou a sua e começou a sorver o líquido vermelho e quente.

"Há uma coisa que devo contar-lhe sobre mim", disse a sra. Curtin. "Então ficará sabendo por que estou aqui e por que eu gostaria que me ajudasse. Se puder me ajudar, me dará uma grande satisfação; mas, se não for possível, compreenderei."

"Fique sossegada, que lhe direi", falou Mma Ramotswe. "Nem sempre é possível ajudar a todos. Não desperdiçarei nosso tempo ou o seu dinheiro. Se puder ajudar, lhe direi."

A sra. Curtin baixou a caneca e limpou a mão no lado de sua calça cáqui.

"Então me deixe contar-lhe", disse, "o motivo de a senhora ter uma mulher americana sentada no seu escritório em Botsuana. Quando eu terminar de contar, a senhora poderá me dizer se a resposta é sim ou não. Simplesmente. Sim ou não."

3
O RAPAZ COM UM CORAÇÃO AFRICANO

Vim para a África há doze anos. Estava com quarenta e três de idade, e a África nada significava para mim. Que eu saiba, tinha as idéias que eram de praxe sobre ela — uma mistura de imagens ligadas à caça, à savana e ao Kilimanjaro despontando por trás das nuvens. Também faziam parte do quadro as crises de escassez, a fome, as guerras civis e as crianças de barriga inchada olhando para a câmera, afundadas no desespero. Sei que tudo isso é apenas uma faceta do conjunto — e não a mais importante —, mas era o quadro que eu tinha em mente.

Meu marido era economista. Conhecemo-nos na faculdade e nos casamos pouco depois de formados; éramos muito jovens mas nosso casamento durou. Ele conseguiu um emprego em Washington e terminou no Banco Mundial. Ficou muitos anos lá e poderia ter feito toda a sua carreira em Washington, escalando os graus hierárquicos lá mesmo. Mas começou a se mostrar inquieto e um belo dia comunicou que havia um posto disponível para passar dois anos aqui em Botsuana como gerente regional das atividades do Banco Mundial nesta parte da África. Valia por uma promoção, afinal de contas, e, se funcionasse como um tratamento para sua inquietude, achei preferível isso a ele ter um caso com alguma outra mulher, que é o outro jeito que os homens encontram para tratar sua inquietude. Sabe como é, Mma, quando os homens se dão conta de que já não são jovens. Entram em pânico, e vão atrás de uma mulher mais moça que os reanime a confiar em que ainda são homens.

Eu não suportaria que acontecesse algo assim, e então concordei, e viemos para cá com nosso filho, Michael, que na época tinha apenas dezoito anos. Ele deveria ter entrado para a faculdade naquele ano, mas decidimos que ficaria um ano conosco antes de começar os estudos em Dartmouth. Essa é uma faculdade muito boa nos Estados Unidos, Mma. Algumas de nossas faculdades não são muito boas, de jeito nenhum, mas essa é uma das melhores. Estávamos orgulhosos de ele ter conseguido uma vaga lá.

Michael se afeiçoou à idéia de vir para cá e começou a ler tudo que encontrava sobre a África. Quando chegamos, ele sabia muito mais sobre o continente do que nós. Leu tudo que van der Post havia escrito — todos aqueles devaneios e quimeras absurdos — e depois foi à procura de coisas com muito mais peso, livros escritos por antropólogos sobre o povo sã e até os diários de Moffat.* Acho que foi por aí que começou sua paixão pela África, graças a todos esses livros, antes mesmo de haver pisado o solo africano.

O banco pôs à nossa disposição uma casa em Gaborone, logo atrás da sede do governo, onde ficam todas as embaixadas e os altos-comissariados. Amei a casa à primeira vista. Tinha havido boas chuvas e o jardim havia sido bem cuidado. Havia canteiros e mais canteiros de bananeirinhas e copos-de-leite; grande proliferação de buganvílias; espessos gramados de capim-quicuio. Era como um pequeno quadrado de paraíso por trás de um alto muro branco.

Michael era como uma criança que tivesse acabado de descobrir a chave do armário onde ficavam guardados balas e doces. Levantava-se de manhã bem cedo, pegava o caminhão de Jack e seguia até a Molepolole Road. Depois saía andando a esmo pelo mato por cerca de uma hora antes de estar de volta para o café-da-manhã. Fui com

* Robert Moffat (1795-1883), missionário escocês, viveu no sul da África no século XIX. (N. T.)

ele uma ou duas vezes, apesar de não gostar de acordar cedo, e ele o tempo todo me falava dos pássaros que víamos e dos lagartos correndo aflitos que descobríamos; em poucos dias ficou sabendo os nomes de todos. Acompanhávamos o sol subindo atrás de nós e sentíamos o seu calor. A senhora sabe como é, Mma, lá fora, no limite do Kalahari. É a hora do dia em que o céu é branco e vazio, com aquele cheiro penetrante no ar, e a vontade que dá é de encher os pulmões até que arrebentem.

Jack estava ocupado com o trabalho e com todas as pessoas que precisava encontrar — gente do governo, gente dos grupos de assistência americanos, gente do setor financeiro, e assim por diante. Eu não me interessava por nada daquilo, de forma que me contentava em organizar o serviço de casa e ler e encontrar algumas das pessoas em cuja companhia gostava de tomar o café-da-manhã. Também prestava ajuda no posto de saúde metodista. Levava pessoas do posto de saúde para suas aldeias, o que era uma boa maneira de ver um pouco do país, isso sem falar em tudo mais. Com essas viagens, fiquei sabendo muito do seu povo, Mma Ramotswe.

Acho que posso dizer que nunca havia sido mais feliz em minha vida. Descobrimos um país onde as pessoas tratavam bem umas às outras, com respeito, e onde havia valores outros que a obsessão de dominar, dominar, dominar, que prevalece em minha terra. Senti-me pequenina, por assim dizer, em comparação. Tudo a propósito de meu país me parecia superficial e pretensiosamente medíocre, quando comparado com o que eu via na África. As pessoas aqui sofriam e muitas delas tinham bem pouco, mas havia nelas esse maravilhoso sentimento pelos outros. Quando pela primeira vez ouvi as pessoas africanas chamando os outros — completos estranhos — de irmão e irmã, custei um pouco a me habituar. Mas, passado um tempo, entendi perfeitamente o que aquilo significava e comecei a pensar da mesma forma. Até que um dia alguém me chamou de irmã pela primeira vez, e comecei a chorar, e a "minha irmã" não conseguiu entender por que eu me mostrara de repente tão aborrecida. E eu disse para ela: *Não foi nada. Estou só chorando. Estou só chorando.* Gostaria de poder ter chamado minhas amigas de "minhas irmãs", mas teria parecido forçado e eu não me achava capaz disso. Mas foi como eu me senti. Estava aprendendo lições. Eu tinha vindo para a África e estava aprendendo lições.

Michael começou a estudar setsuana e fez rápidos progressos. Havia um homem chamado sr. Nogana que ia a sua casa dar-lhe lições quatro vezes por semana. Era um homem de seus sessenta e muitos anos, professor primário aposentado, de ar muito sério e respeitável. Usava pequenos óculos redondos, e uma das lentes se quebrara. Ofereci-me para comprar uma lente em substituição, porque achei que não tivesse dinheiro, mas ele balançou a cabeça e me disse que podia ver muito bem, e, obrigado, mas não seria necessário. Eles se sentavam na varanda e o sr. Nogana passava em revista a gramática com Michael e lhe dava os nomes de tudo que viam: as plantas no jardim, as nuvens no céu, os pássaros.

"Seu filho está aprendendo rápido", disse-me. "Ele tem um coração africano dentro dele. Estou só ensinando esse coração a falar."

Michael escolhia os seus amigos. Havia um bom número de outros americanos em Gaborone, alguns da mesma idade que ele, mas não mostrava muito interesse por essas pessoas, ou por alguns dos outros jovens expatriados que para cá tinham vindo com os pais diplomatas. Gostava da companhia dos naturais da terra, ou das pessoas que sabiam algo sobre a África. Ele passava muito tempo com um jovem exilado sul-africano e com um homem que tinha sido voluntário médico em Moçambique. Eram pessoas sérias, e eu também gostava deles.

Depois de alguns meses, ele começou a passar cada vez mais tempo com um grupo de pessoas que morava numa antiga fazenda para além de Molepolole. Entre elas havia uma moça, uma africânder — viera de Johannesburgo poucos anos antes, depois de ter se envolvido numa certa agitação política na fronteira; um alemão barbudo e magricela procedente da Namíbia, que tinha idéias sobre melhoramento agrícola; e vários naturais do país, procedentes de Mochudi, que haviam trabalhado no movimento das Brigadas naquela cidade. Imagino que se possa designar o agrupamento como uma espécie de comunidade alternativa, mas isso poderia criar uma falsa impressão. Para mim, "comunidade alternativa" sugere um tipo de lugar onde se juntam hippies para fumar maconha, ou *dagga*. E não se tratava disso, absolutamente. Eram todos muito sérios, e o que realmente queriam fazer era plantar legumes num solo muito árido.

A idéia partiu de Burkhardt, o alemão. Ela pensava que a agricultura em terras áridas como Botsuana e a Namíbia podia ser transformada fazendo-se o cultivo das plantas sob a proteção de telas de sombreamento e irrigando-as com gotículas d'água transportadas por cordões. A senhora já terá visto como funciona, Mma Ramotswe: o cordão desce de uma fina mangueira e uma gota d'água corre pelo cordão e cai no solo, na base da planta. Realmente funciona. Já vi isso sendo feito.

Burkhardt quis montar uma cooperativa lá, com sede na antiga fazenda. Conseguiu levantar algum dinheiro daqui e dali, tiraram um bocado de mato do terreno e cavaram um poço. Eles haviam convencido um número razoável de pessoas da região a entrar para a cooperativa, e já estavam produzindo uma boa plantação de abóboras e pepinos quando apareci lá pela primeira vez com Michael. Eles vendiam seus produtos aos hotéis em Gaborone e às cozinhas do hospital também.

Michael passava um tempo cada vez maior com essas pessoas, até que finalmente nos disse que queria ir para lá morar com elas. De início isso me deixou um tanto preocupada — qual a mãe que não ficaria? —, mas acabamos por aceitar a idéia quando nos demos conta de como era importante para ele estar fazendo alguma coisa para a África. De forma que o levamos de carro até lá numa tarde de domingo, e lá o deixamos. Ele disse que viria à cidade na semana seguinte fazer-nos uma visita, e de fato fez isso. Parecia encantado, transbordante de felicidade, excitadíssimo mesmo, ante a perspectiva de viver com seus novos amigos.

Nós o víamos sempre. A fazenda ficava a apenas uma hora da cidade, e eles apareciam praticamente todo dia para trazer produtos ou abastecer-se de suprimentos. Um dos batsuanas que faziam parte do grupo tinha treinamento de enfermeiro e formara uma espécie de posto de saúde para atendimento de problemas menores de saúde. Eles tratavam de verminoses nas crianças, passavam cremes fungicidas nas infecções, e coisas assim. O governo fornecia-lhes um pequeno suprimento de remédios, e Burkhardt obtinha o resto de diversas companhias que com muito gosto se descartavam de remédios com validade vencida que, apesar disso, ainda funcionavam perfeitamente bem. O dr. Merriweather trabalhava àquela época no Hospital Livingstone e costumava aparecer de tempos em tempos para ver se estava tudo em ordem. E me disse certa vez que o enfermeiro preenchia muito bem os requisitos que se costumam exigir da maioria dos médicos.

Chegou, finalmente, o momento de Michael voltar aos Estados Unidos. Ele deveria estar em Dartmouth na terceira semana de agosto, e lá pelo fim de julho nos disse que não pretendia voltar. Queria ficar em Botsuana pelo menos por mais um ano. Ele entrara em contato com Dartmouth, sem que soubéssemos, e eles haviam concordado em adiar por um ano sua admissão no curso. Fiquei alarmada, como a senhora bem pode imaginar. Nos Estados Unidos é imprescindível passar por uma faculdade. Quem não faz um curso desses jamais consegue um emprego que valha alguma coisa. E só me vinham à mente imagens de Michael abandonando os estudos e passando o resto da vida numa comunidade alternativa. Suponho que muitos pais tenham pensado o mesmo quando seus filhos partiram para algum projeto de vida idealista.

Jack e eu discutimos o assunto durante horas e ele me convenceu de que o melhor seria não discordar da proposta de Michael. Se tentássemos persuadi-lo a proceder de outra forma, ele poderia radicalizar ainda mais seu objetivo e recusar-se definitivamente a ir. Se aprovássemos seu plano, talvez se mostrasse mais disposto a partir junto conosco no final do ano seguinte.

"Ele está fazendo um bom trabalho", disse Jack. "A maioria das pessoas da idade de Michael é inteiramente egoísta. Não é o caso dele."

Tive que lhe dar razão. Parecia absolutamente correto fazer o que ele estava fazendo. Botsuana era um lugar onde as pessoas acreditavam que um trabalho assim podia ser importante. E lembre-se de que as pessoas precisavam fazer algo para mostrar que havia uma alternativa real ao que estava acontecendo na África do Sul. Botsuana era um sinal de alerta naqueles dias.

De modo que Michael permaneceu onde estava e, é claro, quando chegou o momento de partirmos, ele se recusou a nos acompanhar. Ainda tinha trabalho a ser feito, disse-nos, e queria fazê-lo por mais alguns anos. A fazenda estava dando certo; cavaram vários outros poços no terreno e estavam proporcionando um meio de vida para vinte famílias. Não havia como desistir de algo tão importante.

Eu previra isso — acho que ambos havíamos previsto. Tentamos convencê-lo, mas de nada adiantou. Além do mais, ele se tomara de amores pela moça da África do Sul, apesar de ela ser uns seis ou sete anos mais velha do que ele. Cheguei a pensar que ela pudesse ser o fator real da atração, e nos oferecemos a dar-lhe ajuda a fim de que fosse conosco para os Estados Unidos, mas ele se recusou a considerar essa idéia. Era a África, disse, que o atraía; se supúnhamos que fosse algo tão simples como o relacionamento com uma mulher, então era porque não entendíamos nada da situação.

Cuidamos de deixá-lo com uma quantia substancial de dinheiro. Estou na situação privilegiada de dispor de fundos que me vieram de meu pai e na verdade não constituiu para mim nenhum sacrifício deixá-lo com dinheiro. Sabia que havia o risco de Burkhardt persuadi-lo a entregar o dinheiro para a fazenda, ou a usá-lo para construir um açude ou algo no gênero. Mas não me preocupei. Dava-me mais segurança saber que havia fundos em Gaborone para ele, caso viesse a precisar.

Voltamos a Washington. Por estranho que pareça, ao chegarmos de volta foi que me dei conta exatamente do que impedira Michael de partir. Tudo em nossa terra parecia tão insincero e, digamos assim, agressivo. Senti saudades de Botsuana, e não se passou um dia — um dia sequer — em que eu deixasse de pensar no país de que nos afastáramos. Era persistente como uma dor física. Teria dado tudo para sair caminhando de casa e postar-me debaixo de uma acácia a fim de erguer os olhos para aquele céu imenso e branco. Ou a fim de ouvir as vozes africanas chamando-se umas às outras durante a noite. Sinto falta até mesmo do calor de outubro.

Michael nos escrevia toda semana. Suas cartas vinham cheias de notícias sobre a fazenda. Eu ficava sabendo detalhadamente de tudo que se passava com os tomates, e dos insetos que haviam atacado as plantações de espinafre. Tudo me chegava com muita intensidade e de forma muito dolorosa, porque eu adoraria ter estado lá fazendo o que ele fazia, sabendo como era importante. Nada do que eu pudesse fazer em minha vida era importante para ninguém. Fazia alguns trabalhos beneficentes. Desenvolvia um projeto de leituras, pondo livros de minha biblioteca ao alcance de idosos que não podiam sair de casa. O que não significava nada, em comparação com o que meu filho estava fazendo, tão distante, na África.

Até que um belo dia a carta semanal não chegou, e

um ou dois dias depois houve um telefonema da embaixada americana em Botsuana comunicando que meu filho estava sendo dado como desaparecido. Eles procediam a averiguações e me disseram que, tão logo obtivessem alguma informação, me dariam notícia.

Fui para lá imediatamente, sendo recebida no aeroporto por um conhecido meu da equipe da embaixada. Essa pessoa me explicou que Burkhardt comunicara à polícia que Michael simplesmente desaparecera certa noite. Era costume dos membros da comunidade fazerem suas refeições juntos, e ele estivera presente à refeição. Mas, depois, ninguém voltara a vê-lo. A moça sul-africana não tinha a menor idéia do lugar para onde ele teria ido, e o caminhão por ele comprado depois de nossa partida continuava no galpão. Não havia nenhum indício que permitisse saber o que tinha acontecido.

A polícia interrogara todos na fazenda, sem que nenhuma informação surgisse. Ninguém o havia visto e ninguém tinha a menor idéia do que podia ter acontecido. Era como se a noite o houvesse engolido.

Fui à fazenda na tarde de minha chegada. Burkhardt estava muito preocupado e tentou me tranqüilizar assegurando que logo ele haveria de aparecer. Mas não foi capaz de dar nenhuma explicação para o fato de ele ter resolvido sair sem dizer nada a ninguém. A moça sul-africana mostrava-se taciturna. Ela suspeitava de mim, por alguma razão, e pouco falou. Ela, também, não conseguia pensar em nenhum motivo para Michael desaparecer.

Lá permaneci por quatro semanas. Pusemos uma nota nos jornais e oferecemos recompensa a quem desse informação sobre seu paradeiro. Fiz o trajeto entre o centro e a fazenda, esquadrinhando-o em idas e vindas, até esgotar todas as possibilidades de desvio que ocorressem à minha imaginação. Contratei um rastreador de caça para uma busca pelo mato adentro na área, e ele procurou por duas semanas até desistir. Nada foi encontrado.

Finalmente, decidiram que só podia ter acontecido uma

de duas coisas. Ou ele fora atacado por alguém, por qualquer razão, possivelmente num assalto, e seu corpo teria sido levado para longe; ou fora atacado por animais selvagens, talvez um leão que houvesse saído do Kalahari. Teria sido muito inusitado encontrar um leão tão perto de Molepolole, mas a possibilidade existia. Por sua vez, se isso tivesse acontecido, o rastreador de caça teria encontrado alguma pista. No entanto, nada encontrou. Nem rastros, nem excrementos inabituais. Não havia nada.

Voltei um mês mais tarde e, novamente, alguns meses depois disso. Todos se mostraram solidários, mas acabou ficando claro que não tinham mais nada a me dizer. Deixei então o caso com os funcionários da embaixada daqui, e de tempos em tempos eles entravam em contato com a polícia para saber se havia alguma novidade. Nunca houve.

Seis meses atrás, Jack morreu. Ele vinha sofrendo de um câncer no pâncreas e eu fora avisada de que não havia esperança. Depois de sua morte, resolvi que deveria tentar mais uma última vez saber se haveria algo que eu pudesse fazer para descobrir o que tinha acontecido com Michael. Pode parecer estranho, à senhora, Mma Ramotswe, alguém continuar insistindo e insistindo num fato ocorrido há dez anos. Mas eu simplesmente preciso saber. Simplesmente preciso descobrir o que aconteceu com meu filho. Não espero encontrá-lo. Aceito a idéia de que tenha morrido. Mas gostaria de poder dar esse capítulo por encerrado e dizer adeus. É tudo que quero. A senhora me ajudará? Tentará descobrir para mim? A senhora diz que perdeu seu filho. Então sabe como me sinto. Sabe, não é mesmo? É uma tristeza que não acaba nunca. Nunca.

Por alguns momentos, depois que a visitante terminou de contar sua história, Mma Ramotswe permaneceu sentada em silêncio. Que poderia fazer por essa mulher? Poderia descobrir algo, se a Polícia de Botsuana e a embaixada americana haviam tentado e falhado? Provavelmente não havia nada que ela pudesse fazer, no entanto essa mulher precisava de ajuda e, se não a pudesse obter da Agência Nº 1 de Mulheres Detetives, a quem então iria recorrer?

"Ajudarei a senhora", disse, e acrescentou: "minha irmã."

4
NA FAZENDA DOS ÓRFÃOS

O sr. J. L. B. Matekoni contemplava a vista da janela de seu escritório na Tlokweng Road Speedy Motors. Havia duas janelas, uma que dava diretamente para a oficina, onde seus dois jovens aprendizes estavam ocupados levantando um carro com a ajuda de um macaco. Eles o estavam fazendo da maneira errada, notou o sr. J. L. B. Matekoni, apesar das repetidas advertências que lhes havia feito sobre os riscos que corriam. Um deles já havia tido um acidente com a lâmina de um ventilador de motor e por sorte não perdera um dedo; mas eles persistiam em suas práticas pouco seguras. O problema, evidentemente, era que estavam com dezenove anos, se tanto, e nessa idade todos os jovens são imortais e imaginam que viverão para sempre. Acabarão descobrindo, pensou o sr. J. L. B. Matekoni impiedosamente. Descobrirão que são exatamente como todos nós.

Ele girou em sua cadeira e olhou pela outra janela. A vista nessa direção era mais agradável: para além do pátio da garagem, podia-se ver um grupo de acácias projetando-se da base seca e espinhenta e, mais ao longe, como ilhas que se erguessem de um mar verde-cinza, as colinas isoladas na direção de Odi. A manhã já ia pela metade e o ar estava parado. Ao meio-dia haveria uma névoa quente que faria com que as colinas parecessem estar dançando e tremeluzindo. Ele então iria para casa almoçar, pois estaria quente demais para trabalhar. Sentaria em sua cozinha, que era o lugar mais fresco da casa, comeria a papa de milho com ensopado que sua empregada preparava para ele, e leria o *Botswana Daily News*. Depois disso, infalivelmente tirava um breve cochilo antes de voltar à oficina mecânica e ao trabalho da tarde.

Os aprendizes comiam seu almoço no próprio serviço, sentados em dois tambores de gasolina virados, que eles haviam colocado sob uma das acácias. Desse ponto privilegiado observavam as garotas passar e trocavam comentários apimentados que pareciam dar-lhes enorme prazer. O sr. J. L. B. Matekoni ouvira a conversa deles e a considerava de uma pobreza extrema.

"Você é uma bela garota! Tem carro? Eu poderia consertá-lo para você. Poderia fazer você se mover muito mais depressa!"

Isso provocava risadinhas e uma aceleração nos passos das jovens datilógrafas do escritório do Departamento de Águas.

"Você está muito magra! Não está comendo carne em quantidade suficiente! Uma garota como você precisa de mais carne para que possa ter um monte de filhos!"

"Onde foi que conseguiu esses sapatos? São sapatos Mercedes Benz? Sapatos rápidos para garotas que não querem perder tempo?"

Francamente, pensou o sr. J. L. B. Matekoni. Nunca se comportara assim quando tinha a idade deles. Fizera o seu aprendizado nas oficinas mecânicas da Companhia de Ônibus de Botsuana, e um comportamento desse tipo jamais teria sido tolerado. Mas era assim que os rapazes de hoje se conduziam e não havia nada que ele pudesse fazer a respeito. Já havia tocado no assunto com eles, assinalando que a reputação da oficina dependia tanto deles como dele próprio. Eles o encararam com um olhar inexpressivo, e ele percebeu que simplesmente não o haviam compreendido. Não lhes haviam ensinado o que era ter uma reputação; o conceito estava inteiramente além da sua compreensão. Essa constatação o havia deprimido; ele pensara em escrever ao ministro da Educação sobre o assunto e sugerir que a juventude de Botsuana recebesse instrução sobre essas idéias morais básicas, mas a carta, uma vez composta, parecera tão pomposa que ele decidira não a mandar. Essa era a dificuldade, percebera. Qualquer questionamento sobre a maneira de comportar-se em nossos dias ficava parecendo antiquado e pomposo. A única maneira de se mostrar moderno era dizer que as pessoas podiam fazer o que quisessem, quando quisessem, e não importava o que qualquer outra pessoa pudesse pensar. Esse era o modo moderno de pensar.

O sr. J. L. B. Matekoni desviou o olhar para sua escrivaninha e para a página em que estava aberta a sua agenda. Ele havia anotado que aquele era o seu dia de ir à fazenda dos órfãos; se saísse imediatamente, poderia cuidar disso antes do almoço e estar de volta a tempo de verificar o trabalho de seus aprendizes antes que os proprietários viessem apanhar seus carros às quatro horas. Não havia problema com nenhum dos carros; tudo que requeriam era o serviço regular de manutenção, e isso era algo que não ultrapassava a faixa de competência dos aprendizes. Era preciso vigiá-los, entretanto; eles gostavam de forçar os motores de maneira a fazê-los desenvolver velocidades máximas, e muitas vezes ele precisava baixar o pique desses motores antes que saíssem da oficina.

"Não estamos aqui para preparar carros de corrida", advertia-os. "As pessoas que dirigem esses carros não são gente que quer correr a mil como vocês. São cidadãos respeitáveis."

"Então por que temos o nome de Speedy Motors?",* perguntou um dos aprendizes.

O sr. J. L. B. Matekoni olhou para o seu aprendiz. Havia ocasiões em que sentia vontade de gritar com ele, e

* *Speedy*, em inglês, designa "o que se move rapidamente", mas também "o que é feito sem demora". (N.T.)

essa talvez fosse uma delas, mas sempre controlava seu temperamento.

"Temos o nome de Tlokweng Road Speedy Motors", respondeu pacientemente, "porque o nosso *trabalho* é feito sem demora. Percebe a diferença? Não deixamos o cliente esperando dias e dias como costumam fazer outras oficinas mecânicas. O serviço aqui é rápido, mas cuidadoso também, como estou sempre precisando lembrar a vocês."

"Há pessoas que gostam de carros velozes", interrompeu o outro aprendiz. "Há pessoas que gostam de ir depressa."

"Pode ser", disse o sr. J. L. B. Matekoni. "Mas nem todo mundo é assim. Há pessoas que sabem que ir depressa nem sempre é a melhor maneira de se chegar ao destino, certo? É melhor chegar atrasado do que não chegar, certo?"

Os aprendizes ficaram olhando para ele sem compreender, e ele suspirou; a culpa, mais uma vez, era do Ministério da Educação e de suas idéias modernas. Esses dois rapazes jamais seriam capazes de entender nem a metade do que ele dizia. E um dia desses ainda se veriam às voltas com um grave acidente.

Foi de carro até a fazenda dos órfãos, pressionando vigorosamente a buzina, como era de seu hábito, quando chegou à porteira. Ele apreciava essas visitas, por mais de uma razão. Gostava de ver as crianças, é claro, e comumente trazia consigo um punhado de balas para distribuir entre elas quando vinham em bando recebê-lo. Mas também gostava de ver a sra. Silvia Potokwane, supervisora-chefe. Ela havia sido amiga de sua mãe, e ele a conhecia desde pequeno. Por esse motivo era natural que aceitasse a incumbência de consertar qualquer máquina que precisasse de reparo, bem como de fazer a manutenção dos dois caminhões e do microônibus envelhecido que servia como transporte para a fazenda. Ele não recebia nenhum pagamento por esses serviços, nem isso era esperado. Todo mundo ajudava a fazenda dos órfãos no que pudesse, e ele não teria aceitado que lhe pagassem mesmo se insistissem.

Mma Potokwane estava em seu escritório quando ele chegou. Inclinou-se para fora da janela e fez-lhe sinal para que entrasse.

"O chá está pronto, sr. J. L. B. Matekoni", disse-lhe. "E terá torta também, se andar depressa."

Ele estacionou seu caminhão embaixo e à sombra dos galhos de um baobá. Várias crianças logo apareceram e o acompanharam saltitando à sua volta enquanto ele se dirigia para o prédio do escritório.

"E então, crianças, vocês têm se comportado bem?", perguntou o sr. J. L. B. Matekoni, remexendo nos bolsos.

"Temos sido excelentes", disse a criança mais velha. "Fizemos boas ações a semana inteirinha. Estamos esgotadas de tantas boas ações que fizemos."

O sr. J. L. B. Matekoni riu baixinho. "Nesse caso, podem ganhar algumas balas."

Passou um punhado de balas para a criança mais velha, que as recebeu educadamente, com ambas as mãos estendidas, como era de praxe em Botsuana.

"Não estrague esses meninos", gritou Mma Potokwane de sua janela. "São de amargar, esses aí."

As crianças riram e debandaram, enquanto o sr. J. L. B. Matekoni transpunha a porta do escritório. Lá dentro encontrou Mma Potokwane, seu marido — que era um policial aposentado — e duas supervisoras da fazenda. Cada qual servido com uma caneca de chá e um prato com uma fatia de torta de frutas.

O sr. J. L. B. Matekoni tomou em pequenos goles o seu chá enquanto Mma Potokwane lhe falava dos problemas que estavam tendo com a bomba de um dos seus poços. A bomba se superaquecia ao cabo de menos de meia hora de uso e eles estavam preocupados com a perspectiva de que parasse completamente de funcionar.

"É o óleo", disse o sr. J. L. B. Matekoni. "Uma bomba

sem óleo se aquece. Deve estar havendo algum vazamento. Uma vedação que se rompeu, algo assim."

"E também temos um problema com os freios do microônibus", disse o sr. Potokwane. "Estão fazendo um ruído bastante feio agora."

"São os amortecedores dos freios", disse o sr. J. L. B. Matekoni. "Já está na hora de substituí-los. Juntam muita poeira com esse tempo e se desgastam. Vou dar uma olhada, mas vocês provavelmente terão que trazê-lo à oficina mecânica para o serviço que precisa ser feito."

Eles balançaram a cabeça em concordância, e a conversa se deslocou para acontecimentos dentro da fazenda dos órfãos. Um dos órfãos acabara de conseguir um emprego e estava se mudando para Francistown a fim de pegar o serviço. Outro órfão havia recebido um par de tênis de corrida, oferecimento de um doador sueco que enviava presentes de tempos em tempos. Era o melhor corredor da fazenda e agora poderia participar de competições. Seguiu-se um silêncio e Mma Potokwane olhou com expectativa para o sr. J. L. B. Matekoni.

"Soube que o senhor tem uma novidade para nós", disse, depois de uma pausa. "Soube que vai se casar."

O sr. J. L. B. Matekoni baixou os olhos para os sapatos. Tanto quanto ele sabia, o casal não havia contado nada para ninguém, mas isso não era o bastante para impedir que as notícias se espalhassem em Botsuana. Deve ter sido a criada, pensou. Ela teria contado a uma das outras criadas, que teriam passado a notícia para seus patrões. A essa altura, todos já deviam estar sabendo.

"Vou me casar com Mma Ramotswe", começou ele. "Ela é..."

"Ela é a mulher detetive, não?", disse Mma Potokwane. "Já ouvi falar dela. Isso vai tornar a vida muito emocionante para o senhor. Vai estar à espreita, discretamente, o tempo todo. Espionando as pessoas."

O sr. J. L. B. reteve a respiração. "Não farei nada disso", falou. "Não vou ser um detetive. Esse é o ofício de Mma Ramotswe."

Mma Potokwane pareceu desapontada. Mas logo se animou. "O senhor vai comprar um anel de brilhantes, imagino", disse. "A mulher que fica noiva, hoje em dia, tem que usar um anel de brilhantes como sinal do noivado."

O sr. J. L. B. Matekoni olhou fixo para ela. "É necessário?", perguntou.

"Muito necessário", disse Mma Potokwane. "O senhor pegue qualquer revista, e verá que há anúncios de anéis de brilhantes. Lá está dito que são anéis de noivado."

O sr. J. L. B.Matekoni ficou quieto. Daí a pouco perguntou: "Os brilhantes são muito caros, não é mesmo?".

"Caríssimos", disse uma das supervisoras. "Um brilhantezinho mínimo custa mil pulas."

"Mais do que isso", disse o sr. Potokwane. "Alguns brilhantes custam duzentos mil pulas. *Um*, apenas."

O sr. J. L. B. Matekoni pareceu desanimado. Não era um homem mesquinho, era generoso nos seus presentes tanto quanto com o seu tempo, mas era contra qualquer desperdício de dinheiro, e isso de gastar tanto com um brilhante, mesmo para uma ocasião especial, parecia-lhe um completo desperdício.

"Falarei com Mma Ramotswe a esse respeito", disse firmemente, para dar por encerrado o tema embaraçoso. "Talvez ela não ache que os brilhantes valham a pena."

"Negativo", disse Mma Potokwane. "Ela achará que valem a pena. Todas as mulheres acham que os brilhantes valem a pena. É a única coisa em que todas as mulheres se mostram de acordo."

O sr. J. L. B. Matekoni agachou-se e deu uma olhada na bomba. Depois de terminado o chá com Mma Potokwane, ele tomou o caminho que levava até lá. Era um desses caminhos curiosos que pareciam avançar a esmo, até que finalmente chegavam a seu destino. Esse caminho fazia um "balão" contornando plantações de abóbora antes de descer abruptamente atravessando uma *donga* (vala cavada por profunda erosão) e terminar diante do pequeno alpendre que protegia a bomba. O alojamento da bomba, por sua vez, tinha a cobertura de um grupo de acácias dispostas em forma de guarda-chuva, que, quando o sr. J. L. B. Matekoni chegou, proporcionavam um acolhedor círculo de sombra. Uma cabana com teto de zinco — como era o caso do alojamento da bomba — podia se tornar insuportavelmente quente sob os raios diretos do sol, o que não ajudaria em nada o funcionamento da maquinaria em seu interior.

O sr. J. L. B. Matekoni pousou sua caixa de ferramentas à entrada do alojamento da bomba e abriu a porta, empurrando-a com o máximo cuidado. Ele era cauteloso em relação a lugares como esse, porque se prestavam a atrair cobras. As cobras por alguma razão pareciam gostar de máquinas, e mais de uma vez ele havia descoberto uma cobra sonolenta enrolada em alguma peça de máquina em que estava trabalhando. Por que isso acontecia, ele não fazia a menor idéia; era provável que tivesse algo a ver com o calor e o movimento. Será que as cobras sonhavam com um lugar que fosse ideal para cobras? Será que concebiam a existência de um céu para cobras em algum lugar, onde tudo ficaria ao nível do chão e não haveria ninguém para pisar nelas?

Seus olhos levaram alguns instantes para acostumar-se à escuridão do interior, mas depois de um tempo ele viu que não havia nada que lhe fosse hostil lá dentro. A bomba era operada por um volante avantajado que recebia a energia de um antiquado motor a óleo diesel. O sr. J. L. B. Matekoni deu um suspiro. O problema era esse. Motores a óleo diesel eram em geral confiáveis, mas chegavam a um ponto de sua existência em que simplesmente tinham que ser aposentados. Ele já insinuara isso a Mma Potokwane, mas ela sempre vinha com explicações justificando que o dinheiro deveria ser gasto noutros projetos de maior urgência.

"Mas a água é mais importante que tudo", dizia o sr. J. L. B. Matekoni. "Se a senhora não puder regar os seus legumes, o que é que as crianças vão comer?"

"Deus providenciará", dizia Mma Potokwane tranqüilamente. "Um dia Ele há de nos mandar um motor novo."

"Talvez sim", dizia o sr. J. L. B. Matekoni. "Mas talvez não. Deus às vezes não se interessa muito por motores. Conserto carros para um número razoável de ministros religiosos, e todos estão sempre dando problemas. Os servos de Deus não são muito bons motoristas."

Agora, com a prova da mortalidade do diesel diante dos olhos, ele retomou a caixa de ferramentas, pegou uma chave de fenda e começou a remover a carcaça do motor. Logo ficou inteiramente absorvido pelo trabalho, como um cirurgião debruçado sobre o paciente anestesiado, perscrutando o motor até retirar dele tudo menos o seu sólido coração metálico. Em sua época havia sido um motor excelente, produto de uma fábrica em local inconcebivelmente remoto — um motor de confiança, um motor de caráter. Todos os motores pareciam ser japoneses naqueles tempos, e feitos por robôs. Está claro que eram confiáveis porque suas peças eram muito bem confeccionadas e obedientes, mas, para um homem como o sr. J. L. B. Matekoni, esses motores eram macios e leves como pão branco fatiado. Nenhuma imperfeição — nem asperezas nem idiossincrasias. Em conseqüência, não havia nenhum desafio em consertar um motor japonês.

Muitas vezes ele havia pensado em como era triste que a geração seguinte de mecânicos talvez nunca tivesse que consertar um motor desses antigos. Eram todos treinados para consertar motores modernos que exigiam o recurso a computadores para a localização de seus problemas. Quando alguém entrava na garagem da oficina com um Mercedes Benz novo, o sr. J. L. B. Matekoni sentia um aperto no coração. Ele já não estava em condições de lidar com esses carros, pois não dispunha de nenhuma das novas máquinas de diagnóstico a eles apropriadas. Sem esse tipo de máquina, como poderia saber se um minúsculo chip em alguma parte inacessível do motor estava emitindo o sinal errado? Ele se sentia tentado a dizer que esses proprietários deveriam procurar um computador para consertar seu carro, e não um mecânico em carne e osso, mas é claro que não o dizia, e punha o máximo empenho no trato com as brilhantes estruturas de aço aninhadas sob as capotas de tais carros. Mas o coração ficava fora disso.

O sr. J. L. B. Matekoni havia acabado de remover as cabeças dos cilindros do motor da bomba e examinava o interior dos próprios cilindros. Era exatamente o que ele imaginava; ambos estavam coqueificados e não tardariam a ter que passar por uma retífica. E, quando chegou a vez de os pistões serem removidos, ele verificou que os anéis estavam corroídos e gastos, como se atacados de artrite. Isso afetava drasticamente a eficiência do motor, o que significava desperdício de combustível e menos água para os legumes dos órfãos. Ele teria que fazer o possível. Substituiria algumas das vedações do motor para estancar a perda de óleo, e daria um jeito de conseguir que o motor fosse levado algum dia à oficina mecânica para uma retífica. Mas chegaria o momento em que mais nada disso adiantaria, e ele achava que então eles simplesmente teriam que comprar um motor novo.

Fez-se um som atrás dele, que o assustou. O alojamento da bomba era um lugar silencioso, e tudo o que ele ouvira até então havia sido as vozes dos pássaros nas acácias. Esse, agora, era um ruído humano. Olhou em volta, e nada. Em seguida, o ruído tornou a se fazer ouvir, atravessando o mato, um rangido como o de uma roda não lubrificada. Talvez um dos órfãos estivesse empurrando algum carrinho de mão ou algum desses carros de brinquedo que as crianças gostam de construir com sucatas de lata e arame.

O sr. J. L. B. Matekoni limpou as mãos num trapo,

que guardou de volta no bolso. O ruído parecia estar chegando mais perto, agora, e então ele viu o que estava acontecendo: de trás do mato de arbustos que tapava a visão dos meandros do caminho, surgiu uma garota numa cadeira de rodas, que a menina movia com a força de seus braços. Quando ela ergueu os olhos do caminho à sua frente e viu o sr. J. L. B. Matekoni, parou, com as mãos grudadas nos aros das rodas. Por um momento os dois se encararam, até que ela sorriu e começou a fazer avançar a cadeira nos últimos metros do caminho que levava até ele.

Cumprimentou-o polidamente, como era de se esperar de uma criança bem-educada.

"Espero que o senhor esteja bem, Rra", disse, oferecendo sua mão direita, enquanto punha a mão esquerda sobre o antebraço direito, em sinal de respeito.

Trocaram um aperto de mão.

"Espero que minhas mãos não estejam muito oleosas", disse o sr. J. L. B. Matekoni. "Estive trabalhando na bomba."

A garota balançou a cabeça. "Trouxe um pouco d'água para o senhor, Rra. Mma Potokwane disse que o senhor tinha vindo para cá sem nada para beber e que devia estar com sede."

Ela esticou o braço para pegar uma sacola que tinha sido posta debaixo do assento da cadeira e dela retirou uma garrafa.

O sr. J. L. B. Matekoni tomou a água, agradecido. Ele começara justamente a sentir sede e lamentava não ter se lembrado de levar água. Tomou um gole da garrafa, olhando para a garota enquanto bebia. Ela era ainda muito jovem — onze ou doze anos, pensou — e tinha um rosto agradável, franco. O cabelo era preso em tranças, com contas inseridas nos nós. Usava um vestido azul quase branco pelas lavagens repetidas, e nos pés um par de tênis, muito surrados.

"Você mora aqui?", perguntou ele. "Na fazenda?"

Ela balançou a cabeça, confirmando. "Estou aqui há

quase um ano", respondeu. "Estou aqui com meu irmão mais novo. Ele tem só cinco anos."

"De onde vocês vieram?"

Ela baixou os olhos. "Viemos de um lugar perto de Francistown. Minha mãe morreu. Morreu há três anos, quando eu tinha nove. Ficamos morando com uma mulher, no seu quintal. Até o dia em que ela nos disse que tínhamos de ir embora."

O sr. J. L. B. Matekoni não falou nada. Mma Potokwane lhe contara as histórias de alguns órfãos e, a cada relato, ele sentia um aperto no coração. Na sociedade tradicional, não era possível uma criança ser indesejada; sempre havia alguém que tomasse conta dela. Mas as coisas estavam mudando, e agora havia órfãos. Isso acontecia particularmente agora por causa dessa doença que estava se disseminando pela África. Havia muito mais crianças sem pais e a fazenda dos órfãos talvez fosse o único lugar para onde algumas delas podiam ir. Fora isso, o que acontecera a essa menina? E por que estava numa cadeira de rodas?

Ele interrompeu sua linha de pensamento. Não tinha sentido especular sobre coisas em que a chance de ajudar era tão pequena. Havia questões mais imediatas a serem atendidas, como, por exemplo, saber por que a cadeira de rodas estava fazendo aquele ruído tão esquisito.

"Sua cadeira está com um rangido", disse ele. "Ela faz isso sempre?"

Ela balançou a cabeça. "Começou há algumas semanas. Acho que está com algum defeito."

O sr. J. L. B. Matekoni agachou-se e examinou as rodas. Ele nunca havia consertado uma cadeira de rodas antes, mas era óbvio para ele em que consistia o problema. As dobradiças estavam secas e poeirentas — um pouco de óleo faria milagres ali — e o freio estava meio emperrado. Isso explicaria o rangido.

"Vou levantá-la daí", disse. "Pode sentar-se debaixo da árvore enquanto eu conserto a cadeira para você."

Ele ergueu a garota e colocou-a delicadamente no chão.

Em seguida, virando a cadeira com as rodas para cima, reajustou a alavanca que exercia o controle. O óleo foi aplicado nas dobradiças, e ele girou as rodas para testar. Não havia nenhuma obstrução e nenhum rangido. Ele colocou a cadeira na posição certa e empurrou-a para o lugar onde a menina se sentara.

"O senhor foi muito gentil, Rra", disse ela. "Agora preciso voltar, senão a supervisora pode pensar que eu me perdi."

Ela retomou o caminho por onde tinha vindo, deixando o sr. J. L. B. Matekoni prosseguir seu trabalho com a bomba. Passada uma hora, o conserto ficou pronto. Ele se animou quando o aparelho deu a primeira partida e pareceu estar funcionando regularmente. Esse conserto, entretanto, não duraria muito, e ele sabia que teria de voltar para desmantelar a bomba inteiramente. Como fariam para molhar os legumes, então? Esse era o problema de viver num país árido. Tudo — quer se tratasse da vida humana ou de abóboras — funcionava dentro de margens muito estreitas.

5

JOALHEIROS DO DIA DO JUÍZO FINAL

Mma Potokwane estava certa: Mma Ramotswe, como ela havia previsto, ligava, sim, para brilhantes.

O assunto veio à baila poucos dias depois de o sr. J. L. B. Matekoni ter consertado a bomba na fazenda dos órfãos.

"Acho que as pessoas estão sabendo do nosso noivado", disse Mma Ramotswe, e ela e o sr. J. L. B. Matekoni sentaram-se para tomar chá no escritório da Tlokweng Road Speedy Motors. "Minha empregada disse que ouviu pessoas comentando isso na cidade. Ela disse que todo mundo sabe."

"Este lugar é assim mesmo", suspirou o sr. J. L. B. Matekoni. "Estou sempre ouvindo falar dos segredos dos outros."

Mma Ramotswe balançou a cabeça. Ele tinha razão: não havia segredos em Gaborone. Todo mundo sabia tudo sobre a vida dos outros.

"Por exemplo", disse o sr. J. L. B. Matekoni, animando-se com o tema. "Quando Mma Sonqkwena estragou a caixa de mudança do carro novo de seu filho, ao tentar mudar para marcha a ré a uma velocidade de cinqüenta quilômetros por hora, todo mundo ficou sabendo. Não contei para ninguém, mas mesmo assim ficaram sabendo."

Mma Ramotswe riu. Ela conhecia Mma Sonqkwena, possivelmente a mais idosa motorista a dirigir na cidade. O filho, dono de uma próspera loja no shopping center de Broadhurst, tentara convencer a mãe a contratar um motorista profissional ou desistir inteiramente de dirigir, mas fora vencido pelo indômito sentimento de independência dela.

"Ela estava saindo em direção a Molepolole", prosseguiu o sr. J. L. B. Matekoni, "quando se lembrou de que deixara de alimentar as galinhas em Gaborone. Decidiu que seguiria direto para trás mudando para a marcha a ré. Pode imaginar o efeito sobre a caixa de mudança. E de repente isso estava na boca de todo mundo. Eles presumiram que eu havia contado às pessoas, mas não contei. Um mecânico tem que ser como um padre. Não pode falar de nada que tenha presenciado."

Mma Ramotswe concordou. Ela respeitava o caráter confidencial de certos fatos e admirava o sr. J. L. B. Matekoni pela compreensão que disso tinha também. Era grande o número de fofoqueiros por toda parte. Mas essas eram observações gerais, e havia assuntos mais prementes a serem discutidos, de modo que ela tratou de encaminhar a conversa para o tema que havia iniciado todo esse debate.

"O fato é que estão falando sobre nosso noivado", disse. "Algumas dessas pessoas até pediram para ver o anel que o senhor havia comprado para mim." Ela lançou um olhar para o sr. J. L. B. Matekoni antes de prosseguir. "Eu então lhes disse que o senhor ainda não o havia comprado, mas que tinha certeza de que logo irá comprá-lo."

Ela prendeu a respiração. O sr. J. L. B. Matekoni estava olhando para o chão, como era seu costume quando se sentia inseguro.

"Um anel?", disse finalmente, com certa tensão na voz. "Que tipo de anel?"

Mma Ramotswe observou-o cautelosamente. Era preciso ser circunspecta com os homens ao tratar desses assuntos. Eles tinham uma compreensão muito diminuta deles, não havia dúvida, mas todo cuidado era pouco para não alarmá-los. Não teria o menor sentido. Ela decidiu ser direta. O sr. J. L. B. Matekoni detectaria o subterfúgio e isso só seria prejudicial.

"Um anel de brilhantes", disse. "É o que as noivas estão usando hoje em dia. É moderno."

O sr. J. L. B. Matekoni continuava a olhar, taciturno, para o chão.

"Brilhantes?", disse, sem firmeza na voz. "Tem certeza de que fazem o estilo moderno?"

"Sim", disse Mma Ramotswe sem vacilar. "Todas as mulheres de hábitos modernos que ficam noivas recebem anel de brilhantes hoje em dia. É um sinal de que são estimadas."

O sr. J. L. B. Matekoni ergueu os olhos com determinação. Se isso fosse verdade — e coincidia fortemente com o que lhe havia dito Mma Potokwane —, não lhe restaria alternativa a não ser comprar um anel de brilhantes. Ele não gostaria que Mma Ramotswe imaginasse que não era estimada. Ele a apreciava muitíssimo; era imensa e humildemente grato a ela por ter concordado em casar-se com ele e, se era necessário um brilhante para anunciar isso ao mundo, seria um preço pequeno a pagar por tamanha felicidade. Fez uma pausa quando a palavra "preço" atravessou seu pensamento, lembrando-se das cifras alarmantes que haviam sido mencionadas durante o chá na fazenda dos órfãos.

"Esses brilhantes são muito caros", aventurou. "Espero ter o dinheiro suficiente."

"Mas é claro que tem," disse Mma Ramotswe. "Há anéis que são muito baratos. Ou o senhor pode parcelar o pagamento..."

O sr. J. L. B. Matekoni reanimou-se. "Pensei que custassem milhares e milhares de pulas", disse. "Talvez cinqüenta mil pulas."

"Claro que não", disse Mma Ramotswe. "Eles têm anéis que são caros, lógico, mas também têm outros que são muito bons e não custam tanto. Podemos ir e dar uma olhada. Por exemplo, nos Joalheiros do Dia do Juízo Final. Eles têm uma boa seleção."

A decisão estava tomada. Na manhã seguinte, depois

de Mma Ramotswe ter cuidado da correspondência na agência de detetives, eles iriam aos Joalheiros do Dia do Juízo Final e escolheriam um anel. Era uma idéia atraente, e até mesmo o sr. J. L. B. Matekoni, sentindo-se bastante aliviado ante a perspectiva de um anel que pudesse pagar, antevia com prazer o passeio. Agora que refletira sobre o assunto, os brilhantes pareciam-lhe exercer uma atração especial, algo que mesmo um homem era capaz de entender, desde que se concentrasse com firmeza nesse pensamento. Mais importante para o sr. J. L. B. Matekoni era pensar que esse presente, possivelmente o mais caro que iria dar em toda a sua vida, era um presente originário do próprio solo de Botsuana. O sr. J. L. B. Matekoni era um patriota. Amava seu país, sentimento que, ele sabia, era partilhado com Mma Ramotswe. A simples idéia de que o brilhante que acabaria escolhendo pudesse ter vindo de uma das três minas de diamante de Botsuana dava maior significado ao presente. Ele estaria oferecendo, à mulher que amava e admirava mais do que qualquer outra, uma partícula diminuta da própria terra sobre a qual caminhavam. Era uma partícula especial, sem dúvida: um fragmento de rocha que a natureza queimara em tempos imemoriais com o resultado de conferir-lhe brilho e dureza inigualáveis. Então um belo dia alguém o desencavara da terra em Orapa, polira-o, trouxera-o a Gaborone e embutira-o em ouro. E tudo isso para permitir que Mma Ramotswe o usasse no segundo dedo da mão esquerda e desse modo anunciasse ao mundo que ele, o sr. J. L. B. Matekoni, proprietário da Tlokweng Road Speedy Motors, iria ser seu marido.

A sede dos Joalheiros do Dia do Juízo Final ficava escondida no final de uma rua poeirenta, junto à Livraria da Salvação, que vendia bíblias e outros textos religiosos, e os Serviços de Escrituração Mercantil de Mothobani (*Pare de Pensar no Fiscal de Impostos*). Era uma loja discreta, com um alpendre de teto inclinado que se apoiava em pilares de tijolos caiados. A tabuleta, pintada por um letreirista amador de pouco talento, exibia a cabeça e os ombros de uma atraente mulher que usava um colar de desenho complexo e enormes brincos pendentes. A mulher tinha um sorriso oblíquo, apesar do peso considerável dos brincos e do evidente desconforto do colar.

O sr. J. L. B. Matekoni e Mma Ramotswe estacionaram no lado oposto da rua, à sombra de uma acácia. Eles chegaram mais tarde do que haviam previsto, e o calor do dia já começava a aumentar. Por volta do meio-dia qualquer veículo deixado ao sol ficaria quase impossível de ser tocado, com os assentos quentes demais para o contato com a pele e o volante convertido numa roda de fogo. Na sombra era possível evitar isso, e debaixo de cada árvore se formavam ninhos de carros com a frente voltada para o tronco, como leitões grudados à porca-mãe, a fim de desfrutar ao máximo a proteção garantida pela panóplia incompleta que constituía a folhagem cinza-esverdeada.

A porta estava trancada mas abriu-se instantaneamente quando o sr. J. L. B. Matekoni fez soar a campainha elétrica. Dentro da loja, em pé atrás do balcão, estava um homem magro trajado de brim cáqui. Tinha uma cabeça estreita, e tanto os seus olhos ligeiramente inclinados como o leve toque dourado de sua pele sugeriam alguma parcela de sangue do povo sã — o sangue dos bosquímanos do Kalahari. Mas, se fosse esse o caso, por que estaria ele trabalhando numa joalheria? Não havia nenhum motivo real que o impedisse, evidentemente, mas parecia algo inadequado. As joalherias atraíam hindus ou quenianos, que gostavam desse tipo de trabalho; os basarvas sentiam-se mais felizes criando animais — eram ótimos no trato do gado ou de avestruzes.

O joalheiro sorriu para eles. "Eu os vi lá fora", disse. "Estacionaram o carro debaixo daquela árvore."

O sr. J. L. B. Matekoni certificou-se de que julgara corretamente as origens do vendedor. O homem falava setsuana sem erros, mas seu sotaque confirmava os indícios visíveis na fisionomia. Sob a pronúncia das vogais, percebiam-se silvos e estalidos contendo-se a custo para não vir à tona. A língua dos sãs era muito peculiar, mais evocativa do som dos pássaros nas árvores do que de pessoas falando.

Ele se apresentou dando seu nome, como era de boa educação, e em seguida virou-se para Mma Ramotswe.

"Essa senhora e eu agora estamos noivos", disse. "Ela é Mma Ramotswe, e eu desejo comprar-lhe um anel para o noivado." Fez uma pausa. "Um anel de brilhantes."

O joalheiro encarou-o com seus olhos velados e em seguida desviou o olhar lateralmente para Mma Ramotswe. Ela lhe devolveu o olhar e pensou: *Aqui tem esperteza. Este é um espertalhão em quem não se pode confiar.*

"O senhor é um felizardo", disse o joalheiro. Não é todo homem que encontra uma mulher alegre e gorda assim para se casar. Hoje em dia a gente só vê mulheres magras e autoritárias. Essa há de fazê-lo muito feliz."

O sr. J. L. B. Matekoni aceitou o elogio. "Sim", reconheceu, "sou um homem de sorte."

"E agora precisa comprar para ela um anel bem grande", prosseguiu o joalheiro. "Uma mulher gorda não pode usar anel miudinho."

O sr. J. L. B. Matekoni baixou os olhos para os sapatos.

"Eu estava pensando num anel de tamanho médio", disse. "Não sou um homem rico."

"Sei quem é o senhor", disse o joalheiro. "O senhor é o dono da Tlokweng Road Speedy Motors. Pode pagar por um bom anel."

Mma Ramotswe resolveu interromper. "Não quero um anel grande", disse com firmeza. "Não sou mulher de usar anel grande. Estava esperando encontrar um anel pequeno."

O joalheiro lançou-lhe um olhar. Ele parecia quase aborrecido com a presença dela — como se se tratasse de uma transação entre homens, do tipo de uma transação em torno de gado, e ela estivesse interferindo.

"Vou lhe mostrar alguns anéis", disse, curvando-se para

puxar uma gaveta do balcão abaixo dele. "Estes são alguns bons anéis de brilhantes."

Ele colocou a gaveta sobre o balcão e apontou para uma fileira de anéis encaixados nas fendas de um fundo de veludo. O sr. J. L. B. Matekoni prendeu a respiração. Os brilhantes estavam colocados nos anéis em grupos: a pedra maior no meio com as menores à sua volta. Vários anéis tinham outras pedras também — esmeraldas e rubis — e debaixo de cada um deles estava exposta uma pequena etiqueta.

"Não se preocupem com o que diz a etiqueta", falou o joalheiro, abaixando a voz. "Posso oferecer grandes descontos."

Mma Ramotswe examinou atentamente o mostruário. Em seguida ergueu os olhos e balançou a cabeça.

"Esses são grandes demais", disse. "Eu lhe disse que queria um anel menor. Talvez seja preciso procurar numa outra loja."

O joalheiro suspirou. "Tenho outros formatos", disse. "Também tenho anéis pequenos."

Recolocou a gaveta em seu lugar e retirou uma outra. Os anéis guardados nessa eram consideravelmente menores. Mma Ramotswe apontou para um anel no centro do mostruário.

"Gosto deste aqui", disse. "Vamos dar uma olhada nele."

"Não é muito grande", disse o joalheiro. "Um brilhante como esse pode facilmente passar despercebido. As pessoas são capazes de nem notar."

"Não me importa", disse Mma Ramotswe. "Esse brilhante vai ser para mim. Não tem nada a ver com as outras pessoas."

O sr. J. L. B. Matekoni sentiu-se tomado por um assomo de orgulho ao ouvi-la falar. Essa era a mulher que ele admirava, a mulher que acreditava nos antigos valores de Botsuana e que não tinha tempo a perder com exibicionices.

"Também gosto deste anel", disse. "Por favor, deixe Mma Ramotswe experimentá-lo."

O anel foi passado a Mma Ramotswe, que o enfiou no dedo e avançou a mão para que o sr. J. L. B. Matekoni pudesse examiná-lo de perto.

"Fica perfeito na senhora", disse ele.

Ela sorriu. "Se este era o anel que o senhor gostaria de comprar para mim, fique sabendo que me deixaria muito feliz."

O joalheiro apanhou a etiqueta com o preço e passou-a ao sr. J. L. B. Matekoni. "Neste eu não posso fazer mais nenhum desconto", disse. "Já é bem barato."

O sr. J. L. B. Matekoni teve uma grata surpresa ao olhar o preço. Ele acabara de substituir o sistema de refrigeração na van de um cliente, e o pagamento recebido equivalia exatamente ao que deveria dar pela jóia. Não era caro. Enfiando a mão no bolso, apanhou um maço de cédulas que havia retirado do banco aquela manhã e pagou o joalheiro.

"Há uma pergunta que eu gostaria de fazer", disse o sr. J. L. B. Matekoni ao joalheiro. "Esse brilhante é um diamante daqui mesmo de Botsuana?"

O joalheiro encarou-o com curiosidade.

"E em que isso pode lhe interessar?", perguntou. "Um diamante é um diamante, seja qual for a sua procedência."

"Sei disso", disse o sr. J. L. B. Matekoni. "Mas me alegra pensar que minha esposa estará usando uma de nossas próprias pedras."

O joalheiro sorriu. "Nesse caso, devo dizer-lhe que sim, é um brilhante daqui. Todas essas pedras são de nossas próprias minas."

"Obrigado", disse o sr. J. L. B. Matekoni. "Fico feliz em saber."

Voltaram da joalheria passando pela Catedral Anglicana e pelo Hospital Princesa Marina. Ao passarem pela Catedral, Mma Ramotswe disse: "Acho que talvez devêssemos nos casar aí. Quem sabe poderíamos conseguir que o próprio bispo Makhulu realizasse a cerimônia?"

"Disso eu gostaria", disse o sr. J. L. B. Matekoni. "O bispo é um homem de bem."

"O que quer dizer que um homem de bem estará celebrando o casamento de um homem de bem", disse Mma Ramotswe. "O senhor é um homem bom, sr. J. L. B. Matekoni."

O sr. J. L. B. Matekoni não disse nada. Não era fácil responder a um elogio, especialmente quando a pessoa sentia que era imerecido. Ele não se considerava um homem particularmente bom. Havia muitas faltas em seu caráter, pensou, e, se alguém tinha essa qualidade, era Mma Ramotswe. Ela era muito melhor do que ele. Ele não passava de um mecânico que se esforçava ao máximo; ela era muito mais do que isso.

Eles dobraram na Zebra Drive e percorreram com o carro o caminho da entrada para veículos diante da casa de Mma Ramotswe, estacionando sob a tela de sombreamento ao lado da varanda. Rose, a criada de Mma Ramotswe, olhou pela janela da cozinha e acenou para eles. Ela havia concluído a lavagem de roupas do dia e as peças estavam penduradas na corda, formando uma faixa branca contra o marrom avermelhado da terra e o azul do céu.

O sr. J. L. B. Matekoni pegou a mão de Mma Ramotswe e tocou, por um momento, o anel cintilante. Olhou para ela e viu que havia lágrimas nos seus olhos.

"Desculpe", disse ela. "Não deveria estar chorando, mas não consigo me conter."

"Por que está triste?", perguntou ele. "Não tem por que estar triste."

Ela fez o gesto de enxugar uma lágrima e em seguida balançou a cabeça.

"Não estou triste", disse. "É que ninguém jamais me deu antes algo parecido com este anel. Quando me casei com Note, ele não me deu nada. Eu contava que fosse haver um anel, mas nada. Agora tenho um anel."

"Tentarei compensá-la do que sofreu com Note", disse o sr. J. L. B. Matekoni. "Tentarei ser um bom marido para a senhora."

Mma Ramotswe moveu a cabeça afirmativamente. "Tenho certeza de que sim", disse. "E eu tentarei ser uma boa mulher para você."

Continuaram sentados por algum tempo, em silêncio, cada um entregue aos pensamentos que a ocasião suscitara. Até que o sr. J. L. B. Matekoni saiu, deu a volta pela frente do carro e abriu a porta para ela. Eles iam entrar e tomar um chá de *rooibos*, e ela ia mostrar a Rose o anel e o brilhante que a haviam feito tão feliz e tão triste ao mesmo tempo.

6
TERRA ÁRIDA

Sentada em seu escritório na Agência Nº 1 de Mulheres Detetives, Mma Ramotswe pensava em como era fácil a pessoa encontrar-se comprometida com o rumo de uma ação, simplesmente por faltar-lhe a coragem de dizer não. Ela na verdade não queria assumir a busca de uma solução para o que acontecera ao filho da sra. Curtin. Clovis Andersen, autor do livro que era a bíblia de sua profissão, *Os princípios da investigação particular*, teria descrito esse inquérito como "uma roubada". "Um inquérito que é uma roubada", escreveu ele, "é aquele que não oferece resultados para nenhum dos interessados. O cliente cria falsas esperanças por ter um detetive cuidando do caso, e o próprio detetive sente que tem o compromisso de produzir alguma revelação por causa das esperanças nele depositadas. Isso significa que o detetive provavelmente gastará mais tempo no caso do que justificariam as circunstâncias. Ao final da investigação, o provável é que não se consiga coisa alguma, levando os participantes a considerar se não seria o caso de deixar que o passado fosse enterrado com decoro. *Deixem em paz o passado* é, às vezes, o melhor conselho que se pode dar."

Mma Ramotswe lera e relera essa passagem em diversas ocasiões e se reconhecera em absoluta concordância com os sentimentos nela expressos. Havia um interesse excessivo pelo passado, pensava ela. As pessoas estavam sempre desenterrando acontecimentos ocorridos havia muito tempo. E qual o sentido de se fazer isso, se o único efeito era o de envenenar o presente? Houve muitos erros no passado, mas ajudava alguma coisa estar continuamente a revolvê-los e trazê-los à tona para dar-lhes novo fôlego? Ela pensou no povo chona e em como essa gente insistia em recordar e recontar o que o povo ndebele lhe havia feito sob os governos de Mzilikazi e de Lobengula. É bem verdade que fizeram coisas terríveis — afinal, eram realmente zulus e sempre haviam oprimido seus vizinhos —, mas com toda a certeza não se justificava a insistência no assunto. O melhor seria esquecer tudo isso de uma vez por todas.

Veio-lhe à mente Seretse Khama, chefe supremo dos bamanguatos, primeiro presidente de Botsuana, um verdadeiro estadista. E pensar como os ingleses o trataram, recusando-se a reconhecer a noiva por ele escolhida e forçando-o a exilar-se simplesmente porque se casara com uma inglesa! Como era possível terem dado tal demonstração de crueldade e insensibilidade para com um homem desses? Expulsar alguém de sua terra, afastá-lo de sua gente, era sem dúvida um dos piores castigos que se poderia imaginar. E isso deixou o povo sem liderança; foi como se o atingissem em cheio no coração: *Onde está o nosso Khama? Onde está o filho de Kgosi Sekgoma II e o mohumagadi Tebogo?* Mas o próprio Seretse daí por diante jamais fez caso do ocorrido. Não falou sobre isso, e não teve outros gestos que não fossem de cortesia para com o governo britânico e para com a própria rainha. Um homem de menor grandeza teria dito: *Vocês fizeram o que fizeram comigo, e agora esperam que eu seja seu amigo?*

E o caso do sr. Mandela? Todo mundo está a par do que aconteceu com o sr. Mandela, e de como ele perdoou os que o mantiveram preso. Tiraram-lhe muitos e muitos anos de vida simplesmente porque ele queria justiça. Puseram-no para trabalhar numa pedreira e ele teve os olhos permanentemente danificados pela poeira que se desprendia das pedras. Mas, ao final, no dia luminoso e emocionante em que saiu da prisão, não se ouviu dele uma palavra para reivindicar vingança ou sequer uma indenização. Ele disse que havia coisas mais importantes a fazer do que queixar-se do passado, e, com o transcorrer do tempo, demonstrou o quanto era sincero ao dizer isso, pelas centenas de atos generosos que teve para com aqueles que o haviam tratado tão mal. Esse era o verdadeiro modo de ser africano, a tradição mais chegada ao coração da África. Somos todos filhos da África, e nenhum de nós é melhor ou mais importante que o outro. Esta é a mensagem que a África pode transmitir ao mundo: pode lembrar-lhe em que consiste ser um homem.

Mma Ramotswe reconhecia o valor dessa atitude, e compreendia a grandeza demonstrada por Khama e Mandela ao perdoarem o passado. Já o caso da sra. Curtin era diferente. Não lhe parecia que a americana estivesse ansiosa por encontrar alguém em quem pôr a culpa pelo desaparecimento de seu filho, apesar de ela saber que muitas pessoas nessa situação se tornavam obcecadas em descobrir alguém para punir. E, claro, havia toda a questão da punição. Mma Ramotswe suspirou. Ela supunha que a punição se fazia às vezes necessária para tornar claro que o que alguém havia feito era errado, mas ela nunca conseguira compreender a insistência em punir aqueles que mostravam arrependimento pelo malefício causado. Quando era menina em Mochudi, presenciara o espancamento de um garoto que havia deixado uma cabra se perder. Ele confessara ter adormecido debaixo de uma árvore quando deveria estar vigiando o rebanho, e declarara estar verdadeiramente arrependido de ter dado margem a que a cabra se extraviasse. De que adiantara, então, indagava-se ela, o tio ter-lhe dado uma surra de vara de xanate até o garoto pedir misericórdia aos gritos? Tal castigo não havia tido outro resultado senão desfigurar sua vítima.

Mas essas eram questões mais amplas, e o problema mais imediato era saber por onde começar a busca daquele pobre rapaz americano falecido. Ela imaginava Clovis Andersen balançando a cabeça e dizendo: "É, Mma Ramotswe, a senhora acabou embarcando num caso que é uma roubada, apesar de tudo o que eu já disse a respeito. Mas, uma vez que a senhora fez isso, o conselho que eu tenho para lhe dar é de que volte ao princípio de tudo. Comece dali." O princípio, ela supôs, era a fazenda em que Burkhardt e seus amigos haviam concretizado o projeto deles. Não seria difícil encontrar o lugar, embora ela duvidasse de que chegaria a descobrir alguma coisa. Mas pelo menos poderia se identificar melhor com o caso, e isso, ela sabia, era um bom começo. Os lugares costumam ter ecos — e, se a pessoa for sensível, bem que poderá captar alguma ressonância do passado, alguma intuição do que aconteceu.

Não lhe foi difícil encontrar a aldeia. Sua secretária, Mma Makutsi, tinha uma prima que era originária da aldeia mais próxima da fazenda, e lhe explicara qual a estrada por onde deveria seguir. Ficava na direção oeste, não longe de Molepolole. Uma região árida, nos limites do Kalahari, coberta de arbustos baixos e árvores espinhosas. Era esparsamente povoada, mas nas áreas em que existia mais água as pessoas haviam criado aldeolas e grupos de pequenas casas em torno dos campos de sorgo e de melão. Não havia muito em que se ocupar ali e as pessoas mudavam-se para Lobatse ou Gaborone, se tinham condições para tanto. Gaborone estava repleta de pessoas vindas de lugares assim. Vinham para a cidade, mas mantinham os vínculos com suas terras e postos arrendados. Esses lugares de origem continuariam sendo para sempre seus lares, por mais tempo que passassem longe deles. No final das contas, era ali que gostariam de morrer, sob esses céus tão vastos que sugeriam a imensidão do oceano.

Lá se foi ela em sua pequenina van branca num sábado pela manhã, partindo bem cedo, como costumava fazer em qualquer viagem. À hora em que deixou a cidade, torrentes de pessoas já vinham em direção contrária para fazer as compras de sábado. Era o fim do mês, ou seja, dia de pagamento, e as lojas ficariam barulhentas e abarrotadas de gente carregando enormes frascos de refrescos e de feijões, ou se exibindo em roupas e sapatos ambicionados que acabavam de comprar. Mma Ramotswe gostava de fazer compras, mas nunca próximo ao dia de pagamento. Os preços subiam nessa época, ela estava convencida, e tornavam a baixar no meio do mês, quando ninguém mais tinha dinheiro.

A maior parte do tráfego na estrada era constituída por ônibus e vans que traziam pessoas para a cidade. Mas havia uns poucos que seguiam na direção oposta — trabalhadores da cidade que voltavam a suas aldeias para passar o fim de semana; homens que voltavam a suas mulheres e filhos; mulheres que trabalhavam como criadas em Gaborone e que voltavam para passar seus preciosos dias de lazer em companhia dos pais e avós. Mma Ramotswe reduziu a velocidade do carro; havia uma mulher parada à beira da estrada, acenando com a mão para conseguir uma carona. Era uma mulher com idade próxima à de Mma Ramotswe, elegantemente vestida com uma saia preta e camisa de malha de um vermelho bem vivo. Mma Ramotswe hesitou mas acabou parando. Não podia deixá-la ali plantada; em algum lugar devia haver uma família à sua espera, contando com a boa vontade de alguém motorizado que se dispusesse a deixar sua mãe em casa.

Desviou o carro para o acostamento e pela janela disse em voz alta: "Para onde vai, Mma?".

"Estou indo para lá", disse a mulher, apontando estrada afora. "Logo depois de Molepolole. Vou para Silokwolela."

Mma Ramotswe sorriu. "Também estou indo para lá", disse. "Posso levá-la até o final."

A mulher soltou uma exclamação de contentamento. "A senhora é muito gentil, e eu sou uma pessoa de muita sorte."

Ela abaixou-se para apanhar o saco plástico em que estava carregando seus pertences e abriu a porta do carona da van de Mma Ramotswe. Uma vez colocado o saco plástico aos pés de sua dona, Mma Ramotswe saiu do acostamento, retomou a estrada e a van partiu. Por um velho hábito, Mma Ramotswe fixou o olhar em sua nova companheira de viagem e fez uma avaliação. Muito bem-vestida — a camisa era nova e de lã verdadeira, em vez das ordinárias fibras artificiais que tantas pessoas compravam hoje em dia; a saia, no entanto, era barata e os sapatos, ligeiramente arranhados. Essa senhora trabalha em loja, pensou. Ela concluiu o ensino fundamental e quem sabe até o segundo ou terceiro ano do médio. Não tem marido, e seus filhos moram com a avó em Silokwolela. Mma Ramotswe havia visto o exemplar da Bíblia enfiado no topo do saco plástico e isso era mais informação que lhe chegava. Essa senhora era membro de uma igreja, e talvez assistisse a cursos bíblicos. Naquela noite iria ler sua Bíblia para os filhos.

"Seus filhos estão lá, Mma?", indagou Mma Ramotswe polidamente.

"Sim", foi dito em resposta. "Ficam com a avó. Eu trabalho numa loja de móveis em Gaborone, o Depósito New Deal. A senhora a conhece, por acaso?"

Mma Ramotswe balançou a cabeça, em parte por ver confirmada sua avaliação, em parte como resposta à pergunta feita.

"Não tenho marido", prosseguiu a companheira de viagem. "Ele foi para Francistown e morreu de arrotos."

Mma Ramotswe teve um sobressalto. "Arrotos? Pode-se morrer de arrotos?"

"Sim. Ele teve uma crise muito grave de arrotos lá em Francistown e o levaram para o hospital. Foi operado e descobriram que havia uma coisa muito ruim dentro dele. Era essa coisa que o fazia arrotar. E então morreu."

Houve um silêncio. Até que Mma Ramotswe falou: "Sinto muito".

"Obrigada. Fiquei muito triste quando isso aconteceu, pois ele era um homem muito bom e havia sido um pai excelente para meus filhos. Mas minha mãe ainda tinha saúde, e disse que cuidaria deles. Consegui arranjar um emprego em Gaborone porque concluí a segunda série do ensino médio. Na loja de móveis ficaram muito satisfeitos com o meu trabalho. Atualmente estou na lista das vendedoras com maior volume de vendas, e eles até já me inscreveram para fazer um curso nesse ramo em Mafikeng."

Mma Ramotswe sorriu. "A senhora tem se saído muito bem. Não é fácil para mulheres. Os homens esperam que a gente dê conta de toda a trabalheira, e aí ficam com os melhores empregos para eles. Não é fácil ser uma mulher bem-sucedida."

"Mas garanto que a senhora é bem-sucedida," disse a mulher. "Garanto que é uma mulher de negócios. Garanto que está se saindo bem."

Mma Ramotswe refletiu por um momento. Ela se orgulhava de ter uma percepção acurada das pessoas, mas no fundo se perguntava se isso não seria um dom comum a muitas mulheres, como parte da capacidade intuitiva delas.

"Vamos lá, diga-me qual é a minha ocupação", falou. "Será capaz de adivinhar que tipo de trabalho eu faço?"

A mulher virou-se de lado no assento e encarou Mma Ramotswe de alto a baixo.

"A senhora é uma detetive, me parece", disse. "A senhora é uma pessoa que se envolve com a vida dos outros."

A pequenina van branca oscilou momentaneamente no seu rumo. Mma Ramotswe ficou chocada por aquela mulher ter adivinhado. A capacidade intuitiva dela deve ser ainda melhor que a minha, pensou.

"Como percebeu isso? O que foi que eu fiz que lhe permitiu tirar essa conclusão?"

A outra mulher desviou o olhar. "Foi simples", disse. "Já tive ocasião de vê-la sentada do lado de fora de sua agência de detetives, tomando chá com sua secretária. Ela é aquela senhora com óculos muito grandes. As duas têm o hábito de sentar-se ali na sombra, às vezes, e eu passo caminhando pelo outro lado da rua. Foi assim que percebi."

Seguiram viajando e fazendo boa companhia uma à outra, conversando sobre o dia-a-dia de suas vidas. Ela se chamava Mma Tsbago e contou para Mma Ramotswe como era o seu emprego na loja de móveis. O gerente era um bom homem, disse, que não exigia demais do seu pessoal e que era sempre honesto com os clientes. Ela havia recebido oferta de emprego numa outra firma, com salário mais alto, mas recusara. O gerente ficou sabendo e recompensou sua lealdade com uma promoção.

Depois o assunto foram seus filhos. Uma menina de dez e um garoto de oito. Estavam se saindo bem no colégio e ela esperava poder trazê-los para Gaborone a fim de que cursassem o secundário. Ouvira dizer que a Escola Pública Secundária de Gaborone era muito boa e esperava conseguir uma vaga para eles lá. Também ouvira dizer que havia bolsas para colégios ainda melhores e que talvez houvesse alguma chance de eles entrarem para um desses.

Mma Ramotswe contou-lhe que estava noiva, e apontou para o brilhante em seu dedo. Mma Tsbago demonstrou admiração e perguntou quem era o noivo. Era muito bom casar-se com um mecânico, disse ela, pois sempre ouvira falar que davam os melhores maridos. Observou que quem quisesse um bom casamento deveria procurar um policial, um mecânico ou um pastor religioso, mas de jeito nenhum um político, um balconista de bar ou um motorista de táxi. Essas pessoas sempre causavam muitos problemas para suas esposas.

"E nem se deve casar com um trompetista", acrescentou Mma Ramotswe. "Cometi esse erro. Casei-me com um homem errado, chamado Note Mokoti. Tocava trompete."

"Certamente não são pessoas com quem valha a pena se casar", disse Mma Tsbago. "Vou acrescentar essa categoria à minha lista."

O avanço foi lento na parte final da viagem. A estrada, que não era asfaltada, tinha buracos espalhados por toda parte, grandes e perigosos, e em vários pontos elas foram obrigadas a beirar a margem de areia para evitar alguma cratera especialmente ameaçadora. O perigo era considerável, pois a pequenina van branca poderia, ao menor descuido, ficar presa na areia e isso talvez significasse uma espera de muitas horas até chegar algum socorro. Mas finalmente alcançaram a aldeia de Mma Tsbago, que era a mais próxima da fazenda que Mma Ramotswe estava procurando.

Ela havia indagado a Mma Tsbago sobre a cooperativa que se criara, e, em resposta, recebera alguma informação. Mma Tsbago lembrava-se do projeto, embora não houvesse conhecido as pessoas nele envolvidas. Estava lembrada de um homem branco e de uma mulher da África do Sul, além de um ou dois outros estrangeiros. Gente da aldeia havia trabalhado na fazenda, e as pessoas esperavam grandes resultados do projeto, mas este acabou fracassando. Para ela não foi nenhuma surpresa. As coisas acabavam fracassando, não havia como ter esperanças de mudar a África. As pessoas perdiam o interesse, ou voltavam à sua maneira tradicional de fazer as coisas, ou simplesmente desistiam por ter feito um esforço demasiado. E a África tinha essa feição peculiar de voltar atrás sem deixar vestígios do que fora tentado antes.

"Há alguém na aldeia que possa me levar lá?", perguntou Mma Ramotswe.

Mma Tsbago pensou um momento.

"Ainda há algumas pessoas que trabalharam na fazenda", disse. "Há um amigo de meu tio. Passou uns tempos prestando serviços por lá. Podemos ir à casa dele, a senhora aproveita e lhe pede esse favor."

Elas foram primeiro à casa de Mma Tsbago. Era uma casa no estilo tradicional de Botsuana, feita de tijolos de barro ocre e cercada por um muro baixo, a *lomotana*, que criava um pequeno pátio em frente e ao lado da casa. Do lado de fora desse muro, havia dois celeiros para depósito de cereais, com teto de sapé e apoiados sobre estacas, além de um galinheiro. Nos fundos, feito de folha de zinco e inclinando-se perigosamente, ficava o sanitário, com uma tábua velha como porta e uma corda que servia para mantê-la fechada. As crianças logo correram para fora e abraçaram a mãe, antes de se pôr à espera, timidamente, de que fossem apresentadas à desconhecida. Depois, surgindo do escuro interior da casa, apareceu a avó, trajando um surrado vestido branco e sorrindo sem nenhum dente na boca.

Mma Tsbago deixou seu saco plástico dentro de casa e explicou que voltaria dentro de uma hora. Mma Ramotswe deu balas para os garotos, que as receberam com ambas as palmas das mãos viradas para cima, agradecendo-lhe cerimoniosamente com expressões de absoluta correção em setsuana. Aí estão crianças que compreendem a tradição — pensou Mma Ramotswe com aprovação —, muito diferentes de certas crianças em Gaborone.

Deixaram a casa e atravessaram a aldeia na pequenina van branca. Era uma típica aldeia de Botsuana, um agrupamento desordenado de casas com um ou dois cômodos, cada qual com seu próprio quintal, cada quintal cercado caoticamente por árvores espinhosas. As casas estavam ligadas por caminhos de passagem, num traçado absolutamente imprevisível, fazendo o contorno de campos e de terrenos cultivados. O gado perambulava por ali sem maiores preocupações, mordiscando o mato murcho e escurecido que via à sua frente, enquanto um garoto-pastor de barriga inchada, coberto de pó e com um avental o vigiava sob uma árvore. O gado não trazia marcas, mas todo mundo era capaz de identificar o seu dono e a sua linhagem. Os animais eram um comprovante de riqueza, o resultado palpável do trabalho pesado de alguém na mina de diamante em Juaneng ou na fábrica de enlatados de carne em Lobatse.

Mma Tsbago disse para seguirem na direção de uma casa na periferia da aldeia. Era um lugar bem-cuidado, um pouco maior que o de seus vizinhos imediatos e pintado no estilo tradicional adotado pelas casas de Botsuana, em vermelhos e marrons e com uma destacada decoração de losangos desenhados em branco. O quintal estava bem varrido, o que fazia supor uma dona de casa — que também deveria ter-se encarregado da pintura — consciencioso no uso de sua vassoura de caniço. As casas e sua decoração eram responsabilidade da mulher, e a essa dona de casa evidentemente haviam sido transmitidos os requisitos tradicionais.

Elas esperaram no portão, tendo Mma Tsbago pedido em alta voz permissão para entrar. Era uma grosseria percorrer o caminho de entrada sem se anunciar, e grosseria ainda maior penetrar numa casa sem ter sido convidada.

"*Ko, ko!*", saudou Mma Tsbago. "Mma Potsane, vim fazer uma visita!"

Não houve resposta, e Mma Tsbago repetiu sua saudação. Mais uma vez, ninguém respondeu, até que a porta da casa se abriu de repente e uma mulher pequena e gorducha, vestindo saia comprida e blusa branca de gola alta, surgiu e fixou o olhar na direção delas.

"Quem é?", indagou ela elevando a voz, com uma das mãos protegendo os olhos do excesso de luz. "Quem são vocês? Não dá para ver."

"Mma Tsbago. A senhora me conhece. Mas não conhece quem está comigo."

A dona da casa deu uma risada. "Pensei que pudesse ser outra pessoa e fui me vestir às pressas. Não era o caso!"

Fez o gesto de convidá-las a entrar e elas foram ao seu encontro.

"Não ando enxergando muito bem estes dias", explicou Mma Potsane. "Meus olhos estão cada vez piores. Por isso não a reconheci."

Apertaram-se as mãos, trocando cumprimentos formais. Mma Potsane então apontou para um banco à sombra da grande árvore que se erguia ao lado da casa. Podiam sentar-se ali, explicou ela, porque o interior da casa era muito escuro.

Mma Tsbago expôs a razão por que tinham vindo, e Mma Potsane escutou com muita atenção. Seus olhos pareciam a estar irritando e de vez em quando ela esfregava neles a manga de sua blusa. À medida que Mma Tsbago falava, ela fazia movimentos com a cabeça, encorajando-a a que prosseguisse.

"É verdade", disse. "Moramos lá uns tempos. Meu marido trabalhava na fazenda. Nós dois trabalhávamos lá. Esperávamos ganhar algum dinheiro com o que plantávamos e por algum tempo funcionou. Até que..." Interrompeu-se, dando de ombros, melancolicamente.

"Deu errado?", perguntou Mma Ramotswe. "Deixou de chover?"

Mma Potsane suspirou. "Deixou de chover, realmente. Mas isso acontece sempre, não é mesmo? Não, a razão foi que as pessoas simplesmente perderam a fé na idéia. Havia gente boa morando lá, mas essa gente foi-se embora."

"O homem branco da Namíbia? O alemão?", perguntou Mma Ramotswe.

"Pois é, esse mesmo. Era um homem de bem, mas foi-se. E houve outros, batsuanas, que não agüentaram mais e também partiram."

"E um americano?", pressionou Mma Ramotswe. "Havia um rapaz americano?"

Mma Potsane esfregou os olhos. "O rapaz desapareceu. Certa noite, sumiu. Chamaram a polícia, deram buscas e mais buscas. Veio a mãe do rapaz também, várias vezes. Trouxe consigo um rastreador de caça, de Mosarva, um homenzinho bem miudinho, mais parecendo um cachorro com o focinho sempre colado à terra. Tinha uma bunda bem gorda, como é do feitio de todos esses basarvas."

"E ele não descobriu nada?" Mma Ramotswe sabia a resposta a essa pergunta, mas queria fazer com que a outra mulher continuasse falando. Até então só tinha ouvido contar a história do ponto de vista da sra. Curtin; era bem possível ter havido coisas que outros viram e de que ela não tomara conhecimento.

"Ele corria dando voltas, em idas e vindas, por toda parte, como um cachorro", disse rindo Mma Potsane. "Olhava debaixo das pedras, cheirava o ar e não parava de resmungar naquela língua estranha que é a deles — sabe como é, todos aqueles sons como de árvores ao vento e galhos se partindo. Mas não descobriu indícios de nenhum animal selvagem que pudesse ter pegado o rapaz."

Mma Ramotswe cedeu-lhe um lenço para passar nos olhos. "Então, o que a senhora acha que lhe aconteceu? Como pode alguém simplesmente sumir assim de uma hora para outra?"

Mma Potsane fungou e em seguida assoou o nariz no lenço de Mma Ramotswe.

"Acho que ele foi sugado", disse. "Às vezes, na estação muito quente, formam-se remoinhos vindos do Kalahari que sugam as coisas. Para mim, esse rapaz foi sugado num remoinho e deixado em algum lugar bem, bem longe. Talvez para lá de Ghanzi ou no meio do Kalahari ou sei lá onde. Não é de admirar que jamais o tenham encontrado."

Mma Tsbago olhou de esguelha para Mma Ramotswe, tentando cruzar com o seu olhar, mas Mma Ramotswe tinha os olhos firmemente voltados para Mma Potsane.

"Não é impossível, Mma", disse. "É uma idéia interessante." Fez uma pausa. "A senhora poderia me levar lá e dar uma olhada comigo nos arredores? Estou com uma van."

Mma Potsane pensou um momento. "Não gosto de ir lá", disse. "É um lugar triste para mim."

"Tenho vinte pulas para os seus gastos", disse Mma Ramotswe, enfiando a mão no bolso. "Eu tinha esperança de que a senhora pudesse aceitar isso de mim."

"Mas claro," Mma Potsane apressou-se em dizer. "Podemos ir lá. Não gosto de ir lá à noite, mas de dia é diferente."

"Agora?", perguntou Mma Ramotswe. "Poderia vir agora?"

"Não estou ocupada," disse Mma Potsane. "Não há nada acontecendo aqui."

Mma Ramotswe passou o dinheiro para Mma Potsane, que lhe agradeceu batendo as mãos uma na outra em sinal de gratidão. Em seguida, tornaram a cruzar o quintal tão bem varrido, e, despedindo-se de Mma Tsbago, as duas subiram na van e partiram.

7
NOVOS PROBLEMAS COM A BOMBA DA FAZENDA DOS ÓRFÃOS

No dia em que Mma Ramotswe viajou para Silokwolela, o sr. J. L. B. Matekoni sentiu-se pouco à vontade. Ele se acostumara a encontrar Mma Ramotswe nas manhãs de sábado para ajudá-la com as compras ou em algum serviço dentro de casa. Sem ela, ele se sentiu sem ter o que fazer: Gaborone pareceu-lhe estranhamente vazia; a oficina mecânica estava fechada e ele não tinha o menor desejo de cuidar da papelada que vinha se empilhando sobre sua escrivaninha. Podia ir visitar um amigo, sem dúvida, e talvez ir assistir a um jogo de futebol, mas a verdade é que não estava disposto a isso. Então pensou em Mma Silvia Potokwane, supervisora-chefe da fazenda dos órfãos. Alguma coisa inevitavelmente havia de estar acontecendo lá, e ela sempre ficava contente em sentar-se para conversar e tomar chá. Ele iria lá ver como estavam as coisas. Depois, o resto do dia correria sem problemas até Mma Ramotswe estar de volta à noite.

Mma Potokwane notou-o, como de hábito, quando ele estacionou seu carro à sombra de um dos pés de lilás.

"Estou vendo o senhor", gritou ela de sua janela. "Estou vendo, sr. J. L. B. Matekoni!"

O sr. J. L. B. Matekoni fez um aceno para ela enquanto trancava o carro. Depois foi andando em direção ao escritório, de onde fluía por uma das janelas o som de música das mais animadas. Lá dentro, Mma Potokwane achava-se sentada ao lado de sua escrivaninha, com um receptor de telefone colado à orelha. Ela fez um gesto para que ele se sentasse, e continuou com sua conversa.

"Se o senhor puder nos dar um pouco desse óleo de cozinha", disse, "os órfãos ficarão muito contentes. Eles gostam de ter suas batatas fritas no óleo e é bom para eles."

A voz no outro lado da linha disse algo, e ela franziu a testa, olhando para o sr. J. L. B. Matekoni como que para fazê-lo partilhar a sua irritação.

"Mas o senhor não pode vender esse óleo se já está com o prazo de validade vencido. Sendo assim, por que eu deveria pagar por ele? Melhor seria o senhor dá-lo para os órfãos, do que jogá-lo no lixo. O dinheiro eu não tenho, logo não vejo a razão por que o senhor não pode dar esse óleo para nós."

Do outro lado da linha tornou a ser dito algo, e ela balançou a cabeça pacientemente.

"Posso lhe garantir que o *Daily News* estará aqui para fotografá-lo ao fazer a doação do óleo. Todos saberão que o senhor é um homem generoso. Vai sair nos jornais."

Houve uma última troca de palavras, e ela repôs o receptor no aparelho.

"Certas pessoas só doam com muito custo", disse ela. "É algo que tem a ver com a maneira como foram criadas pela mãe. Li tudo sobre esse problema num livro. Há um médico chamado dr. Freud que é muito famoso e escreveu uma porção de livros sobre pessoas assim."

"Ele está em Johannesburgo?", perguntou o sr. J. L. B. Matekoni.

"Acho que não", disse Mma Potokwane. "É um livro publicado em Londres. Mas muito interessante. Ele diz que todos os meninos estão enamorados de sua mãe."

"Isso é natural", disse o sr. J. L. B. Matekoni. "Claro que todos os meninos amam a própria mãe. Por que haveria de ser diferente?"

Mma Potokwane deu de ombros. "Concordo com o senhor. Não vejo o que possa haver de errado em um menino amar sua mãe."

"Então, por que o dr. Freud se preocupa com isso?", prosseguiu dizendo o sr. J. L. B. Matekoni. "Certamente ele deveria se preocupar se os meninos *não* amassem suas mães."

Mma Potokwane pareceu pensativa. "Sim. Mas, mesmo assim, ele continuou preocupado com esses meninos e acho que tentou dar um basta na situação."

"Isso é ridículo", disse o sr. J. L. B. Matekoni. "Bem que ele poderia aproveitar melhor o seu tempo."

"Não resta dúvida", disse Mma Potokwane. "Mas, apesar desse dr. Freud, os meninos continuam amando suas mães, que é o certo."

Ela fez uma pausa e, em seguida, aliviada por abandonar esse tema difícil, deu um sorriso largo para o sr. J. L. B. Matekoni. "Gostei muito de o senhor ter vindo hoje. Eu ia telefonar para o senhor."

O sr. J. L. B. Matekoni suspirou. "Os freios? Ou a bomba?"

"A bomba", disse Mma Potokwane. "Está fazendo um ruído muito estranho. A água chega, não há problema, mas a bomba geme como se estivesse sofrendo."

"Os motores sofrem de fato", disse o sr. J. L. B. Matekoni. "A maneira que eles têm para nos comunicar seu sofrimento é fazendo ruído."

"Se é assim, essa bomba está precisando de ajuda", disse Mma Potokwane. "Pode dar uma rápida olhada nela?"

"Claro", disse o sr. J. L. B. Matekoni.

A coisa tomou mais tempo do que ele esperava, mas finalmente descobriu a causa e pôde resolver o problema. Remontadas as peças, ele testou o conjunto e a bomba voltou a funcionar regularmente. Não havia dúvida de que ela precisaria passar por uma reforma completa, e não se poderia adiar essa providência indefinidamente, mas, pelo menos, o estranho som de gemido havia cessado.

De volta ao escritório de Mma Potokwane, ele relaxou com sua xícara de chá e uma larga fatia de torta de groselha que as cozinheiras haviam preparado naquela manhã. Os órfãos eram bem alimentados. O Governo cuidava bem de seus órfãos, destinando-lhes uma verba generosa todos os anos. Mas havia também doadores particulares — uma rede de pessoas que enviavam dinheiro, ou o equivalente em mercadorias, para a fazenda dos órfãos. Isso significava que a eles nada faltava de importante, e nenhum se achava mal alimentado, como acontecia em tantos outros países africanos. Botsuana era um país abençoado. Ninguém passava fome e ninguém definhava numa prisão por suas opiniões políticas. Como Mma Ramotswe havia salientado para ele, os batsuanas podiam andar de cabeça erguida em qualquer lugar — em qualquer lugar.

"Essa torta é ótima", disse o sr. J. L. B. Matekoni. "As crianças devem adorá-la."

Mma Potokwane sorriu. "Nossas crianças adoram tortas. Se lhes déssemos somente tortas ficariam muito felizes. Mas, é claro, não fazemos isso. Os órfãos precisam de cebola e feijão também."

O sr. J. L. B. Matekoni concordou com a cabeça. "Uma dieta balanceada", disse com o sorriso bem aberto. "Dizem que uma dieta balanceada é a chave para se ter saúde."

Fez-se silêncio por um instante, enquanto eles refletiam sobre a observação. Então Mma Potokwane falou:

"Estou sabendo que o senhor dentro em breve será um homem casado. Isso tornará sua vida diferente. Terá que se comportar, sr. J. L. B. Matekoni!".

Ele riu, recolhendo as últimas migalhas de sua torta. "Mma Ramotswe estará atenta, me vigiando. Ela se certificará de meu bom comportamento."

"Humm", disse Mma Potokwane. "O senhor vai morar na casa dela ou na sua própria?"

"Acho que será na casa dela", disse o sr. J. L. B. Matekoni. "É um pouco mais agradável que a minha. Sabe, é uma casa que fica em Zebra Drive."

"Sei", disse a supervisora-chefe. "Vi a casa. Passei por ela de carro outro dia. Parece muito agradável."

O sr. J. L. B. Matekoni mostrou-se surpreso. "A senhora passou por lá só para ver como era?"

"Bem", disse Mma Potokwane com um sorriso meio forçado. "Achei que podia dar uma espiada para ter uma idéia do lugar. É bem espaçoso, não é mesmo?"

"É uma casa confortável", disse o sr. J. L. B. Matekoni. "Acho que haverá espaço suficiente para nós."

"Espaço demais", disse Mma Potokwane. "Haverá espaço para crianças."

O sr. J. L. B. Matekoni franziu a testa. "Ainda não pensamos nisso. Talvez estejamos um pouco velhos para ter filhos. Eu estou com quarenta e cinco... E, além do mais... Bem, não gosto de falar nisso, mas Mma Ramotswe me disse que não pode ter filhos. Ela teve um bebê, sabe, mas morreu e agora os médicos disseram a ela que..."

Mma Potokwane balançou a cabeça. "Isso é muito triste. Sinto muito por ela."

"Mas nós estamos muito felizes", disse o sr. J. L. B. Matekoni. "Mesmo sem ter filhos."

Mma Potokwane esticou o braço para alcançar o bule e serviu a seu convidado mais uma xícara de chá. Depois partiu uma nova fatia da torta — uma fatia generosa — e depositou-a no prato dele.

"É claro que sempre há o recurso à adoção", disse ela, observando-o enquanto falava. "Ou vocês poderiam simplesmente cuidar de uma criança, se não quisessem adotá-la. Poderiam escolher..." Ela fez uma pausa, erguendo a xícara de chá até os lábios. "Poderiam cuidar de uma órfã." E, mais que depressa, acrescentou: "Ou mesmo de um par de órfãos".

O sr. J. L. B. Matekoni ficou olhando para os sapatos. "Não sei. Não acho que gostaria de adotar uma criança. Mas..."

"Mas uma criança poderia vir morar com vocês. Não há necessidade de se envolver nessa encrenca toda de certidões de adoção e magistrados", disse Mma Potokwane. "Pense só que fantástico seria!"

"Talvez... Não sei. Filhos são uma grande responsabilidade."

Mma Potokwane deu uma risada. "Mas o senhor é um homem que assume responsabilidades facilmente. O senhor está à frente de uma oficina mecânica. Não é uma responsabilidade? E aqueles seus aprendizes? Não são uma responsabilidade também? O senhor está bem acostumado a ter responsabilidades."

O sr. J. L. B. Matekoni voltou o pensamento para seus dois aprendizes. Eles, também, haviam aparecido de uma hora para outra, fazendo sua entrada discretamente na oficina depois de ele haver telefonado para a escola de ofícios técnicos oferecendo duas vagas para aprendizes. Depositara grandes esperanças neles, mas foram uma decepção praticamente desde o início. Quando tinha a idade deles, havia sido muito tenaz e ambicioso, ao passo que eles achavam que tudo podia lhes cair do céu sem esforço. No começo ele não conseguira compreender por que pareciam tão passivos, até que tudo ficou claro com a explicação dada por um amigo. "Os jovens hoje em dia são incapazes de demonstrar entusiasmo, não é considerado sinal de esperteza ser entusiástico." Então era esse o problema com os aprendizes. Queriam passar por espertos.

Certa ocasião, em que o sr. J. L. B. Matekoni se sentira especialmente irritado ao ver os dois rapazes sentados no maior desânimo em seus tambores de gasolina olhando para o vazio, dirigiu-se a eles levantando a voz:

"Vocês se acham muito espertos?", gritou. "É isso que vocês acham?"

Os dois aprendizes se entreolharam.

"Não", disse um deles, depois de alguns instantes. "Não achamos isso, não."

Diante disso, ele se sentira diminuído e simplesmente se limitara a bater a porta do escritório. Pelo visto, eles não tinham sequer o entusiasmo necessário para responder ao seu desafio, o que de qualquer modo vinha provar que os julgara corretamente.

De volta ao assunto dos filhos, ele ficou pensando se teria energia para lidar com eles. Estava se aproximando de uma etapa na vida em que desejava calma e ordem à sua volta. Ele queria ser capaz de consertar os motores em sua oficina durante o dia e passar as noites com Mma Ramotswe. Isso seria a felicidade máxima! Não iriam os filhos introduzir uma nota de tensão em sua vida doméstica? Crianças precisavam ser levadas ao colégio, ser postas na banheira e ter a ajuda de uma enfermeira para tomar injeções. Os pais pareciam sempre tão esgotados com a assistência dada aos filhos, e ele se perguntava se Mma Ramotswe realmente iria querer isso.

"Garanto que está pensando no assunto", disse Mma Potokwane. "Acho que está quase decidido..."

"Não sei..."

"Só lhe está faltando dar o passo decisivo", prosseguiu ela" O senhor podia dar as crianças a Mma Ramotswe como um presente de casamento. As mulheres adoram filhos. Ela vai ficar muito contente. Estará ganhando marido e filhos, tudo no mesmo dia! Qual a mulher que não adoraria isso?!"

"Mas..."

Mma Potokwane cortou-lhe a palavra na mesma hora. "Pois bem, há duas crianças que ficariam muito felizes se fossem morar com o senhor", disse. Fique com elas a título de experiência. O senhor deixa passar um mês mais ou menos e então decide se elas podem ficar."

"Duas crianças? São duas?", meio que gaguejou o sr. J. L. B. Matekoni. "Pensei..."

"São um irmão e uma irmã", apressou-se em dizer Mma Potokwane. "Não gostamos de separar irmãos e irmãs. A menina tem doze anos e o menino, apenas cinco. São ótimas crianças."

"Não sei... Teria que..."

"Na verdade", disse Mma Potokwane erguendo-se, "acho que o senhor já conhece uma delas. A menina que lhe trouxe água. A criança que não pode andar."

O sr. J. L. B. Matekoni ficou em silêncio. Lembrava-se da menina, que se mostrara muito educada e agradecida. Mas não seria um tanto desgastante cuidar de uma criança deficiente física? Mma Potokwane não mencionara nada a respeito ao puxar o assunto pela primeira vez. De uma hora para outra havia feito entrar um irmão — que antes não constava — e agora jogava na conversa uma cadeira de rodas, como se não fizesse a menor diferença. Ele deu um corte nos seus pensamentos. Era como se ele próprio se visse numa cadeira de rodas.

Mma Potokwane olhava para fora pela janela. Em seguida, virou-se para o lado a fim de dirigir-se a ele.

"O senhor gostaria que eu chamasse aquela criança?", perguntou ela. "Não que eu esteja pretendendo forçá-lo, sr. J. L. B. Matekoni, mas o senhor gostaria de encontrar-se com ela outra vez, e ficar conhecendo o garotinho?"

A sala ficou em silêncio, a não ser por um estalo no teto de zinco expandindo-se sob o efeito do calor. O sr. J. L. B. Matekoni baixou os olhos para os sapatos, e lembrou-se, por um momento, do que era ser uma criança na aldeia de onde viera, tantos anos passados. E lembrou-se de ter sido objeto da bondade do mecânico local, que o deixara polir os caminhões, remendar os pneus e que, graças a essa bondade, revelara e estimulara uma vocação. Era fácil ajudar a vida das outras pessoas, tão fácil mudar o espaço reduzido em que as pessoas viviam suas vidas.

"Mande chamá-los", disse. "Gostaria de vê-los."

Mma Potokwane sorriu. "O senhor é um homem bom, sr. J. L. B. Matekoni", disse. "Vou mandá-los vir. Alguém tem que ir apanhá-los no campo. Mas, enquanto esperamos, vou contar-lhe a história deles. Escute só."

8

A HISTÓRIA DAS CRIANÇAS

O senhor precisa entender, disse Mma Potokwane, que, embora seja fácil para nós criticar o modo de ser dos basarvas, deveríamos refletir com cuidado antes de fazer isso. Quando a gente observa a vida que eles levam, lá nas terras remotas do Kalahari, sem ter seu próprio gado nem casa para morar; quando a gente pensa nisso e imagina por quanto tempo o senhor e eu e outros basarvas seríamos capazes de viver dessa maneira, então é que a gente se dá conta de que esses bosquímanos são pessoas extraordinárias.

Havia algumas dessas pessoas que vagueavam pela orla da bacia salobra do Makadikadi, adiante na estrada que vai para o Okavango. Não conheço essa parte do país muito bem, mas estive por lá em uma ou duas ocasiões. Estou lembrada da primeira vez que a vi: uma vasta planície branca sob o céu branco, com umas poucas palmeiras altas e mato que crescia do nada. Era uma paisagem tão estranha que pensei ter saído de Botsuana e entrado em território estrangeiro. Mas logo adiante era como se eu tornasse a entrar em Botsuana e me sentir à vontade novamente.

Um bando de masarvas chegara até lá vindo do Kalahari para caçar avestruzes. Eles devem ter encontrado água na bacia salobra e depois seguiram em frente na direção de uma das aldeias que ficam na estrada para Maun. As pessoas daquela região costumam alimentar desconfianças em relação aos basarvas, a quem acusam de roubar suas cabras e ordenhar suas vacas à noite se não estiverem sob estrita vigilância.

Esse bando acampou a uns três ou quatro quilômetros de distância da aldeia. Eles não construíram nada, é claro, e estavam dormindo sob os arbustos, como é seu costume. Com farta provisão de carne — tinham acabado de matar alguns avestruzes —, achavam-se muito contentes de estar ali, até que foram forçados a se mudar por um motivo de urgência.

Havia muitas crianças e uma das mulheres acabara de dar à luz um menino. Estava deitada com ele a seu lado, um pouco afastados dos outros. Ela tinha uma filha, também, e esta dormia do outro lado da mãe. A mãe deve ter acordado, presumimos, e movido as pernas para uma posição mais confortável. Lamentavelmente, uma cobra aproximara-se de seus pés, e a mulher achou de descansar um calcanhar bem em cima da cabeça da cobra. A cobra a mordeu. É assim que na maioria das vezes acontecem as mordidas de cobra. As pessoas estão adormecidas em esteiras e as cobras se aproximam em busca de calor. De súbito, por um impulso casual, essas pessoas rolam na direção da cobra e a cobra, é lógico, trata de se defender.

Deram à mulher algumas de suas ervas. Eles estão sempre desencavando raízes e descascando os troncos de árvores, mas nada disso tem força contra a mordida de uma *lebolobolo*, a víbora-aríete, que é o que ela deve ter sofrido. Segundo a filha, sua mãe morreu antes mesmo que o bebê acordasse. Naturalmente, como eles não são de perder tempo, prepararam-se para enterrar a mãe aquela manhã. O que o senhor não deve saber, sr. J. L. B. Matekoni, é que, quando uma mulher mosarva morre e ainda está amamentando o bebê, eles enterram o bebê também. As coisas se passam dessa maneira.

A menina se escondeu no mato e ficou observando sua mãe e seu irmão bebê serem levados. Era um solo arenoso, e tudo o que conseguiram cavar foi uma cova rasa em que depositaram sua mãe enquanto as mulheres se lamentavam e os homens cantavam algo. A menina viu quando puseram o irmãozinho na cova também, envolto numa pele de animal. Em seguida cobriram de areia os dois e voltaram para o acampamento.

No mesmo instante em que se foram, a garota saiu de seu esconderijo e se apressou em revolver a areia. Pouco depois, tinha o irmão em seus braços. Havia areia nas narinas do bebê mas ele continuava respirando. Ela deu meia-volta e saiu correndo pelo mato em direção à estrada, que ela sabia não estar muito longe. Pouco tempo depois, passou pela estrada um caminhão, um caminhão do governo, do Departamento de Estradas de Rodagem. O motorista reduziu a velocidade, e em seguida parou. Ele deve ter ficado espantado de ver uma criança mosarva em pé no meio do caminho com um bebê no colo. Evidentemente não seria capaz de deixá-la ali, apesar de não entender nada do que ela tentava lhe dizer. Ele estava voltando para Francistown, e parou para ela descer em frente ao Hospital de Nyamgabwe, entregando-a a um funcionário a postos junto ao portão.

Examinaram o bebê, que estava magrinho e sofria seriamente de uma doença causada por fungos. A própria menina tinha tuberculose, o que não é de modo algum inusitado, por isso ela foi internada num pavilhão de tuberculosos por alguns meses para receber medicação. O bebê ficou na enfermaria da maternidade até a irmã melhorar. E então os médicos deram alta aos dois. Os leitos no pavilhão de tuberculosos eram necessários a outros enfermos e não era encargo do hospital cuidar de uma garota mosarva com um bebê. Suponho que deverão ter pensado que ela voltaria para os seus, que é o que habitualmente acontece.

Uma das enfermeiras do hospital ficou preocupada. Viu a menina sentada no portão do hospital e concluiu que ela não tinha para onde ir. O que fez foi levá-la para casa e instalá-la no quintal num barracão que era usado como depósito, mas que podia ser esvaziado para servir como uma espécie de quarto. Essa enfermeira e seu marido alimentaram as crianças, mas não podiam acolhê-las propriamente na família, pois já tinham dois filhos e o dinheiro era contado.

A menina aprendeu o setsuana bem depressa. Conseguiu um jeito de ganhar uns pulas recolhendo garrafas vazias na beira da estrada e levando-as ao depósito de bebidas para sua reutilização. Ela carregava o bebê nas costas, preso por uma faixa, e estava sempre atenta a todos os seus movimentos. Falei sobre ela com a enfermeira e fiquei sabendo que, embora ela própria não fosse mais que uma criança, era uma boa mãe para o menino. Fazia as roupas dele de trapos que encontrava aqui e ali e mantinha-o limpo lavando-o debaixo de uma bica no quintal da enfermaria. Às vezes ela saía para mendigar fora da estação ferroviária, e imagino que as pessoas, movidas por compaixão, chegassem a dar dinheiro a eles, mas ela preferia, se possível, que esse dinheiro viesse de algum tipo de trabalho.

Quatro anos assim se passaram. Até que, sem que nada o fizesse prever, a menina adoeceu. Levaram-na de volta ao hospital e lá descobriram que a tuberculose havia danificado seriamente os ossos. Alguns deles haviam se esfarelado e isso estava dificultando a sua marcha. Fizeram o possível, mas não conseguiram impedir que ela acabasse incapaz de andar. A enfermeira mendigou quanto pôde uma cadeira de rodas, que finalmente lhe foi dada por um dos padres católicos. A menina passou, então, a cuidar do irmão, sentada em sua cadeira de rodas, enquanto, por sua vez, o menino prestava pequenos serviços para a irmã.

A enfermeira e o marido precisaram se mudar. O marido trabalhava para uma firma de enlatados de carne e estava tendo a sua permanência exigida em Lobatse. A enfermeira ouvira falar na fazenda dos órfãos e escreveu para mim. Respondi-lhe que poderíamos ficar com eles, e meses atrás fui a Francistown buscá-los. Agora estão aqui conosco, como o senhor pôde ver.

Essa é a história deles, sr. J. L. B. Matekoni. Foi assim que chegaram até aqui.

* * *

O sr. J. L. B. Matekoni nada disse. Olhou para Mma Potokwane, que acolheu o seu olhar. Ela trabalhava na fazenda dos órfãos fazia quase vinte anos — desde a sua criação — e estava imunizada contra tragédias, ou, pelo menos, assim se julgava. Mas essa história, que acabara de contar, a havia afetado profundamente quando a ouviu da enfermeira em Francistown. Agora estava tendo idêntico efeito no sr. J. L. B. Matekoni; dava para ver.

"Eles estarão aqui dentro de alguns instantes", disse ela. "Quer que eu diga que o senhor poderia estar disposto a levá-los?"

O sr. J. L. B. Matekoni cerrou os olhos. Não havia falado sobre o assunto com Mma Ramotswe e pareceu-lhe muito errado colocá-la assim diante de um fato consumado sem lhe ter feito nenhuma consulta prévia. Era essa a maneira de se começar um casamento? Tomar uma decisão tão importante sem antes consultar sua esposa? Claro que não.

Entretanto, aí estavam as crianças. A garota em sua cadeira de rodas, sorrindo para ele, e o menino, de pé, muito sério, à sua frente, baixando os olhos em sinal de respeito.

Ele segurou a respiração. Havia momentos na vida em que era preciso agir, e esse, desconfiou, era um deles.

"Crianças, será que vocês gostariam de vir morar comigo?", disse. "Só por algum tempo? Depois a gente vê como ficam as coisas."

A menina olhou para Mma Potokwane, como à espera de uma confirmação.

"Rra Matekoni cuidará muito bem de vocês", disse a supervisora. "Lá vocês se sentirão felizes."

A menina virou-se para o irmão e lhe falou qualquer coisa, que os adultos não ouviram. O menino pensou um momento, e depois, com um movimento de cabeça, concordou.

"É muita bondade sua, Rra", disse ela. "Ficaremos muito felizes de ir morar com o senhor."

Mma Potokwane bateu palmas.

"Vão fazer as malas, crianças", disse. "Falem com a responsável pelo seu setor que providencie roupas limpas para vocês."

A menina pôs em movimento a cadeira de rodas e deixou a sala, acompanhada por seu irmão.

"Que foi que eu fiz?", murmurou o sr. J. L. B. Matekoni para si próprio.

Mma Potokwane deu-lhe a resposta.

"Uma coisa muito boa", disse.

9
O VENTO TEM QUE VIR DE ALGUM LUGAR

Elas deixaram a aldeia na pequenina van branca de Mma Ramotswe. A estrada de terra era acidentada, praticamente desaparecendo em crateras profundas ou se encrespando num mar de dobras que sacudiam e faziam estalar a van em protesto. A fazenda ficava a uma distância de apenas treze quilômetros da aldeia, mas elas avançavam devagar, e Mma Ramotswe sentiu-se aliviada por ter Mma Potsane em sua companhia. Teria sido fácil se perder naquela mata sem características diferenciadas, sem morros que ajudassem na orientação, com árvores que se sucediam inteiramente iguais umas às outras. Apesar de, para Mma Potsane, a paisagem — mesmo entrevista depressa e com pouca luz — ser rica em associações. Com os olhos apertados a ponto de quase se fecharem, ela fixava a atenção fora da van, apontando o lugar onde anos antes haviam encontrado um jumento que se perdera, e mais adiante, junto à pedra, o lugar onde uma vaca havia morrido sem que se pudesse dizer por quê. Essas eram as lembranças íntimas que davam vida própria à terra — que criavam um vínculo entre as pessoas e um pedaço qualquer de chão estorricado, tão valioso a seus olhos e tão belo como se fosse coberto por um viçoso capinzal.

Mma Potsane aprumou-se no seu assento. "Lá, ó", disse. "Está vendo lá adiante? Vejo melhor as coisas quando estão mais afastadas. Agora estou vendo."

Mma Ramotswe seguiu o seu olhar. A mata se tornara mais densa, cerrada com o acúmulo de acácias que obstruíam, mas não eliminavam inteiramente, os contornos das construções. Algumas delas eram típicas das ruínas encontradas no sul da África; paredes caiadas que pareciam ter se esfarelado até se erguer a uns sessenta centímetros de altura do chão, como se houvessem sido achatadas de cima; outras, ainda tinham seus tetos — ou o arcabouço de seus tetos, porque a palha de cobertura havia despencado para dentro, consumida pelas formigas ou levada pelas aves para a feitura de seus ninhos.

"Aquilo é a fazenda?"

"Sim. E lá adiante — está vendo mais para a frente? — era onde morávamos."

Era uma triste volta ao lar para Mma Potsane, como ela antecipara a Mma Ramotswe; fora ali que passara aqueles bons tempos com o marido depois de todos os anos em que ele estivera ausente trabalhando nas minas da África do Sul. Com seus filhos crescidos e independentes, marido e mulher voltaram à companhia um do outro e desfrutaram o luxo de uma vida tranqüila.

"Não tínhamos muito que fazer", disse ela. "Meu marido saía todos os dias para trabalhar no campo. Eu me sentava com as outras mulheres e fazíamos roupas. O alemão gostava que fizéssemos roupas, para ele vender em Gaborone."

A estrada estava chegando ao fim, e Mma Ramotswe estacionou a van debaixo de uma árvore. Espreguiçando as pernas, olhou por entre as árvores para a construção que deveria ter sido a casa principal. Na época em que funcionara a comunidade, as casas teriam sido umas onze ou doze, a julgar pelas ruínas espalhadas no local. Era tão triste, pensou; todas essas construções erguidas no meio do mato e transformadas nisso; toda a esperança que havia na época, e agora não restavam mais que os alicerces na lama e as paredes em pedaços.

Foram caminhando até a casa principal. Boa parte do teto havia sobrevivido, já que, diferentemente dos outros, fora feito de chapa ondulada. Havia portas também, com telas de gaze à antiga, desprendidas de suas dobradiças, e vidro em algumas das janelas.

"Era ali que morava o alemão", disse Mma Potsane. "E o americano e a sul-africana, e outras pessoas de terras distantes. Nós, batsuanas, morávamos lá adiante."

Mma Ramotswe moveu a cabeça afirmativamente. "Gostaria de entrar nessa casa."

Mma Potsane quis dissuadi-la. "Aí não tem nada", disse. "A casa está vazia. Todo mundo foi embora."

"Eu sei. Mas, uma vez que a gente chegou até aqui, gostaria de ver como é por dentro. A senhora não precisa entrar, se não quiser."

Mma Potsane estremeceu. "Não posso deixar que entre sozinha", murmurou. "Entrarei com a senhora."

Elas forçaram a porta com tela de gaze que atravancava a entrada da frente. A madeira, graças aos estragos causados pelo cupim, cedeu ao primeiro toque.

"As formigas e o cupim devoram tudo neste país", disse Mma Potsane. "Um dia, só eles sobrarão. Terão comido tudo mais."

Entraram na casa, sentindo imediatamente e esfriamento que resultava de estarem resguardadas do sol. Havia um cheiro de poeira no ar, cheiro forte e desagradável, a mistura do que provinha do forro de madeira destruído do teto com o do madeirame impregnado pelo creosoto que repelira as formigas.

Mma Potsane ia gesticulando pela sala em que elas se encontravam. "A senhora está vendo. Não há nada aqui. É só uma casa vazia. Podemos sair."

Mma Ramotswe ignorou a sugestão. Ela estava examinando um pedaço de papel amarelecido que fora espetado na parede. Era uma foto publicada em jornal — o retrato de um homem parado diante de um prédio. A foto havia tido uma legenda impressa, mas o papel se destruíra e ela estava ilegível. Ela chamou Mma Potsane para junto de si.

"Quem é esse homem?"

Mma Potsane olhou fixamente a fotografia trazendo-a para bem perto de seus olhos. "Estou lembrada desse homem", disse. "É um motsuana. Ele e o americano eram muito amigos. Passavam o tempo todo conversando, conversando, como dois anciãos numa corte, ou *kgotla*."

"Ele era da aldeia?"

Mma Potsane riu. "Não, ele não era um de nós. Era de Francistown. Seu pai era diretor de uma escola lá, homem muito inteligente. O filho também era muito inteligente. Sabia muitas coisas. Era por isso que o americano estava sempre conversando com ele. O alemão, entretanto, não gostava dele. Os dois não eram amigos."

Mma Ramotswe examinou a foto, e depois a retirou delicadamente da parede, guardando-a no bolso. Mma Potsane se deslocara, e ela a seguiu, para ir ver o outro aposento. Ali, no chão, estava caído o esqueleto de uma ave das grandes, que ficara encurralada na casa sem conseguir sair. Os ossos jaziam onde a ave devia ter tombado, meticulosamente descarnados pelas formigas.

"Aqui era o quarto que eles usavam como escritório", disse Mma Potsane. "Todos os recibos eram guardados e eles tinham um pequeno cofre ali adiante. As pessoas mandavam-lhes dinheiro, a senhora sabe. Havia pessoas em outros países que achavam importante este lugar. Elas acreditavam que isto aqui valeria como uma demonstração de que regiões áridas como esta poderiam ser modificadas. E que as pessoas poderiam conviver num lugar assim partilhando tudo."

Mma Ramotswe assentiu. Ela estava habituada a pessoas que gostavam de testar todo tipo de teorias sobre como pessoas desfavorecidas poderiam viver. Havia algo no país que atraía essas criaturas generosas, como se nessa vastidão árida houvesse bastante ar para as novas idéias respirarem. Essas pessoas se entusiasmaram quando foi criado o movimento das Brigadas. Consideraram ótima idéia pedir aos jovens que passassem uns tempos trabalhando para os outros e ajudando a construir seus países; mas o que havia de tão excepcional nisso? Os jovens não trabalhavam nos países ricos? Talvez não, o que explicaria por que essas pessoas, que provinham de tais países, ficaram tão entusiasmadas com o plano todo. Não havia nada de errado com elas — eram, em geral, pessoas benévolas que tratavam os batsuanas com respeito. Só que, de certa forma, poderia ser *cansativo* ficar recebendo conselhos. Sempre aparecia alguma impaciente organização estrangeira disposta a dizer aos africanos: esta é a maneira como vocês fazem as coisas, e esta a maneira como devem fazê-las. O conselho pode até ser bom e poderia funcionar em outros lugares, mas a África precisava de suas próprias soluções.

Esta fazenda foi mais um exemplo desses esquemas que não funcionaram. Não havia como cultivar legumes e verduras no Kalahari. Toda a questão se resumia nisso. Muitas coisas podiam ser cultivadas num lugar como esse, mas eram coisas próprias da região. Não dava para plantar tomate ou alface. Eles simplesmente não eram apropriados a Botsuana, ou, pelo menos, a essa parte do país.

Elas saíram do escritório e perambularam pelo resto da casa. Alguns dos cômodos estavam a céu aberto, e o chão, no limite das quatro paredes, achava-se coberto de folhas e vergônteas. Lagartos disparavam em busca de um esconderijo, com passagens ruidosas pelas folhas, e minúsculas lagartixas brancas e róseas imobilizavam-se onde ficavam coladas pelas patas às paredes, intimidadas pela intrusão a que não estavam de modo algum acostumadas. Lagartos; lagartixas; poeira no ar; era só isso e nada mais — uma casa vazia.

A não ser pela foto na parede.

Mma Potsane alegrou-se por estar novamente do lado de fora, e sugeriu mostrar a Mma Ramotswe o lugar em que as plantas haviam sido cultivadas. Aí, também, a paisagem havia promovido um retorno ao estado anterior, e tudo que restara para ser mostrado do projeto era uma configuração de valas serpeantes, agora reduzidas pela erosão às proporções de cânions diminutos. Aqui e ali, era possível ver onde haviam sido erguidas as estacas de madeira que davam sustentação à tela de sombreamento, mas da própria madeira não ficara nem vestígio — como tudo mais, ela havia sido consumida pelas formigas.

Mma Ramotswe encostou uma das mãos acima dos olhos.

"Todo aquele trabalho", refletiu. "E eis o que sobrou."

Mma Potsane deu de ombros. "Mas é sempre assim, Mma", disse. "Isso é verdade até mesmo para Gaborone. Veja todos esses prédios. Como podemos saber se Gaborone ainda estará no mapa daqui a cinqüenta anos? Será que as formigas não fizeram seus planos para Gaborone também?"

Mma Ramotswe sorriu. Era uma boa maneira de encarar a situação. Todos os nossos esforços humanos podem ser vistos assim, pensou, e é somente porque somos ignorantes demais para perceber isso, ou porque temos a memória curta demais para lembrá-lo, que nos sentimos confiantes em construir algo que é para ser duradouro. A Agência Nº 1 de Mulheres Detetives acaso seria lembrada passados vinte anos? Ou a Tlokweng Road Speedy Motors? Provavelmente não, mas, afinal, isso seria tão importante assim?

O pensamento melancólico instigou-a a lembrar-se. Ela não estava ali para devanear sobre arqueologia mas para tentar descobrir algo que se passara havia todos aqueles anos. Tinha ido lá para decifrar um lugar, e descobrira que nada, ou quase nada, havia para ser decifrado. Era como se o vento tivesse chegado e apagado tudo, dispersando as páginas, cobrindo com pó as pegadas.

Ela virou-se para Mma Potsane, que estava em silêncio a seu lado.

"O vento vem de onde, Mma Potsane?"

A outra mulher tocou-lhe a face, num gesto que Mma Ramotswe não entendeu. Os olhos dela pareciam vazios, pensou Mma Ramotswe; um deles perdera o brilho e mostrava-se ligeiramente leitoso; ela deveria consultar um médico.

"Vem de lá, ó", disse Mma Potsane, apontando ao longe para as acácias, para a vasta extensão do céu, para o Kalahari. "Vem de lá."

Mma Ramotswe nada disse. Ela estava muito perto — sentia perfeitamente — de compreender o que se passara, mas não tinha como expressar isso, nem era capaz de dizer por que sabia.

10
AS CRIANÇAS SÃO UM BENEFÍCIO PARA BOTSUANA

A criada mal-humorada do sr. J. L. B. Matekoni estava recostada junto à porta da cozinha, com seu surrado chapéu vermelho inclinado de um jeito que expressava relaxamento e raiva. Seu humor havia piorado desde que o seu patrão lhe dera a notícia perturbadora, e suas horas de vigília passaram a ser tomadas pelo pensamento obsessivo de como poderia evitar a catástrofe. Os termos do compromisso de trabalho que ela tinha com o sr. J. L. B. Matekoni eram-lhe muito vantajosos. Não havia muito trabalho a fazer; os homens nunca se preocupavam com limpeza e polimento, e bastava não descuidar da comida deles para tê-los como patrões muito benevolentes. E ela alimentava bem o sr. J. L. B. Matekoni, apesar de aquela gorda andar sustentando o contrário. Ela disse que ele estava magro demais! Magro para os padrões dela, talvez, mas em ótima forma para os padrões de qualquer pessoa normal. Ela podia bem imaginar o que aquela mulher estava reservando para ele — colheradas de gordura para o café-da-manhã, com acompanhamento de grossas fatias de pão que o fariam inchar como aquele chefe político do norte, imenso de gordo, que com o seu peso arrebentou uma cadeira quando em visita à casa em que uma prima dela trabalhava como criada.

Mas não era tanto o bem-estar do sr. J. L. B. Matekoni que a preocupava, e sim a ameaça que pairava sobre a sua própria situação. Se ela tivesse que sair e trabalhar num hotel, não teria condições de entreter seus amigos homens da mesma maneira. Nos termos do atual compromisso de trabalho, ela podia receber em casa a visita de homens, enquanto o patrão estava na oficina — sem que ele soubesse, é claro —, e eles podiam entrar no quarto do sr. J. L. B. Matekoni onde ficava a ampla cama dupla por ele comprada no Depósito Central. Era muito confortável — um verdadeiro desperdício para um homem solteiro — e os homens gostavam. Eles lhe davam presentes em dinheiro, e os presentes sempre eram melhores se houvesse a oportunidade de passarem o tempo juntos no quarto do sr. J. L. B. Matekoni. Tudo isso acabaria, no caso de se concretizar alguma mudança nas condições de trabalho.

A criada franziu a testa. A situação, de tão grave, estava a exigir uma ação radical, mas ela não via o que podia fazer a respeito. De nada adiantaria enfrentá-lo com argumentos: depois que uma mulher como aquela cravou suas garras no homem, não há como fazê-lo voltar atrás. Os homens se tornam muito pouco razoáveis em tais circunstâncias, e ele simplesmente não lhe daria ouvidos se ela tentasse preveni-lo dos perigos que o aguardavam mais adiante. Mesmo se ela descobrisse algo desabonador sobre aquela mulher — algo sobre o seu passado —, ele provavelmente não daria importância à revelação. Imaginou confrontar o sr. J. L. B. Matekoni com a informação de que sua futura esposa era uma assassina! Essa mulher já matou dois maridos, ela poderia dizer. Pôs algo na comida deles, os dois morreram por causa dela.

Mas ele não diria nada, só faria sorrir. Não acredito em você, responderia; e prosseguiria dizendo que, mesmo que ela lhe pusesse diante dos olhos as manchetes do *Botswana Daily News: Mma Ramotswe mata o marido com veneno. Polícia leva o prato de mingau para exame. Exame acusa farta presença de veneno* — não, ele não acreditaria de jeito nenhum.

Ela cuspiu no chão. Se não havia nada em seu poder para fazê-lo mudar de idéia, então talvez valesse a pena pensar em algum modo de lidar com Mma Ramotswe. Se

Mma Ramotswe simplesmente não estivesse lá, o problema poderia ser resolvido. Se ela pudesse... Não, era horrível só de pensar, e, além do mais, ela provavelmente não teria como pagar o trabalho de um feiticeiro. Eles cobravam muito caro quando se tratava de fazer desaparecer pessoas, sem falar nos riscos terríveis que uma ação dessas envolvia. As pessoas começavam a falar, a polícia viria tomar informações, e ela não conseguia imaginar nada pior do que ir para a cadeia.

Cadeia! E se Mma Ramotswe fosse mandada para a cadeia por alguns anos? Não se pode casar com alguém que está preso, nem essa pessoa pode se casar com a gente. Então, se viesse a ser descoberto que Mma Ramotswe havia cometido um crime e por isso ela ficasse presa durante alguns anos, as coisas permaneceriam sem qualquer alteração, exatamente como se achavam agora. E faria alguma diferença se de fato ela não houvesse cometido um crime, desde que a polícia julgasse que sim e fosse capaz de encontrar provas? Ela ouvira falar de um homem que tinha ido para a prisão porque seus inimigos "plantaram" munições em sua casa e informaram à polícia que ele estava armazenando armas para guerrilhas. Isso datava dos tempos da guerra do Zimbábue, quando o sr. Nkomo tinha seus homens nas imediações de Francistown e balas e armas entravam no país por maiores que fossem os esforços da polícia no sentido de impedir que isso acontecesse. O homem protestou sua inocência, mas a polícia simplesmente riu, e o juiz também.

Havia poucas balas e armas nos tempos atuais, mas ainda era viável encontrar algo que pudesse ser escondido em casa de Mma Ramotswe. O que a polícia procurava hoje em dia? Eles se preocupavam muito com drogas, acreditava a criada, e os jornais volta e meia noticiavam que tal ou qual pessoa havia sido detida por tráfico de *dagga*. Mas, para que a polícia se interessasse, era preciso que a pessoa estivesse de posse de grande quantidade da droga, mas como iria ela, modesta criada, conseguir isso?

A *dagga* era cara e o máximo que ela poderia adquirir seriam umas poucas folhas. Ou seja, teria que ser outra coisa.

A criada pensou. Uma mosca pousara em sua testa e estava se arrastando em direção ao nariz. Normalmente ela teria dado um toque para espantá-la, mas eis que lhe veio uma idéia que começou a se desenvolver deliciosamente. A mosca foi ignorada; um cachorro latiu no jardim vizinho; um caminhão trocou a marcha ruidosamente na estrada que levava à antiga pista de pouso. A criada sorriu e empurrou o chapéu para trás. Um dos seus amigos homens poderia ajudá-la. Ela sabia qual era o seu trabalho e sabia que era perigoso. Ele poderia lidar com Mma Ramotswe, e em troca ela lhe faria aqueles favores de que ele demonstrava gostar tanto e que lhe eram negados em casa. Todos ficariam felizes. Ele conseguiria o que desejava. Ela salvaria o seu emprego. O sr. J. L. B. Matekoni seria salvo de uma mulher predadora, e Mma Ramotswe teria o que era mais que merecido. Estava tudo muito claro.

A criada voltou à cozinha e começou a descascar algumas batatas. Agora que a ameaça constituída por Mma Ramotswe estava sendo afastada — ou em vias de o ser —, ela se sentia favoravelmente disposta em relação ao seu obstinado patrão, que era apenas fraco, como todos os homens. Ela iria preparar para ele um esplêndido almoço naquele dia. Havia carne na geladeira — carne que ela primeiro pensara em levar para casa mas que agora se decidira a fritar para ele com cebolas e um farto acompanhamento de purê de batatas.

A refeição ainda não estava pronta quando o sr. J. L. B. Matekoni chegou em casa. Ela ouviu o seu caminhão, o portão sendo fechado com estrondo e, finalmente, o som da porta de entrada sendo aberta. Geralmente ele se comunicava em voz alta com ela ao chegar de volta — um simples "já estou em casa" para ela saber que podia pôr o almoço na mesa. Hoje, entretanto, não se fizera ouvir nenhuma comunicação da parte dele; em vez disso, dera para a criada escutar a voz de uma outra pessoa. Ela segurou o fôlego. Ocorreu-lhe o pensamento de que ele poderia ter vindo para casa com aquela mulher, convidando-a para o almoço. Se fosse esse o caso, ela mais que depressa iria esconder a carne cozida e diria que não havia o que comer em casa. Não podia suportar a idéia de Mma Ramotswe comendo o almoço preparado por ela; ela preferiria servi-lo a um cachorro do que à mulher que constituía uma ameaça ao seu ganha-pão.

Foi até a porta da cozinha e espiou o corredor. Do lado de dentro, junto à porta da frente, mantendo-a aberta para deixar que alguém entrasse e se juntasse a ele, estava o sr. J. L. B. Matekoni.

"Cuidado", disse ele. "Esta porta não é muito larga."

Outra voz respondeu-lhe, mas ela não ouviu o que foi dito. Era uma voz feminina, mas não — ela percebeu com alívio imediato — a voz daquela mulher terrível. Quem estava ele trazendo consigo ao voltar para casa? Outra mulher? Isso seria bom, porque então ela poderia contar para a tal Ramotswe que ele não lhe era fiel, o que provavelmente acabaria com o casamento antes de ele haver começado.

Mas então surgiu a cadeira de rodas e ela viu a menina, empurrada pelo irmãozinho, entrar na casa. Ficou sem saber o que pensar. Com que propósito estaria o seu patrão trazendo essas crianças para dentro de casa? Deviam ser parentes; filhos de alguma prima distante. A moralidade tradicional de Botsuana determinava que era forçoso sustentar essas pessoas, por mais distante que fosse o parentesco.

"Estou aqui, Rra", disse ela alteando a voz. "Seu almoço está pronto."

O sr. J. L. B. Matekoni ergueu os olhos. "Ah", disse. "Trouxe umas crianças comigo. Elas terão que comer."

"Há comida suficiente", disse ela, sempre alteando a voz. "Preparei um bom prato de carne cozida."

Ela esperou alguns minutos antes de entrar na sala de estar, ocupando-se em dar os últimos toques a um purê de batatas supercozidas. Quando finalmente fez sua entrada na sala, com postura muito profissional, limpando as mãos num pano de cozinha, deparou com o sr. J. L. B. Matekoni já sentado em sua cadeira. No outro lado da sala, olhando para fora pela janela, estava uma menina, com um garoto mais novo — presumivelmente seu irmão — de pé a seu lado. A criada olhou para os dois, analisando com um golpe de vista que tipo de crianças eles eram. Basarvas, pensou; sem sombra de dúvida. A garota tinha aquela cor de pele, castanho-clara, que lembra esterco de gado; o menino tinha os olhos que aquelas pessoas costumam ter, um pouco como os olhos dos chineses, e suas nádegas se destacavam como uma espécie de prateleira atrás dele.

"Essas crianças vieram para morar aqui", disse o sr. J. L. B. Matekoni, baixando os olhos ao falar. "São da fazenda dos órfãos, mas eu vou passar a cuidar deles."

Os olhos da criada se arregalaram. Ela não havia esperado isso. Crianças masarvas sendo cuidadas em casa de pessoas comuns e com permissão para morar com elas...! Uma pessoa que se desse ao respeito jamais entraria nesse esquema. Os masarvas eram sabidamente ladrões — ela nunca duvidara disso — e não deveriam ser incentivados a vir morar na casa de respeitáveis batsuanas. O sr. J. L. B. Matekoni pode estar tentando ser bondoso, mas há limites para a caridade.

Ela olhou fixo para o patrão. "Eles vão ficar aqui? Por quantos dias?"

Ele evitou encará-la. Estava morrendo de vergonha, pensou ela.

"Vão ficar por muito tempo. Não penso em levá-los de volta."

Ela se manteve em silêncio. Ficou pensando se isso teria algo a ver com a tal Ramotswe. Talvez esta houvesse resolvido que as crianças podiam vir para ficar de vez, como parte de seu propósito de invadir a vida dele. Primeiro as crianças masarvas se mudariam para lá, depois viria a Ramotswe. A ação de infiltrar as crianças poderia até ser parte de um plano contra ela, claro. Mma Ramotswe poderia muito bem ter imaginado que ela não aprovaria a vinda de tais crianças para aquela casa, e desse modo a afastaria antes mesmo de se mudar para lá. Pois bem, se esse era o plano de Mma Ramotswe, ela faria tudo que pudesse para frustrá-lo. Mostraria a ela que gostava dessas crianças e que estava feliz por tê-las em casa. Seria difícil, mas ela conseguiria.

"Vocês devem estar com fome", disse para a menina, sorrindo ao falar. "Tenho aqui preparada uma deliciosa carne cozida. É bem do jeito que as crianças gostam."

A menina retribuiu o sorriso. "Obrigada, Mma", disse com todo o respeito. "A senhora é muito gentil."

O garoto não disse nada. Ele estava olhando para a criada com aqueles olhos desconcertantes, que a fizeram estremecer por dentro. Ela voltou à cozinha e preparou os pratos. Serviu à menina uma boa porção, e para o sr. J. L. B. Matekoni um almoço farto. Mas para o menino deu somente um pouquinho da carne cozida, cobrindo-a com as raspas da panela de batata. Ela não queria encorajar aquele garoto, e quanto menos ele comesse, melhor.

O almoço foi comido em silêncio. O sr. J. L. B. Matekoni sentou-se à cabeceira da mesa, com a menina à sua direita e o garoto no outro extremo. A menina, ao comer, tinha que se inclinar bem para a frente na sua cadeira de rodas, porque a mesa era construída de tal modo que a cadeira de rodas não entrava direito por baixo dela. Mas até que superou bem essa dificuldade, e em pouco tempo esvaziou o prato. O menino devorou sua comida e depois ficou sentado, cruzando polidamente as mãos uma na outra e olhando para o sr. J. L. B. Matekoni.

Posteriormente, o sr. J. L. B. Matekoni foi até o caminhão e apanhou a mala que eles haviam trazido da fazenda dos órfãos. A supervisora providenciara para eles roupas sobressalentes e as colocou numa das malas baratas de papelão marrom que os órfãos recebem ao sair para o mundo. Havia uma pequena lista de itens colada no alto da mala e disposta em duas colunas. *Menino: 2 calças para menino, 2 shorts cáqui, 2 camisas cáqui, 1 camisa de malha, 4 meias soquetes, 1 par de sapatos; 1 Bíblia traduzida para o setsuana. Menina: 3 calças para menina, 2 blusas, 1 colete, 2 saias, 4 meias soquetes, 1 par de sapatos, 1 Bíblia traduzida para o setsuana.*

Ele levou a mala para dentro de casa e mostrou às crianças o quarto em que deveriam ficar, um pequeno cômodo que ele reservara para hóspedes que nunca apareceram, o quarto com dois colchões, uma pequena pilha de cobertores empoeirados e uma cadeira. Ele pôs a mala sobre a cadeira e a abriu. A menina foi rodando até a cadeira e examinou as roupas, que eram novas. Esticou o braço para a frente e tocou-as, hesitante, porque nunca antes havia possuído roupas novas.

O sr. J. L. B. Matekoni deixou-lhes a iniciativa de desfazer a mala. Saindo para o jardim, deteve-se por um instante sob a tela de sombreamento junto à porta da frente. Ele sabia que havia feito algo de muito importante trazendo as crianças para casa, e agora o peso dessa ação o atingia em toda a sua imensidade. Ele havia mudado o curso da vida de duas outras pessoas e agora tudo que lhes acontecesse seria de sua responsabilidade. Por um momento sentiu-se chocado com esse pensamento. Não apenas havia mais duas bocas para alimentar, como era preciso pensar em escolas e numa mulher que atendesse às suas necessidades do dia-a-dia. Ele teria que procurar uma governanta — um homem jamais conseguiria fazer tudo que as crianças precisam que seja feito para elas. Algum tipo de "supervisora", no estilo da supervisora que cuidava deles na fazenda dos órfãos. Chegado a esse ponto, interrompeu o fio de seus pensamentos. Ele havia se esquecido. Era um homem prestes a se casar. Mma Ramotswe ia preencher o lugar de mãe dessas crianças.

Sentou-se pesadamente sobre um tambor de gasolina

virado. Essas crianças eram agora responsabilidade de Mma Ramotswe, e ele nem sequer havia pedido sua opinião. Deixara-se convencer a ficar com elas, tapeado por aquela persuasiva Mma Potokwane, sem refletir direito sobre todas as conseqüências. Poderia levá-las de volta? Ela dificilmente teria como se recusar a recebê-las, uma vez que era de se presumir que continuassem sendo responsabilidade sua. Nada fora assinado; não havia nenhum documento que comprovasse a adoção. Mas levá-las de volta era inconcebível. Ele havia dito às crianças que cuidaria delas, e isso, no seu entender, era mais importante do que qualquer assinatura num documento legal.

O sr. J. L. B. Matekoni nunca faltara com a palavra. Instituíra como regra de sua vida profissional jamais combinar algo com um cliente e depois não cumprir o combinado. Às vezes isso lhe havia saído caro. Se acertasse com um cliente que determinado conserto custaria trezentos pulas, não havia condição de ele cobrar mais do que aquilo, ainda que o tempo gasto com o trabalho acabasse sendo muito maior do que o previsto. E isso era o que mais freqüentemente acontecia, com aqueles aprendizes preguiçosos levando horas para executar as coisas mais simples. Ele não conseguia entender como era possível levar três horas para concluir um simples serviço de rotina num carro. Tudo que precisava ser feito era drenar o óleo velho e despejá-lo no contêiner para óleo sujo. Em seguida introduzia-se óleo novo, trocavam-se os filtros de óleo, verificava-se o nível de fluido no freio, fazia-se a regulagem e passava-se graxa na caixa de mudança. Nisso consistia o serviço de rotina, que custava duzentos e oitenta pulas. Podia ser feito em hora e meia, no máximo, mas os aprendizes conseguiam levar muito mais tempo.

Não, ele não podia quebrar a promessa feita a essas crianças. Eram seus filhos, acontecesse o que acontecesse. Ele conversaria com Mma Ramotswe e lhe explicaria que as crianças eram um benefício para Botsuana e que eles deveriam fazer o que pudessem para ajudar essas pobres crianças que não tinham ninguém do seu próprio sangue. Ela era uma boa mulher, ele sabia, e ele tinha certeza de que compreenderia e concordaria com ele. Iria ter essa conversa com ela, sim, mas talvez não exatamente agora.

11

O TETO DE VIDRO

Mma Makutsi, secretária da Agência Nº 1 de Mulheres Detetives e diplomada *cum laude* pelo Centro de Formação de Secretárias de Botsuana, estava sentada à sua escrivaninha, olhando para fora pela porta aberta. Ela preferia deixar a porta aberta quando não havia nada acontecendo na agência (o que era o mais freqüente), mas isso tinha suas desvantagens, já que as galinhas muitas vezes se aventuravam a entrar e circulavam cheias de empáfia como se estivessem num galinheiro. Ela não gostava dessas galinhas, por uma série de razões. Em primeiro lugar, era falta de profissionalismo ter galinhas numa agência de detetives, e, seja como for, as galinhas provocavam nela uma profunda irritação. Era sempre o mesmo grupo de galinhas: quatro delas e mais um galo desanimado (e impotente, ela imaginava) que era mantido pelas galinhas por caridade. O galo mancava e havia perdido grande parte de suas penas em uma das asas. Tinha a aparência de um derrotado, como se fosse plenamente consciente da sua perda de status, e sempre caminhava muitos passos atrás das fêmeas, como um príncipe consorte relegado pelo protocolo a um permanente segundo lugar.

As galinhas pareciam igualmente irritadas pela presença de Mma Makutsi. Era como se a intrusa fosse ela, e não elas. Por direito, essa casa minúscula com suas duas pequenas janelas e sua porta rangente deveria ser um galinheiro, e não uma agência de detetives. Se elas olhassem com ar superior para a secretária, quem sabe esta não iria embora, e elas passariam a empoleirar-se nas cadeiras e fazer seus ninhos nos arquivos. Era isso o que as galinhas queriam.

"Fora! Fora daqui!", disse Mma Makutsi, agitando um jornal dobrado na direção delas. "Nada de galinhas aqui dentro! Fora!"

A maior das galinhas virou-se e encarou-a com firmeza, enquanto o galo se fazia de desentendido.

"Estou falando com vocês!", gritou Mma Makutsi. "Aqui não é nenhuma fazenda de criação de galinhas. Fora!"

As galinhas soltaram um cacarejo de indignação, e pareceram hesitar por um momento. Mas, quando Mma Makutsi empurrou a cadeira para trás e se levantou, elas deram meia-volta e começaram a mover-se em direção à porta, com o galo à frente dessa vez, mancando todo afobado.

Resolvido o confronto com as galinhas, Mma Makutsi voltou a olhar porta afora. Ela sofria com essa indignidade de ter que expulsar galinhas do seu escritório de trabalho. Quantas outras diplomadas pelo Centro de Formação de Secretárias teriam que fazer isso, ela conjeturava. Havia escritórios na cidade, prédios espaçosos com amplas janelas e sistemas de ar condicionado, em que as secretárias se sentavam diante de escrivaninhas luzindo de limpas, com puxadores cromados nas gavetas. Ela havia visto esses escritórios quando o Centro de Formação as levara em visitas de experiência. Vira as secretárias sentadas sorrindo o tempo todo, usando brincos caros, à espera de um marido bem pago que surgiria e as pediria em casamento. Na época ela pensou em como gostaria de um emprego como aquele, se bem que estaria mais interessada no trabalho do que no marido. Estava convencida, na verdade, de que conseguiria um emprego daqueles, mas quando o curso terminou e foram todas ter entrevistas, ela não recebeu nenhuma oferta. Não conseguia entender por que isso havia acontecido. Algumas das outras mulheres que tiveram notas muito piores que as suas — em certos casos, de até 5,1 (o mínimo exigido para passar) — receberam boas ofertas, ao passo que ela (que conseguira a quase inconcebível nota 9,7) não recebera nenhuma. Como podia ser isso?

Foi uma das outras moças malsucedidas quem lhe forneceu a explicação. Ela, também, se apresentara para as entrevistas e não tivera sorte.

"Quem dá os empregos são homens, não é mesmo?", disse-lhe ela.

"Acho que sim", disse Mma Makutsi. "As firmas são dirigidas por homens. Eles é que escolhem as secretárias."

"Então que critérios você pensa que os homens utilizam para decidir quem deve e quem não deve ficar com o emprego? Você acha que eles escolhem pelas notas que tivemos? É assim que você acha que eles procedem?"

Mma Makutsi ficou calada. Nunca lhe ocorrera que decisões dessa natureza pudessem ser tomadas com base em outro fundamento. Tudo o que lhe haviam ensinado na escola transmitia a mensagem de que o bom emprego se conseguia dando duro nos estudos.

"Muito bem", disse sua amiga, sorrindo obliquamente, "já percebi que é isso o que você pensa. Pois está errada. Os homens escolhem as mulheres para trabalhar com base na aparência. Escolhem as que são bonitas e lhes dão empregos. Às outras eles dizem: Sentimos muito. Os empregos disponíveis já foram todos oferecidos. Sentimos muito. Há uma recessão mundial e, numa recessão mundial, os empregos que sobram são somente para moças bonitas. Esse é o efeito de uma recessão mundial. É tudo um problema econômico."

Mma Makutsi escutara assombrada. Mas ela sabia, mesmo enquanto os amargos comentários estavam sendo emitidos, que eles eram verdadeiros. Talvez soubesse desde sempre, num nível inconsciente, e simplesmente não conseguira encarar os fatos. Mulheres bonitas conseguiam o que queriam, e mulheres como ela, que talvez não fosse tão elegante quanto as outras, ficavam sem nada.

Naquela noite ela se olhou no espelho. Tentara dar

um jeito no cabelo, mas não funcionara. Aplicara um alisador, esticara e puxara, mas o cabelo não havia ajudado nem um pouco. E sua pele, também, resistira aos cremes que ela lhe aplicara, com o resultado de ter ficado muito mais escura do que a de quase todas as outras moças do curso. Sentiu um assomo de ressentimento contra o seu destino. Era sem esperanças. Mesmo com aqueles óculos de grandes aros redondos que ela havia comprado para seu uso, por um preço exorbitante, não dava para disfarçar o fato de que era uma garota escura num mundo em que as moças de pele clara com grossas camadas de batom nos lábios tinham tudo à sua disposição. Essa era a verdade suprema e inescapável, incapaz de mudar, seja pela força do pensamento ou de cremes e loções caríssimos. A graça toda deste mundo — os bons empregos, os maridos ricos — nada tinha a ver com o mérito e o esforço, mas dependia unicamente dos fatos consumados e imutáveis da biologia.

Mma Makutsi pôs-se diante do espelho e chorou. Ela se esforçara ao máximo para ter a nota 9,7 no Centro de Formação de Secretárias de Botsuana, mas daria na mesma se tivesse gasto o seu tempo divertindo-se e saindo com os rapazes, já que o esforço não lhe trouxera nenhum benefício. Haveria algum emprego em perspectiva, ou ela ficaria em casa ajudando sua mãe a lavar e passar as calças cáqui dos irmãos mais novos?

A pergunta teve resposta no dia seguinte, quando se candidatou ao emprego de secretária de Mma Ramotswe e foi aceita. Aí estava a solução. Se os homens se recusavam a empregar com base no mérito, o jeito era procurar trabalho com uma mulher. Havia infinitamente mais prestígio em ser secretária de uma detetive particular do que em ser secretária num banco ou no escritório de um advogado. Em suma, alguma justiça não deixava de haver. Talvez todo aquele trabalho tivesse valido a pena, no final das contas.

Só ficava para ser resolvido esse problema com as galinhas.

* * *

"Pois bem, Mma Makutsi", disse Mma Ramotswe, ao sentar-se em sua cadeira aguardando o bule de chá que a secretária estava preparando para ela. "Então lá fui eu a Molepolole dar uma olhada no lugar em que aquelas pessoas haviam vivido. Vi a fazenda e o local onde eles tentaram plantar para fazer colheitas. Falei com uma mulher que havia morado lá naquela época. Vi o que havia para ver."

"E descobriu alguma coisa?", perguntou Mma Makutsi, despejando a água quente no velho bule esmaltado e mexendo o líquido com as folhas de chá.

"Descobri uma sensação", disse Mma Ramotswe. "Senti que sabia algo."

Mma Makutsi ouviu o que disse sua empregadora. Que significado ela teria em mente ao dizer que sentiu que sabia algo? Ou a pessoa sabe algo ou não. Não há como pensar que talvez se saiba algo, se na verdade não se tem idéia do que se deveria saber.

"Na minha opinião...", começou.

Mma Ramotswe riu. "É o que se chama de intuição. Está lá no livro do senhor Anderson. Ele fala de intuições. Elas nos dizem coisas que sabemos bem no fundo de nós mesmos, mas que não temos como expressar em palavras."

"E essa intuição que a senhora teve naquele lugar", disse Mma Makutsi meio hesitante. "O que foi que ela lhe disse? Onde estava esse pobre rapaz americano?"

"Lá", disse Mma Ramotswe tranqüilamente. "Aquele rapaz está lá."

"Ele está morando lá? Continua até hoje?"

"Não", disse Mma Ramotswe. "Ele morreu. Mas está lá. A senhora sabe do que eu estou falando?"

Mma Makutsi balançou a cabeça afirmativamente. Ela sabia. Qualquer pessoa sensível na África saberia do que Mma Ramotswe estava falando. Ao morrer, não deixamos o lugar em que estávamos quando éramos vivos. Continuamos lá, em certo sentido; nosso espírito está lá. Não partimos nunca. Isso era algo que os brancos simplesmente não conseguiam entender. Diziam que era superstição, e que acreditar em tais coisas era um sinal de ignorância. Mas eles é que eram os ignorantes. Se não conseguiam entender como fazemos parte do mundo natural que nos cerca, então são eles que têm os olhos fechados, não nós.

Mma Makutsi verteu o chá e estendeu a Mma Ramotswe sua caneca.

"A senhora vai contar isso à mulher americana?", perguntou. "Ela certamente há de dizer: 'Onde está o corpo? Mostre-me exatamente onde está o meu filho'. A senhora sabe como é a maneira de pensar dessas pessoas. Ela não vai entender se a senhora disser que ele está em algum lugar, mas que a senhora não tem como apontar o lugar exato."

Mma Ramotswe ergueu a caneca até os lábios, observando sua secretária enquanto esta falava. Aí está uma mulher astuta, pensou. Entendeu perfeitamente como a americana iria pensar, e tinha noção de como seria difícil transmitir essas verdades sutis a alguém que concebia o mundo como sendo inteiramente explicável pela ciência. Os americanos eram muito inteligentes; lançavam foguetes no espaço e inventavam máquinas capazes de pensar mais depressa do que qualquer ser humano no mundo, mas toda aquela inteligência também podia causar uma cegueira neles. Eles não entendiam outros povos. Achavam que todo mundo encarava as coisas do mesmo modo que eles, mas estavam errados. A ciência era apenas parte da verdade. Havia também muitas outras coisas que faziam o mundo ser como era, e os americanos muitas vezes não conseguiam perceber essas coisas, embora elas estivessem ali o tempo todo, bem debaixo do seu nariz.

Mma Ramotswe pousou a caneca de chá e enfiou a mão no bolso de seu vestido.

"Também encontrei isto", disse, extraindo do bolso o recorte dobrado de uma foto de jornal, e passando-o à secretária. Mma Makutsi desdobrou o papel e alisou-o pressionando-o contra a superfície de sua escrivaninha. Esteve a observá-lo por alguns momentos antes de reerguer os olhos para Mma Ramotswe.

"Isso é muito antigo", disse. "Estava jogado no chão?"

"Não. Estava na parede. Havia ainda alguns papéis espetados numa parede. Escaparam das formigas."

Mma Makutsi voltou a olhar para o papel.

"Há uns nomes", disse. "Cephas Kalumani. Oswald Ranta. Mma Soloi. Quem são essas pessoas?"

"Gente que vivia lá", disse Mma Ramotswe. "Devem ter estado lá na época."

Mma Makutsi deu de ombros. "Mas, ainda que pudéssemos encontrar essas pessoas e falar com elas", disse, "faria alguma diferença? A polícia deve ter falado com elas na época. Talvez até a própria Mma Curtin tenha falado com elas da primeira vez que voltou."

Mma Ramotswe balançou a cabeça em concordância. "A senhora tem razão", disse. "Mas essa foto me diz algo. Olhe os rostos."

Mma Makutsi estudou a imagem amarelecida. Havia dois homens na frente, de pé junto a uma mulher. Atrás deles havia um outro homem, de feições pouco visíveis, e uma mulher, meio de lado. Os nomes na legenda referiam-se aos três da frente. Cephas Kalumani era um homem alto, com braços e pernas meio desengonçados, um homem que pareceria contrafeito e pouco à vontade em qualquer fotografia. Mma Soloi, de pé a seu lado, estava radiante de prazer. Era uma mulher tranqüila e segura de si — a arquetípica mulher motsuana afeita ao trabalho pesado, o tipo de mulher que sustentava uma família numerosa, cujo trabalho de toda uma vida parecia fadado a ser de devotamento ilimitado e inquestionado à limpeza: limpar o quintal, limpar a casa, limpar as crianças. Esse era o retrato de uma heroína; sem reconhecimento, mas, de qualquer modo, uma heroína.

O terceiro personagem, Oswald Ranta, era completamente diverso. Bem vestido, animado, estava usando uma camisa branca com gravata, e, como Mma Soloi, sorria para a câmera. Seu sorriso, entretanto, era muito diferente.

"Olhe só para esse homem", disse Mma Ramotswe. "Olhe para Ranta."

"Não gosto dele", disse Mma Makutsi. "Não gosto do jeito dele nem um pouco."

"Justamente", disse Mma Ramotswe. "Esse homem é mau."

Mma Makutsi não falou nada, e por alguns minutos as duas permaneceram sentadas em absoluto silêncio, Mma Makutsi olhando para a foto e Mma Ramotswe baixando os olhos para sua caneca de chá. Até que Mma Ramotswe falou.

"Penso que, se alguma coisa perversa foi feita naquele lugar, foi feita por esse homem. Acha que estou certa?"

"Sim", disse Mma Makutsi. "Está certa, sim." Fez uma pausa. "Agora irá procurá-lo?"

"É a minha próxima tarefa", disse Mma Ramotswe. "Vou sair perguntando por aí e ver se alguém conhece esse homem. Mas, enquanto isso, temos algumas cartas para escrever, Mma. Temos outros casos em que pensar. Aquele homem na fábrica de cerveja que estava aflito por causa do irmão. Descobri algo há pouco, e já podemos escrever para ele. Mas primeiro temos que escrever uma carta sobre aquele contador."

Mma Makutsi colocou uma folha de papel na sua máquina de escrever e esperou Mma Ramotswe começar a ditar. A carta não era interessante — tratava da localização de um contador que havia vendido a maior parte dos bens de uma firma e em seguida sumira. A polícia parara de procurá-lo, mas a firma queria saber o destino dos seus bens.

Mma Makutsi datilografava automaticamente. Seu pensamento não estava na tarefa, mas o treinamento que recebera tornava-lhe possível datilografar sem erros mesmo que estivesse pensando em coisa muito diferente. Agora estava pensando em Oswald Ranta, e em como poderiam descobri-lo. A grafia do nome Ranta era um tanto inusitada e o mais simples seria procurar pelo nome na lista telefônica. Oswald Ranta era um homem de aparência elegante, de quem se podia esperar que tivesse um telefone. Era só ela procurar o nome na lista e anotar o endereço. Depois poderia, ela própria, sair fazendo perguntas, se quisesse, e entregar a informação a Mma Ramotswe.

Terminada a carta, passou-a a Mma Ramotswe para que a assinasse, e em seguida colocou o endereço no envelope. Uma vez feito isso, enquanto Mma Ramotswe inseria um registro no arquivo, ela abriu sua gaveta e tirou de dentro a lista telefônica de Botsuana. Como ela imaginara, só havia um Oswald Ranta.

"Preciso dar um rápido telefonema", disse. "É só um instante."

Mma Ramotswe resmungou o seu consentimento. Ela sabia que podia confiar em Mma Makutsi no tocante a ligações telefônicas, pois era muito diferente da maioria das secretárias, que ela sabia que usavam telefone dos patrões para comunicar-se com seus namorados em toda sorte de ligações interurbanas, inclusive chamadas para lugares afastados como Maun ou Orapa.

Mma Makutsi falou em voz baixa, impossível de ser ouvida por Mma Ramotswe.

"Por favor, queria falar com Rra Ranta. Ele está?"

"Ele está no trabalho, Mma. Sou a criada."

"Desculpe incomodá-la, Mma. Preciso falar com ele no trabalho. Pode me dizer onde é?"

"Ele está na Universidade. Vai para lá todos os dias."

"Sei. Pode me dizer o número?"

Ela anotou o número numa folha de papel, agradeceu à criada e repôs o fone no gancho. Em seguida, fez nova ligação, e tornou a rabiscar anotações com o lápis no papel.

"Mma Ramotswe", disse calmamente. "Tenho toda a informação de que a senhora necessita."

Mma Ramotswe ergueu os olhos, em expectativa.

"Informação sobre o quê?"

"Oswald Ranta. Está morando aqui em Gaborone. É professor conferencista no Departamento de Economia Rural da Universidade. A secretária de lá diz que ele chega sempre às oito da manhã e que quem quiser procurá-lo tem que marcar hora. A senhora não precisa indagar mais para encontrá-lo."

Mma Ramotswe sorriu.

"A senhora é uma pessoa muito inteligente", disse. "Como foi que descobriu tudo isso?"

"Olhei na lista telefônica", respondeu Mma Makutsi. "Depois telefonei para saber tudo mais."

"Sei" disse Mma Ramotswe, ainda sorrindo. "Foi um excelente trabalho de detetive."

Mma Makutsi ficou radiante com o elogio. Trabalho de detetive. Ela havia feito o trabalho de um detetive, embora fosse apenas uma secretária.

"Fico feliz que a senhora esteja satisfeita com meu trabalho", disse, passado um momento. "Eu queria ser detetive. Estou contente sendo secretária, mas não é o mesmo que ser detetive."

Mma Ramotswe franziu a testa. "Era isso que a senhora queria?"

"Sempre", disse Mma Makutsi. "Foi isso que eu sempre quis."

Mma Ramotswe avaliou sua secretária. Era uma boa trabalhadora, inteligente, e, se isso significava tanto para ela, por que não promovê-la? Ela poderia ajudá-la com as investigações, o que seria um uso bem melhor de seu tempo do que ficar sentada à escrivaninha à espera de que o telefone tocasse. Poderiam comprar uma secretária eletrônica, que receberia os recados telefônicos quando ela houvesse saído do escritório para uma investigação. Por que não lhe dar essa chance e deixá-la feliz?

"Pois a senhora terá o que sempre quis", disse Mma Ramotswe. "Será promovida a detetive assistente. Já a partir de amanhã."

Mma Makutsi pôs-se de pé. Abriu a boca para falar, mas a emoção de que estava tomada estrangulou suas palavras. Sentou-se.

"Fico contente de que esteja satisfeita," disse Mma Ramotswe. "A senhora quebrou o teto de vidro que impede as secretárias de alcançar seu pleno potencial."

Mma Makutsi ergueu os olhos, como que procurando o teto que ela havia quebrado. Lá estavam apenas as tábuas de sempre, freqüentadas pelas moscas e empenadas por efeito do calor. Mas nem mesmo o teto da Capela Sistina poderia nesse momento ser mais glorioso aos seus olhos, mais propiciador de alegria e de esperança.

12
À NOITE EM GABORONE

Sozinha em sua casa em Zebra Drive, Mma Ramotswe — como lhe acontecia freqüentemente — acordou de madrugada, àquelas horas em que a cidade mergulhava no mais absoluto silêncio; o período de maior perigo para os ratos e outras pequenas criaturas, já que era quando cobras e mambas se deslocavam em suas caçadas sem fazer o menor ruído. Ela sempre sofrera de sono interrompido, mas cessara de se preocupar com isso. Nunca ficava mais de uma hora — ou hora e pouco — acordada, e, como se recolhia cedo ao leito, sempre conseguia pelo menos sete horas de sono por noite. Havia lido que as pessoas precisam de oito horas e que o corpo acabava reclamando as horas a menos. Se isso fosse verdade, achara um jeito de compensar as horas que faltavam, dormindo um bocado nos sábados e nunca acordando cedo aos domingos. De modo que uma hora, uma hora e pouco, que perdesse às duas ou três de cada madrugada não seria nada significativo.

Recentemente, enquanto esperava que fizessem tranças em seus cabelos no Salão Faça-me Linda, ela havia batido os olhos numa matéria de revista sobre o sono. Havia um médico famoso, ela leu, que sabia tudo sobre o sono e que tinha alguns conselhos a dar àqueles cujo sono fosse problemático. Esse tal de dr. Shapiro tinha uma clínica especializada para pessoas que não conseguiam dormir e ligava fios às suas cabeças para verificar o que havia de errado. Mma Ramotswe ficou intrigada: havia uma foto do dr. Shapiro com um homem e uma mulher, ambos de aparência sonolenta, metidos em pijamas amarrotados, com um emaranhado de fios saindo de suas cabeças. Na mesma hora sentiu pena deles: a mulher, em particular, parecia muito infeliz, como alguém que estivesse sendo forçado a participar de um procedimento imensamente tedioso, do qual não tinha como escapar. Ou sua infelicidade se devia ao pijama de hospital com que estava sendo fotografada; talvez sempre houvesse desejado ter uma foto sua publicada em revista, e agora que esse desejo se realizava, aparecia metida num pijama de hospital.

Continuou lendo o texto da matéria e ficou indignada. "É comum as pessoas gordas terem dificuldades para dormir bem. Elas sofrem de uma doença conhecida como apnéia, assim chamada porque as pessoas têm a respiração interrompida durante o sono. Recomenda-se a essas pessoas que percam peso."

Recomenda-se que percam peso! O que o peso tem a ver com isso? Havia muitas pessoas gordas que pareciam dormir perfeitamente bem; havia uma pessoa gorda que freqüentemente se sentava debaixo de uma árvore do lado de fora da casa de Mma Ramotswe e que parecia adormecida a maior parte do tempo. Seria o caso de aconselhar essa pessoa a perder peso? Na opinião de Mma Ramotswe, tal conselho seria inteiramente desnecessário, e o mais provável era que só levasse à infelicidade. De uma pessoa gorda instalada agradavelmente à sombra de uma árvore, passaria a ser uma pobre magra, sem traseiro suficiente para sentar-se e, por conseguinte, com o resultado de provavelmente não conseguir dormir.

E o que dizer do seu próprio caso? Era uma senhora gorda — *do formato tradicional* — e que, no entanto, não tinha dificuldade para preencher a cota de sono considerada satisfatória. Isso tudo fazia parte do terrível hábito de *atacar* as pessoas que é próprio de quem não encontra nada melhor para fazer do que dar conselhos sobre todo tipo de assuntos. Essas pessoas, que escreviam nos jornais e falavam no rádio, viviam cheias de idéias sobre como tornar os outros melhores. Intrometiam-se na vida das pessoas, dizendo-lhes para fazer isso e fazer aquilo. Olhavam o que a pessoa estava comendo para dizer-lhes "isso faz mal"; observavam a maneira como a pessoa criava seus filhos e diziam que estava errado também. E, para piorar as coisas, completavam dizendo que, se a pessoa não levasse em conta suas advertências, morreria. E desse jeito era tanto o medo que causavam em todo mundo que todos acabavam se sentindo forçados a aceitar o conselho.

Havia dois alvos principais, pensava Mma Ramotswe. Primeiro, as pessoas gordas, agora já bastante acostumadas à campanha sem tréguas contra elas; depois, os homens. Mma Ramotswe sabia que os homens estavam longe de ser perfeitos — que os homens eram muito maus e egoístas e preguiçosos, e que, tudo considerado, haviam se saído mal na tarefa de governar a África. Mas não havia motivo para tratá-los mal, como faziam algumas dessas pessoas. Havia uma porção de homens bons por aí — gente como o sr. J. L. B. Matekoni, Sir Seretse Khama (primeiro presidente de Botsuana, estadista, chefe supremo dos bamanguatos) e o falecido Obed Ramotswe, minerador aposentado, experiente conhecedor de gado e seu paizinho muito querido.

Ela sentia falta do Paizinho, e não se passava um dia sequer sem que deixasse de pensar nele. Muitas vezes, quando acordava a essa hora da noite e ficava deitada sozinha na escuridão, procurava recuperar em sua memória alguma lembrança dele que fosse alusiva a ela: algum trecho de conversa, algum gesto, alguma experiência partilhada. Qualquer lembrança era um tesouro precioso para ela, em que ela mergulhava enternecidamente, algo sagrado em sua significação. Obed Ramotswe, que amara sua filha e que economizara cada rand, cada centavo que ganhava naquelas minas cruéis e reunira aquele rebanho de gado somente em benefício dela, nunca pedira o que quer que fosse para si próprio. Não bebia, não fumava; só pensava nela e no que aconteceria a ela.

Se ao menos ela pudesse apagar aqueles dois anos horríveis que passara com Note Mokoti, quando sabia o quanto seu pai havia sofrido, ciente — como sempre esteve — de que Note só poderia fazê-la infeliz. Quando ela voltou para a casa dele, depois da partida de Note, e ele pôde ver, enquanto a abraçava, a cicatriz do último espancamento, ele nada disse, apenas interrompeu as explicações dela na mesma hora.

"Você não precisa me contar isso", disse. "Não precisamos falar desse assunto. Já acabou."

Ela quis pedir-lhe desculpas — dizer que deveria ter pedido sua opinião sobre Note antes de casar-se com ele, e ouvi-la, mas sentia-se muito imatura para isso, e o pai não haveria de querer tal coisa.

E ela se lembrou de sua doença, quando o peito ficou cada vez mais congestionado com o mal que matava tantos mineradores, e de como segurou a mão dele na cabeceira da sua cama, e de como, mais tarde, saiu atordoada, querendo chorar, como seria natural, mas fechou-se silenciosa em sua tristeza; e de como então viu um anu-branco olhando para ela de um galho de árvore, e de como ele esvoaçou em seguida para um galho mais alto e se voltou para olhá-la de novo, antes de levantar vôo e partir; e de um carro vermelho que naquele momento passou na estrada, com duas crianças no banco de trás, vestidas de branco e com fitas no cabelo, que acenaram para ela. E do aspecto do céu — carregado de chuva, com nuvens purpúreas acumuladas umas por cima das outras, e um relâmpago à distância, sobre o Kalahari, ligando o céu à terra. E de uma mulher que, sem saber que o mundo justamente naquele momento tinha acabado para ela, gritou-lhe da varanda do hospital: *Venha para dentro, Mma. Não fique aí parada! Já, já, vai cair uma tempestade. Venha depressa para dentro!*

* * *

Não longe dali, um pequeno avião a caminho de Gaborone voou baixo acima da represa e, em seguida, perdendo altura, planou sobre a área conhecida como Village, depois sobre a concentração de lojas na Tlokweng Road e, finalmente, no último minuto de seu trajeto, sobre as casas espalhadas pelo mato ao longo do limite com a pista de pouso. Numa destas, sentada junto à janela, uma garota olhava para fora. Ela deixara a cama havia cerca de uma hora, por ter perdido o sono, e decidira levantar-se e ir olhar à janela. A cadeira de rodas estava junto da cama e ela era capaz de transferir-se para ela sozinha sem precisar de ajuda. Em seguida, impulsionando as rodas para a frente até a janela aberta, deixara-se ficar sentada ali a olhar para dentro da noite.

Ela havia ouvido o avião antes de ver suas luzes. E conjeturara qual poderia ser o motivo de um avião estar chegando às três da madrugada. Como será que os pilotos conseguiam voar à noite? Como poderiam saber para onde estavam indo no meio daquela escuridão sem limites? E se tomassem uma direção errada e enveredassem sobre o Kalahari, onde não havia luzes para guiá-los e a sensação seria a mesma de estar voando dentro de uma caverna escura?

Ela observou quando o avião passou bem em cima da casa e viu a forma das asas e o cone de luz que o farol de aterrissagem do avião projetou à sua frente. O barulho do motor agora era bem forte — não apenas um zumbido distante mas o som de uma batedeira gigante em pleno funcionamento. Com toda a certeza faria acordar os moradores da casa, ela pensou, mas quando o avião fez o pouso na pista e o motor foi gradativamente morrendo, a casa permaneceu em silêncio.

A garota olhava para fora. Havia uma luz fraca em algum lugar à distância, talvez na própria pista de pouso, mas, afora isso, só havia trevas. A casa parecia não estar voltada para a cidade e sim afastando-se dela; para além dos limites do jardim, só se viam o mato, com uma mistura de arbustos raquíticos, espinhentos, árvores, tufos de capim e um estranho afloramento formado por barro vermelho — um cupinzeiro.

Ela se sentiu só. Havia outras duas pessoas que dormiam na casa: seu irmão mais novo, que nunca acordava no meio da noite, e o homem bondoso que consertara sua cadeira de rodas e os trouxera para dentro de sua casa. Ela não tinha medo de estar ali: contava permanecer sob os cuidados desse homem — ele era como o sr. Jameson, diretor da instituição de caridade que administrava a fazenda dos órfãos. Era um homem de bem que só pensava nos órfãos e em suas necessidades. A princípio, ela não conseguia entender como podia haver pessoas assim. Por que as pessoas se importariam com outros que nem sequer eram de sua família? Ela cuidava de seu irmão, mas isso era uma obrigação sua.

A supervisora tentara dar-lhe uma explicação certo dia.

"Precisamos cuidar das outras pessoas", havia dito. "As outras pessoas são como se fossem nossos irmãos e nossas irmãs. Se elas estão infelizes, é como se estivéssemos infelizes. Se passam fome, é como se nós próprios passássemos fome. É assim."

A garota aceitou isso. Seria sua obrigação, também, cuidar das outras pessoas. Mesmo se nunca pudesse ter, ela própria, um filho, cuidaria de outras crianças. E procuraria cuidar desse homem bondoso, o sr. J. L. B. Matekoni, e garantir que tudo em sua casa estivesse limpo e arrumado. Essa seria a sua obrigação.

Havia pessoas que tinham mães para cuidar delas. Ela não era uma dessas pessoas, sabia disso. Mas por que sua mãe havia morrido? Tinha apenas uma vaga lembrança atualmente. Lembrava-se de sua morte e do choro e das lamentações das outras mulheres. Lembrava-se do bebê sendo tirado dos seus braços e enterrado. Ela o havia desenterrado — assim lhe parecia —, mas não tinha certeza. Talvez outra pessoa tivesse feito isso e passado o menino para ela. Lembrava-se de ter partido e de ver-se, depois, num estranho lugar.

Talvez algum dia viesse a encontrar um lugar onde pudesse permanecer. Isso seria bom. Saber que o lugar onde estamos é o nosso próprio lugar — o lugar onde deveríamos estar.

13

UM PROBLEMA DE FILOSOFIA MORAL

Havia certos clientes que atraíam a simpatia de Mma Ramotswe desde a primeira vez em que contavam sua história. Com outros não dava para simpatizar porque eram motivados por egoísmo, cobiça ou às vezes por evidente paranóia. Mas os casos genuínos — aqueles que exigiam uma verdadeira vocação do ofício de detetive particular — eram de partir o coração. Mma Ramotswe sabia que o sr. Letsenyane Badule era um desses.

Ele apareceu sem marcar hora, chegando no dia seguinte àquele em que Mma Ramotswe voltou de sua viagem a Molepolole. Era o primeiro dia da promoção de Mma Makutsi a detetive assistente, e Mma Ramotswe acabara de explicar-lhe que, apesar de agora ser uma detetive particular, ela continuava a ter suas obrigações como secretária.

Mma Ramotswe compreendera que teria de abordar logo o assunto, para evitar mal-entendidos.

"Não posso empregar uma secretária e mais uma assistente", disse. "Esta é uma agência pequena. Não tenho grandes lucros. A senhora sabe disso. A senhora é quem envia as faturas."

Mma Makutsi ficara surpresa e decepcionada. Ela viera com o seu vestido mais elegante e dera um jeito no cabelo, prendendo-o atrás de modo a terminar em cachos. Não funcionara.

"Continuo sendo uma secretária, então?", perguntou. "Continuo apenas batendo à máquina?"

Mma Ramotswe balançou a cabeça. "Não mudei de idéia", disse. "A senhora é uma detetive particular assistente. Mas alguém terá que bater à maquina, não é verdade? É função para uma detetive particular assistente. Isso e outras coisas."

O rosto de Mma Makutsi voltou a brilhar. "Assim está certo. Posso fazer todas as coisas que já fazia, mas quero fazer também mais que isso. Quero ter clientes."

Mma Ramotswe respirou fundo. Ela não pensara em dar a Mma Makutsi seus próprios clientes. Sua idéia era designar-lhe tarefas de que se desincumbisse sob sua supervisão. A orientação a ser dada aos casos caberia a ela, Ramotswe. Mas depois se lembrou. Lembrou-se de como, ainda mocinha, quando trabalhava no Pequeno Entreposto dos Comerciantes, em Mochudi, ficara excitadíssima ao lhe ser dada pela primeira vez permissão para fazer um levantamento do estoque por conta própria. Era um traço de egoísmo querer conservar os clientes para si mesma. Como poderia alguém se iniciar numa carreira se os seus superiores guardavam todo o trabalho interessante para si próprios?

"Tudo bem", disse ela serenamente. "A senhora poderá ter seus próprios clientes. Mas eu decidirei com quais vai ficar. A senhora não poderá ter os grandes clientes... para começar. Começará com os casos mais simples e irá se aprimorando."

"É justo", disse Mma Makutsi. "Obrigada, Mma. Não quero correr antes de aprender a andar. Recebemos essa orientação no Centro de Formação de Secretárias de Botsuana. Aprender primeiro as coisas fáceis, só depois as coisas difíceis. E não o inverso."

"Essa é uma boa filosofia", disse Mma Ramotswe. "Muitos jovens de hoje em dia não receberam tal orientação. Querem pegar logo os melhores empregos. Querem começar de cima, com muito dinheiro e uma grandiosa Mercedes Benz."

"Não é sensato", disse Mma Makutsi. "O certo é ir fazendo coisas modestas quando se é jovem, como preparação para as coisas importantes que virão depois."

"Humm", comentou Mma Ramotswe. "Essas grandiosas Mercedes Benz não foram uma boa coisa para a África. São carros formidáveis, acredito, mas todas as pessoas ambiciosas da África desejam ter um antes de fazer jus a ele. E isso tem causado sérios problemas."

"Quanto maior o número de Mercedes Benz num país", observou Mma Makutsi, "pior é esse país. Se houver um país sem nenhuma Mercedes Benz, esse será um bom lugar. Pode ter certeza."

Mma Ramotswe olhou fixo para sua assistente. Era uma teoria interessante, que poderia ser discutida com mais vagar noutra ocasião. Por ora, havia uma ou duas questões que ainda precisavam ser resolvidas.

"A senhora continuará fazendo o chá", disse ela com firmeza. "É algo que a senhora sempre fez muito bem."

"E algo que faço com muito prazer", disse Mma Makutsi, sorrindo. "Não vejo razão que justifique uma detetive particular assistente deixar de preparar o chá quando não há ninguém hierarquicamente mais apropriado para isso."

Aquela havia sido uma conversa constrangedora e Mma Ramotswe gostou que houvesse terminado. Achou que o melhor seria dar o quanto antes um caso à sua nova assistente, para evitar que se criasse um clima de tensão, e quando, mais adiante naquela manhã, apareceu o sr. Letsenyane Badule, ela decidiu que aquele seria um caso para Mma Makutsi.

Ele chegou dirigindo uma Mercedes Benz, mas era um carro velho, e portanto moralmente insignificante, com ferrugem na moldura das janelas de trás e um amassado profundo na porta junto ao volante.

"Não sou do tipo que costuma recorrer a detetives particulares", disse, sentando-se nervosamente na beirada da confortável cadeira reservada aos clientes. Instaladas de frente para ele, as duas mulheres sorriam para tranqüilizá-lo. A mulher gorda — ela era a chefe, ele sabia, havia visto uma foto sua no jornal — e aquela outra, com o cabelo estranho e o vestido extravagante, sua assistente, talvez.

"O senhor não precisa se sentir pouco à vontade", disse Mma Ramotswe. "Estamos acostumadas a ter todo tipo de pessoas entrando por essa porta. Não é nenhuma vergonha pedir ajuda."

"De fato", reforçou Mma Makutsi. "São os fortes que pedem ajuda. Os fracos sentem vergonha de vir."

Mma Ramotswe assentiu com a cabeça. O cliente pareceu mais seguro depois de ouvir Mma Makutsi. Esse era um bom sinal. Nem todo mundo sabe pôr um cliente à vontade, e Mma Makutsi demonstrara ser capaz de escolher bem suas palavras.

O aperto que o sr. Badule vinha dando à aba do seu chapéu afrouxou, e ele se recostou na cadeira.

"Andei muito preocupado", disse. "Acordava toda noite, em plena madrugada, e não conseguia retomar o sono. Ficava deitado na cama, virava-me de um lado para outro e não era capaz de tirar esse pensamento único da minha cabeça. Lá estava ele, o tempo todo, sem parar. Somente uma pergunta, que eu fico repetindo e repetindo, sem trégua."

"E nunca encontra uma resposta?", indagou Mma Makutsi. "A noite é uma hora ingrata para perguntas que ficam sem resposta."

O sr. Badule olhou para ela. "A senhora tem toda a razão, minha irmã. Não há nada pior do que uma pergunta que nos persegue à noite."

Ele se calou, e por alguns instantes ninguém abriu a boca. Até que Mma Ramotswe rompeu o silêncio.

"Por que o senhor não nos fala primeiro de si próprio, Rra? Assim o senhor nos dá tempo de pouco depois chegarmos à pergunta que tanto o está perturbando. Antes minha assistente nos preparará um chá que tomaremos juntos."

O sr. Badule assentiu com a cabeça, animadamente.

Ele parecia a ponto de romper em lágrimas, e Mma Ramotswe sabia que o ritual do chá, com o contato da caneca quente na mão, de certo modo faria a história fluir e acalmaria a mente desse homem aflito.

Não sou nenhum homem poderoso ou importante, começou o sr. Badule. Nasci em Lobatse. Meu pai era um contínuo no Supremo Tribunal, onde serviu por muitos anos. Trabalhava para os ingleses, e eles lhe deram duas medalhas gravadas com a imagem da cabeça da Rainha. Usava essas medalhas todo santo dia, mesmo depois de aposentado. Quando deixou de trabalhar, um dos juízes lhe deu uma enxada para ajudá-lo em suas terras. O juiz mandara fazer a enxada na oficina da prisão, e os presos, por ordem do juiz, gravaram com um prego em brasa no cabo de madeira uma inscrição que dizia: *Contínuo de Primeira Classe Badule. Serviu Sua Majestade e depois a República de Botsuana lealmente por cinqüenta anos. Parabéns ao funcionário de absoluta confiança. Do sr. Juiz Maclean, do Supremo Tribunal de Botsuana.*

Esse juiz era um homem de bem, e também foi generoso comigo. Falou com um dos padres da Escola Católica e eles me arranjaram uma vaga. Dei duro nessa escola e, quando denunciei um dos outros rapazes por roubar carne na cozinha, eles me fizeram submonitor.

Obtive meu certificado escolar de Cambridge e depois arranjei um bom emprego na Comissão da Carne. Dei duro lá também e mais uma vez denunciei outros empregados por roubarem carne. Não fiz isso para conseguir promoção, mas porque não gosto de presenciar desonestidade sob qualquer forma. Foi uma coisa que aprendi com meu pai. Como contínuo no Supremo Tribunal, ele conheceu todo tipo de gente que não prestava, inclusive assassinos. Via-os mentindo perante os juízes, quando eram apanhados pela prática de atos perversos. Via-os quando os juízes os condenavam à morte, e como esses homens grandes e fortes, que haviam espancado e esfaqueado outras pessoas, viravam uns garotinhos morrendo de medo e soluçando, dizendo-se arrependidos das más ações praticadas, isso depois de terem declarado que não haviam feito coisa alguma.

Influenciado por tal experiência, não é de admirar que meu pai houvesse ensinado seus filhos a serem honestos e a dizerem sempre a verdade. De modo que não hesitei em levar esses empregados desonestos à justiça, e meus empregadores ficaram muito satisfeitos.

"Você impediu essas pessoas sem caráter de roubar a carne de Botsuana", disseram eles. "Nossos olhos não podem ver o que nossos empregados estão fazendo. Seus olhos nos ajudaram."

Eu não esperava uma recompensa, mas fui promovido. E em meu novo emprego, que era no escritório central, topei com mais pessoas roubando carne, dessa vez de maneira mais indireta e inteligente, mas que era igualmente roubo de carne. Então escrevi uma carta para o administrador geral em que eu dizia: "Aí está como vocês estão perdendo carne, bem debaixo dos seus narizes, no escritório central". E no final pus os nomes, todos em ordem alfabética, assinei a carta e mandei.

Eles ficaram muito satisfeitos e, como resultado, me promoveram ainda essa vez. Já então os últimos desonestos, intimidados, haviam deixado a companhia e cessara aquele tipo de trabalho para eu fazer. Mas, mesmo assim, continuei a me sair bem e, finalmente, o dinheiro que havia economizado me permitiu comprar meu próprio açougue. Recebi um cheque polpudo da companhia, que lamentou a minha saída, e montei o meu açougue bem nas imediações de Gaborone. As senhoras talvez o tenham visto na estrada para Lobatse. Chama-se Açougue Honestos do Ramo.

Meu açougue vai indo bem, mas não me sobra muito dinheiro para poupar. O motivo disso é a minha mulher. Gosta de se vestir bem, com roupas elegantes, e não tem muita disposição para trabalhar. Não me incomodo de ela não trabalhar, mas fico aborrecido ao vê-la gastar tanto dinheiro com penteados e vestidos novos, que está sempre mandando fazer no alfaiate indiano. Eu não ligo muito para aparência, mas ela faz questão de ser uma mulher elegantíssima.

Passamos muitos anos casados, sem ter filhos. Até que um belo dia ela engravidou e tivemos um filho. Senti muito orgulho, e minha única tristeza foi por meu pai já não estar vivo e não poder ver esse novo neto.

Meu filho não é muito inteligente. Nós o mandamos para a escola primária que fica perto de casa e estamos sempre recebendo bilhetes com a advertência de que ele precisa estudar mais e que sua escrita é muito sem capricho e cheia de erros. Minha mulher disse que ele deveria ser mandado para uma escola particular, com melhores professores, onde o obrigassem a escrever com maior clareza, mas fiquei preocupado por não ter condições para isso.

Quando afirmei tal coisa, ela ficou muito indignada. "Se você acha que não pode pagar", disse ela, "vou procurar uma associação de caridade que eu conheço e conseguir um jeito de ela pagar as mensalidades."

"Não existem associações de caridade que se disponham a fazer isso", disse eu. "Se existissem, ficariam inundadas de pedidos. Todo mundo quer que seu filho freqüente uma escola particular. Eles teriam todos os pais de Botsuana fazendo fila para conseguir ajuda. É impossível."

"Ah, é mesmo?", disse ela. "Pois amanhã vou falar com essa associação de caridade, e você vai ver. Espere e verá."

Ela saiu para a cidade no dia seguinte e, quando voltou, disse que estava tudo combinado. "A associação de caridade se encarrega de todas as despesas para ele freqüentar Thornhill. Já pode começar no próximo período."

Fiquei impressionado. Thornhill, como as senhoras sabem, *Bomma*, é um excelente colégio e, só de pensar em meu filho assistindo às aulas lá, senti uma profunda emoção. Mas não conseguia imaginar como minha mulher havia sido capaz de convencer a associação a fazer essa caridade e, quando pedi a ela para me dar os detalhes a fim de que eu pudesse escrever para eles e agradecer-lhes, ela me respondeu que se tratava de uma associação secreta de caridade.

"Há associações de caridade que não gostam de alardear suas boas ações espalhando-as para os quatro ventos", disse ela. "Eles me pediram para não comentar isso com ninguém. Mas, se você quiser lhes agradecer, pode escrever uma carta, que a entregarei em seu nome."

Escrevi a carta, mas não recebi resposta.

"Eles vivem ocupados demais para poder escrever a cada pai que ajudam", disse minha mulher. "Não entendo do que é que você está se queixando. Eles estão pagando o colégio, não estão? Pare de incomodá-los com todas essas cartas."

Eu havia escrito uma única carta, mas minha mulher sempre exagera as coisas, pelo menos quando se trata de algo a meu respeito. Ela me acusa de comer "centenas de abóboras, o tempo todo", quando na verdade como menos abóboras do que ela. Ela diz que faço mais barulho do que um avião quando ronco, o que não é verdade. Ela diz que estou sempre gastando dinheiro com meu sobrinho preguiçoso e mandando para ele milhares de pulas todo ano. Na verdade, dou-lhe apenas cem pulas no seu aniversário e cem no Natal. De onde ela tira essa cifra de milhares de pulas, não sei. E também não sei onde ela arranja todo o dinheiro para sua vida elegante. Ela me diz que são economias, por conta de administrar sensatamente a casa, mas não vejo como dê para economizar somas tão altas. Um pouco mais adiante voltarei a tocar nesse assunto.

Mas, por favor, não me compreendam mal, senhoras. Não sou desses maridos que não gostam de sua mulher. Sou feliz com minha mulher. Todo dia penso em como sou feliz por estar casado com uma mulher elegante — uma mulher que faz com que as pessoas olhem para ela na rua. Muitos açougueiros são casados com mulheres que não têm aparência atraente, mas não é o meu caso. Eu sou conhecido como o açougueiro com a mulher muito atraente, e me orgulho disso.

Também me orgulho de meu filho. Quando ele foi para Thornhill, estava com rendimento baixo em todas as matérias e fiquei preocupado de que pudessem fazê-lo repetir o ano. Mas, quando falei com a professora, ela disse que eu não deveria me preocupar com isso, porque o garoto era muito inteligente e logo recuperaria o atraso. Ela disse que as crianças inteligentes sempre conseguem superar dificuldades iniciais uma vez que tomem a decisão de se esforçar.

Meu filho gostava do colégio. Em pouco tempo começou a tirar notas altas em matemática e sua caligrafia melhorou tanto que dava a impressão de ter saído da mão de outro menino. Ele escreveu um trabalho que guardei comigo, "As causas da erosão do solo em Botsuana", um dia posso lhes mostrar, se as senhoras quiserem. É um belo trabalho e acho que, se ele continuar assim, um dia se tornará ministro das Minas ou talvez ministro dos Recursos Hídricos. E pensar que chegará lá sendo o neto de um contínuo do Supremo Tribunal e filho de um simples açougueiro!

As senhoras devem estar pensando: *Do que esse homem se queixa? Tem uma mulher elegante e um filho inteligente. É o proprietário de um açougue. Queixar-se do quê?* E até compreendo que possam pensar assim, mas nem por isso me sinto menos infeliz. Todo santo dia acordo no meio da noite com essa dúvida na cabeça. Todo santo dia, quando chego do trabalho e vejo que minha mulher não está em casa, e espero a sua volta até as dez, onze horas, sinto a ansiedade roendo meu estômago como um animal faminto. Porque, vejam só, *Bomma*, a verdade é que acho que minha mulher está andando com outro homem. Sei que há muitos maridos que dizem isso, e que é pura imaginação deles, e espero que comigo se dê o mesmo — pura imaginação —, mas não vou conseguir ter paz até saber se o meu temor é verdadeiro ou não.

Quando o sr. Letsenyane Badule finalmente se foi, dirigindo a sua um tanto amassada Mercedes Benz, Mma Ramotswe olhou para Mma Makutsi e sorriu.

"Muito simples", disse. "Acho que se trata de um caso muito simples, Mma Makutsi. A senhora mesma deve ser capaz de lidar com esse caso sem qualquer problema."

Mma Makutsi voltou à sua própria escrivaninha, alisando com a mão o tecido de seu elegante vestido azul. "Obrigada, Mma. Darei o melhor de mim."

Mma Ramotswe assentiu com a cabeça. "Sim", prosseguiu dizendo. "O caso simples de um homem com uma mulher entediada. Velhíssima história. Li numa revista que esse é o tipo de história que os franceses gostam de ler. Há uma história sobre uma senhora francesa chamada Mma Bovary, que era exatamente assim, uma história muito famosa. Ela era uma senhora que vivia no campo e que não gostava de estar casada com um homem monótono, chato."

"É melhor ser casada com um homem chato", disse Mma Makutsi. "Essa Mma Bovary era muito boba. Homens chatos dão ótimos maridos. São sempre leais e nunca fogem com outras mulheres. A senhora tem muita sorte de estar noiva de..."

Ela interrompeu o que ia dizendo. Saíra sem pensar, não era intenção sua, mas agora era tarde demais. Ela não considerava o sr. J. L. B. Matekoni um chato; era confiável, era mecânico, e seria um marido perfeitamente satisfatório. Isso era o que ela havia querido dizer; não quis sugerir que ele fosse exatamente um chato.

Mma Ramotswe olhou para ela. "Noiva de um... o quê?", disse. "Tenho muita sorte de estar noiva de um o quê?"

Mma Makutsi baixou os olhos para os seus sapatos. Sentiu-se abafada e confusa. Os sapatos, seu melhor par, o par com os três botões cintilantes costurados ao longo da alça, retribuíram-lhe o olhar, como os sapatos sempre fazem.

Mma Ramotswe, então, deu uma risada. "Não se preocupe", disse. "Sei o que a senhora quis dizer, Mma Makutsi. O sr. J. L. B. Matekoni pode não ser o homem mais elegante da cidade, mas é um dos melhores homens que existem. Pode-se confiar nele a propósito de tudo. Incapaz de decepcionar em coisa alguma. E sei que ele jamais guardaria segredos de mim. Isso é muito importante."

Grata pela compreensão de sua empregadora, Mma Makutsi se apressou em concordar.

"Esse é sem comparação o melhor tipo de homem", disse. "Se algum dia eu tiver a sorte de encontrar um homem assim, espero que me peça em casamento."

Ela tornou a baixar os olhos para os sapatos, e eles foram ao encontro de seu olhar. Os sapatos são realistas, pensou ela, e pareciam estar dizendo: *Não há a menor chance. Desculpe, mas não há a menor chance.*

"Bem", disse Mma Ramotswe. "Vamos deixar esse assunto dos homens em geral e voltar ao sr. Badule. O que achou da situação dele? O manual do sr. Andersen diz que é preciso começar com uma hipótese de trabalho. Partir para provar ou refutar algo. Concordamos em que Mma Badule parece entediada, mas a senhora acredita que haja algo mais envolvido no caso?"

Mma Makutsi franziu a testa. "Acho que aí tem coisa, sim. Ela está conseguindo dinheiro de alguma fonte, o que significa que ela o está conseguindo de um homem. É ela mesma quem está pagando as mensalidades do colégio com o dinheiro que economizou."

Mma Ramotswe concordou. "Então o que a senhora tem a fazer é tirar um dia para segui-la e ver aonde ela vai. Ela deve levar a senhora diretamente até esse outro homem. Em seguida, a senhora observa quanto tempo ela permanece lá, e depois fala com a empregada. Dê-lhe cem pulas, e ela lhe contará a história toda. As criadas gostam de conversar sobre o que acontece na casa de seus empregadores. Os patrões muitas vezes pensam que as criadas não ouvem, ou, até, que não vêem. Eles as ignoram. E um belo dia se dão conta de que a criada esteve ouvindo e vendo todos os seus segredos e está louca para se abrir com a primeira pessoa que lhe peça para contá-los. Essa empregada vai lhe contar tudo. A senhora verá. Aí a senhora contará para o sr. Badule."

"Essa é a parte de que eu não vou gostar", disse Mma Makutsi. "Com tudo mais não me incomodo, mas contar a esse pobre homem quem é a mulher mau-caráter que ele tem não vai ser fácil."

Mma Ramotswe tranqüilizou-a. "Não se preocupe. Quase sempre que nós, detetives, temos que contar algo assim para um cliente, o cliente já sabe. Simplesmente fornecemos a prova que eles estão procurando. Eles sabem de tudo. Nunca lhes contamos nada de novo."

"Mesmo assim", disse Mma Makutsi. "Pobre homem. Pobre homem."

"Talvez", acrescentou Mma Ramotswe. "Mas lembre-se de que, para cada mulher que engana o marido em Botsuana, há quinhentos e cinqüenta maridos que enganam suas mulheres."

Mma Makutsi assobiou. "Essa é uma cifra espantosa", disse. "Onde a senhora leu isso?"

"Em lugar nenhum", respondeu, com uma risada, Mma Ramotswe. "Inventei. Mas nem por isso é menos verdade."

Foi um momento maravilhoso para Mma Makutsi quando ela deu partida às investigações de seu primeiro caso. Não tinha licença de motorista e precisou pedir a seu tio, que trabalhara como chofer de caminhão para o governo, o favor de conduzi-la, durante aquela missão, no velho Austin que ele alugava, juntamente com seus serviços de motorista, para casamentos e funerais. O tio se animou todo por ser incluído numa tal missão, tratando logo de pôr uns óculos escuros para maior efeito.

Chegaram cedo à casa vizinha do açougue, onde o sr. Badule morava com sua mulher. Era um bangalô em mau estado, cercado de mamoeiros e com um teto de zinco pintado de prateado que reclamava maiores cuidados. O quintal era praticamente vazio, a não ser pelos mamoeiros e uma fileira de bambus sem viço que se estendia ao longo da fachada da casa. Nos fundos, junto de uma cerca de arame que marcava o final da propriedade, ficavam as dependências de empregados e um alpendre que funcionava como garagem.

Foi difícil encontrar um lugar apropriado para esperar, mas finalmente Mma Makutsi concluiu que podiam estacionar bem perto dali, semi-ocultos por uma barraca onde se vendiam milho assado, tiras de carne seca cheias de moscas e, para os que quisessem uma delícia de verdade, saquinhos de saborosas lagartas mopanes. Não havia razão que impedisse um carro de estacionar naquele ponto; seria o lugar perfeito para um encontro de namorados, ou para alguém que tivesse de esperar um parente do campo desembarcado de um dos ônibus caindo aos pedaços procedentes da estrada de Francistown.

O tio estava emocionado, e acendeu um cigarro.

"Vi muitos filmes com cenas assim", disse. "Nunca sonhei estar um dia fazendo esse trabalho, bem aqui em Gaborone."

"Ser um detetive particular não é o tempo todo uma atividade glamourosa", disse sua sobrinha. "Precisamos ser pacientes. Grande parte do nosso trabalho consiste simplesmente em sentar e esperar."

"Eu sei", disse o tio. "Também vi isso nos filmes. Vi os detetives sentados dentro de seus carros, comendo sanduíches enquanto esperavam. De repente alguém começava a dar tiros."

Mma Makutsi ergueu uma sobrancelha. "Ninguém dá tiros em Botsuana", disse. "Somos um país civilizado."

Eles mergulharam num silêncio amistoso, olhando as

pessoas darem conta de suas obrigações matinais. Às sete horas, a porta da casa dos Badule se abriu e saiu um garoto vestindo o uniforme característico do colégio Thornhill. Ficou parado por um instante diante da casa, ajustando a alça da sua mochila escolar, depois andou até o portão da frente.

Em seguida, virou rapidamente para a esquerda e seguiu pela rua.

"Esse é o filho", disse Mma Makutsi, baixando a voz, embora ninguém pudesse escutá-los. "Ele tem uma bolsa de estudos no colégio Thornhill. É um garoto inteligente, com ótima caligrafia."

O tio parecia interessado.

"Devo anotar isso?", perguntou. "Poderia fazer um registro do que acontece."

Mma Makutsi estava a ponto de explicar que isso não seria necessário, mas mudou de idéia. Seria uma forma de dar-lhe algo para fazer, e não faria mal nenhum. O tio então escreveu num pedaço de papel que retirou do bolso: "O menino dos Badule saiu de casa às sete da manhã e foi para o colégio a pé".

Ele mostrou a anotação, e ela assentiu com a cabeça.

"O senhor daria um detetive muito bom, tio", disse ela, e acrescentou: "Pena que passou bastante da idade".

Vinte minutos depois, o sr. Badule veio para fora de casa e dirigiu-se para o açougue. Destrancou a porta e fez entrar seus dois assistentes, que tinham ficado esperando por ele debaixo de uma árvore. Poucos minutos mais tarde, um dos assistentes, agora usando um avental pesadamente manchado de sangue, saiu carregando uma grande bandeja de aço inoxidável que lavou debaixo de uma bica ao lado da casa. Nesse momento chegaram dois clientes, um que veio andando pela rua, outro que desceu de um microônibus estacionado logo depois da barraca de comida pronta.

"Clientes entram na loja", anotou o tio. "Depois saem, carregando embrulhos. Provavelmente carne."

De novo mostrou a anotação à sobrinha, que fez um movimento aprovativo com a cabeça.

"Muito bom. Muito útil. Mas é na mulher que estamos interessados", disse. "Não demora ela vai estar fazendo alguma coisa."

Eles esperaram ainda mais quatro horas. Até que, pouco antes do meio-dia, quando o carro esquentara demais sob o sol e Mma Makutsi já estava ficando irritada com as notas tomadas constantemente pelo tio, ambos viram Mma Badule surgir dos fundos da casa e dirigir-se para a garagem. Lá ela entrou na alquebrada Mercedes Benz e veio de marcha a ré até sair pelo portão da frente. Este era o sinal para o tio dar partida no seu carro, e, mantendo uma distância respeitosa, seguir a Mercedes em sua trajetória pela cidade.

Mma Badule dirigia depressa, e foi difícil para o tio acompanhá-la com o seu velho Austin, mas ainda conseguiram ver quando ela enveredou com o carro pela entrada para veículos de uma mansão na Nyerere Drive. Eles passaram pela casa devagar, e deu para vê-la saindo do carro e caminhando em direção à varanda sombreada. Em seguida, a exuberante vegetação do jardim, tão mais rica do que os miseráveis mamoeiros da casa vizinha ao açougue, tapou a vista que eles poderiam ter.

Mas foi suficiente. Avançaram lentamente até pararem bem perto, estacionando sob um pé de jacarandá do outro lado da rua.

"E agora?", perguntou o tio. "Esperamos aqui até ela sair?"

Mma Makutsi estava em dúvida. "Não tem muito sentido ficarmos sentados aqui", disse. "O que de fato nos interessa é o que está acontecendo dentro daquela casa."

Ela se lembrou do conselho de Mma Ramotswe. A melhor fonte de informação eram certamente as criadas, se fosse possível persuadi-las a falar. Aquela era a hora do almoço, e as criadas deviam estar ocupadas na cozinha. Mas dali a mais ou menos uma hora teriam um intervalo para fazer sua própria refeição e voltariam às dependências dos empregados. Seria o momento de falar com elas e oferecer-lhes as cédulas de cinqüenta pulas, novinhas em folha, que Mma Ramotswe lhe entregara na noite anterior.

O tio queria acompanhá-la, e Mma Makutsi teve alguma dificuldade para convencê-lo de que podia ir sozinha.

"Pode ser perigoso", disse ele. "Você pode precisar de proteção."

Ela afastou suas objeções. "Perigoso, tio? Desde quando é perigoso conversar com duas criadas no centro de Gaborone, com o sol a pino?"

Ele não soube o que responder, mas, mesmo assim, parecia ansioso quando ela o deixou no carro e foi caminhando até o portão dos fundos. Ele a viu hesitar por trás do pequeno muro caiado que marcava a área de serviço, e depois avançar, decidida, em direção à porta. A partir daí perdeu-a de vista. Pegou o lápis, deu uma olhada para ver as horas, e anotou: "Mma Makutsi entra na ala das criadas às 14h10".

Eram duas, exatamente como ela havia previsto. Uma mais velha do que a outra, com pés-de-galinha no canto dos olhos. Era uma mulher tranqüila, de peito largo, vestida com um uniforme de criada verde e um par de surrados sapatos brancos no estilo daqueles que as enfermeiras usam. A mulher mais jovem, com aparência de vinte e cinco ou vinte e seis anos, a idade da própria Mma Makutsi, estava com um roupão vermelho e tinha o rosto sensual e maltratado. Com outras roupas, e maquiada, poderia passar por uma atendente de bar. Talvez até seja, pensou Mma Makutsi.

As duas mulheres olharam para ela, a mais nova de forma bastante indelicada.

"*Ko, ko*", disse Mma Makutsi, polidamente, usando a saudação que podia substituir a batida quando não havia porta em que bater. Era uma atitude necessária, já que, embora as mulheres não estivessem dentro de sua casa, também não estavam propriamente do lado de fora, sentadas em duas banquetas no exíguo pátio aberto na frente do prédio.

A mulher mais velha estudou a visitante, erguendo a mão para proteger seus olhos da luz agressiva do começo da tarde.

"*Dumela*, Mma. A senhora vai bem?"

Os cumprimentos formais foram trocados e depois se fez silêncio. A mais jovem ficou cutucando com um pedaço de pau a pequena chaleira enegrecida delas.

"Eu queria falar com vocês, minhas irmãs", disse Mma Makutsi. "Quero saber sobre essa mulher que veio visitar a casa, essa que dirige uma Mercedes Benz. Sabem quem é?"

A criada mais jovem soltou o pedaço de pau. A mais velha moveu a cabeça afirmativamente. "Sim, senhora, sabemos quem ela é."

"E quem é?"

A mais jovem recolheu o pedaço de pau e ergueu os olhos para Mma Makutsi. "É uma senhora importante, aquela! Entra na casa, senta-se nas poltronas e toma chá. É assim que ela é."

A outra riu para dentro. "Mas é também uma senhora muito cansada", disse. "Pobre senhora, trabalha tanto que precisa ir deitar-se no quarto um tempão, para recobrar suas forças."

A mais jovem estourou na gargalhada. "Ah! sem dúvida", disse. "Faz-se um bocado de descanso naquele quarto. Ele a ajuda a descansar suas pobres pernas. Pobre senhora."

Mma Makutsi juntou-se às risadas delas. Percebeu imediatamente que a coisa ia ser muito mais fácil do que imaginara. Mma Ramotswe estava certa, como de costume; as pessoas gostavam de falar, e falar especialmente de quem de alguma forma as aborrecia. Só era preciso descobrir a causa do ressentimento, e o próprio ressentimento se encarregava de todo o resto. Ela apalpou dentro do bolso as duas cédulas de cinqüenta pulas; talvez até nem houvesse necessidade de usá-las. Se fosse esse o caso, ela poderia pedir a Mma Ramotswe que autorizasse a entrega do dinheiro como pagamento a seu tio.

"Quem é o homem que mora nessa casa?", perguntou ela. "Não tem nenhuma mulher?"

Foi o sinal de partida para as duas recomeçarem os risinhos. "Ele tem uma esposa, sim, senhora", disse a mais velha. "Mora fora daqui, na aldeia deles, perto de Mahalaype. Ele vai visitá-la nos fins de semana. Essa que está aqui é a sua esposa da cidade."

"E a esposa do campo está sabendo da esposa da cidade?"

"Não", disse a criada mais velha. "Ela não gostaria nem um pouco. É uma mulher católica, e é muito rica. Seu pai tinha quatro lojas na aldeia e comprou uma grande fazenda. Os homens vieram e cavaram uma grande mina onde era a fazenda e tiveram que pagar um bocado de dinheiro a essa mulher. Foi assim que ela comprou esta grande casa para o marido. Mas ela não gosta de Gaborone."

"Ela é dessas pessoas que não querem nunca sair do campo", observou a criada mais jovem. "Há pessoas assim. Ela deixa o marido morar aqui para cuidar de negócios que ela possui em Gaborone. Mas, quando chega a sexta-feira, ele tem que voltar, como um colegial que vai para casa nos fins de semana."

Mma Makutsi olhou para a chaleira. O dia estava muito quente, e ela ficou em dúvida se lhe ofereceriam chá. Por sorte, a criada mais velha notou para onde se dirigia o seu olhar e fez o oferecimento.

"E eu digo uma coisa à senhora", falou a criada mais jovem enquanto acendia o fogareiro de querosene debaixo da chaleira. "Minha vontade era escrever uma carta para a esposa contando tudo sobre essa outra mulher, e era o que eu faria se não tivesse medo de perder meu emprego."

"Ele foi bem claro quando falou conosco", disse a outra. "Ele falou que, se contássemos para sua mulher, perderíamos nosso emprego na mesma hora. Esse homem nos paga bem. Paga melhor do que qualquer outro empregador em toda esta rua. Por isso não podemos perder este emprego. E simplesmente tratamos de ficar bem caladas..."

Ela interrompeu a fala, e nesse momento as duas criadas olharam uma para a outra, na maior aflição.

"Oh!", lamentou-se a mais nova. "O que foi que acabamos de fazer? Por que fomos falando tudo assim com a senhora? A senhora é de Mahalaype? Foi mandada pela esposa dele? Estamos perdidas! Que mulheres mais idiotas nós somos! Oh!"

"Não", apressou-se em dizer Mma Makutsi. "Não conheço a esposa. Nunca nem ouvi falar dela. Estou investigando a pedido do marido dessa outra mulher, que quer saber o que ela anda fazendo. Só isso."

As duas criadas acalmaram-se, mas a mais velha continuou a mostrar-se preocupada. "Mas, se a senhora lhe contar o que está acontecendo, ele virá e afastará esse homem da mulher dele, e é capaz de contar à verdadeira esposa que o marido tem outra mulher. Nós estaremos perdidas, do mesmo jeito. Não tem diferença."

"Não", disse Mma Makutsi. "Não preciso contar-lhe o que está acontecendo. Posso simplesmente dizer que ela está andando com um homem mas que não sei quem ele é. Para ele, que diferença faz? A única coisa que ele precisa saber é que ela está andando com um homem. Não importa quem seja."

A criada mais jovem sussurrou algo no ouvido da outra, que franziu a testa.

"O que foi, Mma?", perguntou Mma Makutsi.

A mais velha ergueu os olhos para ela. "Minha irmã estava aqui pensando no garoto. Sabe, há um garoto, que pertence a essa mulher elegante. Não gostamos da mulher, mas gostamos do garoto. E o garoto, veja só, é o filho deste homem daqui, não do outro. Pai e filho são muito narigudos. Não dá para ter a menor dúvida. É só olhar para eles, a pessoa vê na mesma hora. Este aqui é o pai desse menino, ainda que o menino more com o outro. Todas as tardes ele vem para cá depois do colégio. A mãe disse para o garoto que ele não deve falar com o outro pai sobre essas visitas que faz aqui, e ele guarda esse segredo. Não é correto. Não se deveria ensinar meninos a mentir assim. O que será de Botsuana, Mma, se ensinarmos meninos a ter esse comportamento? Aonde irá parar Botsuana se criarmos tantos meninos desonestos assim? Deus nos castigará, tenho certeza. A senhora não acha?"

Mma Makutsi tinha a fisionomia pensativa quando voltou para o Austin estacionado na sombra. O tio caíra no sono, e um pouco de saliva lhe escorria do canto da boca. Ela o tocou delicadamente na manga e ele acordou com um sobressalto.

"Ah! Você está salva! Que bom que você voltou."

"Já podemos ir", disse Mma Makutsi. "Descobri tudo que precisava saber."

Voltaram diretamente para a Agência Nº 1 de Mulheres Detetives. Mma Ramotswe havia saído, de modo que Mma Makutsi pagou ao tio com uma das notas de cinqüenta pulas e sentou-se à sua escrivaninha para datilografar o relatório.

"Os temores do cliente se confirmaram", escreveu. "Sua esposa vem andando com o mesmo homem há muitos anos. Ele é o marido de uma mulher rica, que também é católica. A mulher rica não tem conhecimento de nada disso. O menino é filho desse tal homem, e não do cliente. Não estou certa do que fazer, mas penso que temos as seguintes escolhas:

(a) Contamos ao cliente o que descobrimos. Foi isso que ele nos pediu que fizéssemos. Se não lhe contarmos tudo, estaremos talvez o enganando. Ao assumirmos o caso, não prometemos que lhe contaríamos tudo? Sendo assim, é o que precisamos fazer, porque devemos cumprir nossas promessas. Se não mantivermos nossas promessas, então não haverá nenhuma diferença entre Botsuana e ~~Nigéria~~ um certo outro país da África cujo nome não quero mencionar aqui mas que eu sei que a senhora sabe qual é.

(b) Dizemos ao cliente que existe outro homem, mas que não sabemos quem é. Isso é rigorosamente verdadeiro, porque não descobri o nome dele, embora conheça a casa onde mora. Não gosto de mentir, sou uma senhora que acredita em Deus. Mas Deus às vezes espera que pensemos nos resultados que advirão de contarmos algo a alguém. Se contarmos ao cliente que aquele menino não é seu filho, ele ficará muito triste. Será como perder um filho. Isso o tornará mais feliz? Deus ia querer torná-lo infeliz?

E, se contarmos isso ao cliente, e a revelação causar um rolo tremendo, o pai pode ficar impedido de pagar as mensalidades do colégio, como vem fazendo no presente. A mulher rica pode não permitir que ele continue a fazer isso, e então o garoto vai sofrer. Terá que deixar esse colégio.

Por essas razões, não sei o que fazer."

Ela assinou o relatório e o pôs em cima da escrivaninha de Mma Ramotswe. Depois levantou-se e olhou pela janela para fora, para as copas das acácias e, mais acima, para o céu amplo e ressecado pelo sol. Era ótimo ser um produto do Centro de Formação de Secretárias de Botsuana, era ótimo ter conseguido o diploma com média 9,7. Mas eles lá não ensinavam filosofia moral, e ela não tinha idéia de como resolver o dilema que sua bem-sucedida investigação lhe apresentara. Deixaria isso por conta de Mma Ramotswe. Era uma mulher sensata, com muito mais experiência de vida do que ela, e que saberia o que fazer.

Mma Makutsi preparou para si própria um chá de *rooibos* e espreguiçou-se na cadeira. Olhou para os sapatos, com seus três botões cintilantes. Saberiam eles a resposta? Talvez sim.

14

UMA VIAGEM AO CENTRO DA CIDADE

Na manhã da muitíssimo bem-sucedida mas nem por isso menos desconcertante investigação dos detalhes da vida privada do sr. Letsenyane Badule, o sr. J. L. B. Matekoni, proprietário da Tlokweng Road Speedy Motors e, sem dúvida alguma, um dos melhores mecânicos de Botsuana, decidiu levar seus recém-adquiridos filhos de criação ao centro da cidade numa saída para fazer compras. A chegada dos meninos a sua casa deixou muito confusa a criada mal-humorada, Mma Florence Peko, e mergulhou-o num estado de dúvida e sobressalto que por vezes o lançava à beira do pânico. Não era todo dia que a pessoa ia consertar uma bomba de diesel e voltava com duas crianças, uma delas em cadeira de rodas, assumindo a obrigação moral de cuidar delas pelo resto de sua infância, e, no caso da menina na cadeira de rodas, pelo resto de sua vida. Como Mma Silvia Potokwane, a entusiasmada supervisora-geral da fazenda dos órfãos, conseguira convencê-lo a levar as crianças era algo que estava além de sua compreensão. O assunto tinha sido abordado numa espécie de conversa, ele sabia, e havia concordado em levá-los, mas que espécie de pressão tinha sido capaz de impeli-lo a comprometer-se ali e naquela hora? Mma Potokwane era como um esperto advogado inquirindo uma testemunha: surgia uma concordância em relação a alguma declaração inócua, e antes que a testemunha se desse conta, teria concordado com uma sugestão bem diferente.

Mas as crianças tinham vindo, e agora era tarde demais para fazer alguma coisa a respeito. Sentado em seu escritório da Tlokweng Road Speedy Motors, enquanto contemplava a imensa papelada à sua frente, ele tomou duas decisões. Uma era a de contratar uma secretária — decisão que, sabia muito bem, mesmo no momento em que a tomou, não chegaria nunca a cumprir — e a segunda, a de parar de preocupar-se com as circunstâncias que teriam provocado a vinda das crianças e concentrar-se em providenciar o bem-estar delas. Afinal de contas, se examinada a situação com um estado de espírito calmo e distanciado, ela apresentava vários traços favoráveis. As crianças eram ótimas — bastava ouvir a história da coragem da menina para se dar conta disso —, e a vida delas sofrera uma súbita e drástica reviravolta para melhor. Num dia, não passavam de duas entre cento e cinqüenta crianças na fazenda dos órfãos. No dia seguinte, estavam morando em sua própria casa, tinham seus próprios quartos e um pai — sim, ele agora era um pai! — que era dono de sua própria oficina mecânica. Dinheiro não faltava; apesar de não ser um homem ostensivamente rico, o sr. J. L. B. Matekoni era um homem em perfeita situação financeira. A oficina não devia nem um *thebe* a quem quer que fosse; a casa não estava vinculada a nenhuma hipoteca; e as três contas no Barclays Bank de Botsuana estavam repletas de pulas. O sr. J. L. B. Matekoni podia olhar nos olhos de qualquer membro da Câmara de Comércio de Gaborone e dizer: "Jamais devi um *penny* a vocês. Nem um sequer". Quantos homens de negócios podiam fazer o mesmo hoje em dia? A maioria deles vivia de créditos, prostrados de joelhos diante daquele presunçoso sr. Timon Mothokoli, que controlava o setor de empréstimos no banco. Ele ouvira dizer que só no seu trajeto de casa para o trabalho, na Kaunda Way, o sr. Mothokoli deparava com as casas de pelo menos cinco homens que tremiam de medo à sua passagem. O sr. J. L. B. Matekoni poderia, se quisesse, ignorar o sr. Mothokoli, caso o encontrasse no shopping center — não que ele fosse fazer uma coisa dessas, claro.

Logo, se dispunha de toda essa liqüidez em suas finanças, pensou o sr. J. L. B. Matekoni, por que não gastar uma parte com as crianças? Ele providenciaria para que freqüentassem um colégio, evidentemente, e não haveria justificativa tampouco para privá-los de ir às aulas num colégio particular. Lá teriam bons professores; professores que sabiam tudo sobre Shakespeare e geometria. Aprenderiam o necessário para obter bons empregos. Talvez o menino... Não, seria esperar demais, mas era um pensamento tão delicioso. Talvez o menino viesse a demonstrar aptidão para conhecimentos mecânicos e um dia pudesse assumir a direção da Tlokweng Road Speedy Motors. Por alguns instantes o sr. Matekoni se entreteve com esse pensamento: seu filho, seu *filho*, em pé diante da garagem, limpando as mãos num pedaço de trapo oleoso, depois de ter concluído um bom trabalho numa complicada caixa de mudança. Ao fundo, sentados no escritório, ele e Mma Ramotswe, bem mais velhos, de cabelos grisalhos, tomando chá de *rooibos*.

Isso seria num futuro longínquo, e ainda havia muito a ser feito até chegarem a esse desfecho feliz. Em primeiro lugar, ele os levaria à cidade e lhes compraria roupas novas. A fazenda dos órfãos, como de costume, fora generosa em dar-lhes roupas de despedida que eram quase novas, mas não era o mesmo que ter suas próprias roupas, compradas numa loja. Ele imaginava que aquelas crianças jamais haviam tido esse luxo. Jamais teriam desembrulhado roupas da embalagem original de fábrica, para vesti-las em seguida, sentindo fortemente nas narinas aquele cheirinho especial e irreproduzível de tecido novo. Ele iria levá-los de carro imediatamente, naquela mesma manhã, e comprar-lhes todas as roupas de que necessitassem. Depois iria com os dois a uma drogaria e a garota poderia comprar cremes e xampu e outras coisas que as meninas gostam de ter por perto. Em sua casa só havia sabão de ácido fênico, e ela merecia mais que isso.

O sr. J. L. B. Matekoni retirou da garagem o velho caminhão verde, que tinha bastante espaço atrás para a cadeira de rodas. As crianças estavam sentadas na varanda quando ele chegou em casa; o menino encontrara um pedaço de pau que por alguma razão ele estava amarrando com uma corda, e a garota estava tecendo uma capa de crochê para a jarra de leite. Ela tinha aprendido a fazer crochê na fazenda dos órfãos, e algumas das meninas haviam recebido prêmios pelos seus trabalhos. Ela é uma criança talentosa, pensou o sr. J. L. B. Matekoni; essa garota será capaz de fazer qualquer coisa que lhe pedirem, contanto que lhe dêem uma chance.

Eles o cumprimentaram polidamente, e assentiram com a cabeça quando ele perguntou se a criada lhes havia servido o café-da-manhã. Ele havia pedido a ela que chegasse cedo para atender às crianças enquanto ele saía para a oficina mecânica, e ficou um tanto surpreso com o fato de ela ter seguido as instruções. Dava para ouvir os sons que vinham da cozinha — as batidas e rangidos que ela era mestra em produzir quando estava de mau humor — e confirmavam a sua presença.

Observados pela criada, que acompanhava com azedume a marcha do veículo até perdê-lo de vista na altura do Clube da Força de Defesa de Botsuana, o sr. J. L. B. Matekoni e as duas crianças seguiram aos trancos e barrancos no velho caminhão até o centro da cidade. As molas quebraram, e substituí-las, só com muita dificuldade, já que os fabricantes haviam se tornado relíquias do passado, mas o motor ainda funcionava, e a viagem aos trambolhões parecia uma aventura fascinante aos olhos dos garotos. Para surpresa do sr. J. L. B. Matekoni, a menina mostrou interesse pelo histórico do caminhão, perguntando quantos anos de uso tinha e se era excessivo o seu consumo de gasolina.

"Ouvi dizer que os motores antigos precisam de mais gasolina", disse. "É verdade, Rra?"

O sr. J. L. B. Matekoni deu explicações sobre as peças de motores gastos e sobre suas pesadas exigências, enquanto ela ouvia com muita atenção. O menino, em contraste, não parecia interessado. Mas, seria uma questão de tempo. Ele o levaria à garagem e faria com que os aprendizes lhe mostrassem como retirar os parafusos das rodas. Era um serviço que podia ser feito por meninos, mesmo por um menino tão novo como ele. Para um mecânico, o melhor era começar cedo. Era uma arte que, em termos ideais, deveria ser aprendida diretamente com o pai. Não foi na oficina do pai que o próprio Jesus aprendeu a ser carpinteiro?, pensou o sr. J. L. B. Matekoni. Se Jesus voltasse hoje, provavelmente seria um mecânico, refletiu. O que seria uma grande honra para os mecânicos em todo o mundo. E não haveria a menor dúvida de que o lugar escolhido seria a África: Israel seria muito perigoso hoje em dia. De fato, pensando seriamente no assunto, o mais provável seria que ele escolhesse Botsuana, e, em especial, Gaborone. Ora, isso seria uma formidável honra para o povo de Botsuana; mas não ia acontecer, e não tinha sentido insistir nesse pensamento. O Senhor simplesmente não ia voltar; tivemos a nossa chance e não tiramos grande proveito dela, infelizmente.

Ele estacionou o veículo ao lado do Alto Comissariado Britânico, notando que o Range Rover branco de Sua Excelência estava diante da porta. Os carros diplomáticos, em sua maioria, procuravam as grandes oficinas mecânicas, por causa do avançado equipamento de diagnóstico destas últimas e de seus anúncios chamativos, mas Sua Excelência insistia em recorrer ao sr. J. L. B. Matekoni.

"Está vendo aquele carro ali?", perguntou o sr. J. L. B. Matekoni ao menino. "É um veículo muito importante. É um carro que eu conheço muito bem."

O garoto baixou os olhos para o chão e nada disse.

"É um belo carro branco", disse a menina, por trás dele. "É como se eu visse uma nuvem com rodas."

O sr. J. L. B. Matekoni virou-se para olhá-la.

"É uma ótima expressão para descrever aquele carro", disse. "Vai ficar na minha lembrança."

"Quantos cilindros tem um carro desses?", prosseguiu a garota. "Seis?"

O sr. J. L. B. Matekoni sorriu e voltou-se para o menino. "Como é que é?", disse. "Quantos cilindros você acha que esse carro tem no seu motor?"

"Um?", disse o menino em voz baixa, com os olhos sempre firmemente pregados no chão.

"Um, imagine!", exclamou com deboche sua irmã. "Não se trata de um motor de dois tempos!"

Os olhos do sr. J. L. B. Matekoni se arregalaram. "Um motor de dois tempos? Onde foi que você ouviu falar em dois tempos?"

A menina deu de ombros. "Sempre soube o que são dois tempos", disse. "Fazem um ruído muito forte e a gente tem que pôr dentro uma mistura de óleo com gasolina. São usados na maioria das vezes em bicicletas motorizadas. Ninguém gosta de um motor de dois tempos."

O sr. J. L. B. Matekoni assentiu com a cabeça. "Não, um motor de dois tempos às vezes causa muitos problemas." Ele fez uma pausa. "Mas não devemos ficar aqui em pé falando de motores. Precisamos ir às lojas comprar roupas para vocês e outras coisas de que necessitam."

As atendentes da loja foram simpáticas com a menina, indo com ela até o provador e ajudando-a a experimentar os vestidos que havia escolhido das prateleiras. Seu gosto era modesto, e por conseguinte escolheu o que havia de mais barato — mas, disse ela, exatamente o que desejava. O garoto pareceu mais interessado; escolheu as camisas de cores mais vivas e enamorou-se de um par de sapatos brancos que sua irmã vetou alegando não serem práticos.

"Não podemos deixar que ele leve esses, Rra", disse ela para o sr. J. L. B. Matekoni. "Ficariam sujos em muito pouco tempo, e ele simplesmente pararia de usá-los. É um menino bem vaidoso."

"Entendi", murmurou, pensativo, o sr. J. L. B. Matekoni. O menino era respeitoso e correto em sua apresentação, mas aquela esplêndida imagem que ele alimentara de seu filho em pé diante da garagem da Tlokweng Road Speedy Motors parecia ter se desvanecido. Outra imagem surgira, do menino numa elegante camisa branca e num terno... Mas podia ser que não fosse assim.

Terminaram as compras e faziam o caminho de volta atravessando a ampla praça pública diante da agência de correios, quando o fotógrafo chamou por eles.

"Posso tirar uma foto de vocês", disse. "Bem aqui. Fiquem debaixo desta árvore, que eu tiro o seu retrato. Num instante. Um belo grupo familiar."

"Vocês gostariam?", perguntou o sr. J. L. B. Matekoni. "Uma foto para recordar nossa viagem de compras."

"Ah! sim! por favor", disse a menina, acrescentando: "Nunca tive um retrato".

O sr. J. L. B. Matekoni ficou absolutamente imóvel. Essa garota, agora entrando na adolescência, nunca havia tido um retrato seu para guardar. Não havia nenhum registro de sua infância, nada que pudesse fazê-la lembrar-se da aparência que tinha. Nada, nenhuma imagem, de que pudesse dizer: "Esta sou eu". E tudo isso significava não ter havido jamais ninguém que desejasse um retrato seu; ninguém para quem ela fosse suficientemente especial.

Ele segurou a respiração, e, por um instante, sentiu uma avassaladora onda de compaixão por essas duas crianças; e compaixão misturada com amor. Daria a elas essas coisas. Ele se encarregaria de dar-lhes uma compensação. Elas teriam tudo que fora dado a outras crianças e que para as outras crianças era absolutamente natural; todo aquele amor, cada ano de amor perdido, seria reposto, pedacinho por pedacinho, até os pratos da balança estarem em rigoroso equilíbrio.

Ele empurrou a cadeira de rodas até colocá-la em posição diante da árvore onde o fotógrafo havia estabelecido seu estúdio ao ar livre. Então, com seu tripé precariamente apoiado no chão de terra, o fotógrafo agachou-se por trás de sua câmera e fez um aceno com a mão para atrair a atenção dos fotografados. Ouviu-se um clique seguido de um zumbido e, com toda a encenação de um mágico que apresenta o desfecho de seu truque, o fotógrafo sacou da câmera a foto recém-tirada e soprou em sua superfície para secá-la.

A menina a apanhou e sorriu. Em seguida o fotógrafo posicionou o menino, que se manteve imóvel, com as mãos cruzadas para trás e a boca bem aberta num sorriso; repetiu-se a encenação, com a apresentação da foto e o prazer estampado no rosto da criança.

"Pronto", disse o sr. J. L. B. Matekoni. "Agora vocês podem colocar estas fotos em seus quartos. E outro dia tiraremos mais fotos."

Ele se virou e se preparou para manobrar a cadeira de rodas, mas parou, de súbito, com os braços pendentes para os lados, inertes, paralisados.

Diante dele, de pé, estava Mma Ramotswe, segurando em sua mão direita uma cesta carregada de cartas. Ela se encaminhava para a agência de correio quando o viu e se deteve. O que estava acontecendo? O que fazia ali o sr. J. L. B. Matekoni, e quem eram aquelas crianças?

15
ENTRA EM AÇÃO A CRIADA MÁ E DE CARA AMARRADA

Florence Peko, a rabugenta e queixosa criada do sr. J. L. B. Matekoni, vinha sofrendo de dores de cabeça desde o dia em que Mma Ramotswe lhe fora apresentada como futura esposa de seu patrão. Ela era propensa a enxaquecas causadas por estresse, e qualquer aborrecimento podia provocá-las. O julgamento de seu irmão, por exemplo, detonara uma temporada de enxaquecas e, todos os meses, quando ela ia visitá-lo na prisão perto do supermercado indiano, batia-lhe uma dor de cabeça até mesmo antes de ela ocupar seu lugar na fila de parentes que se arrastavam à espera de conseguir a visita. Seu irmão se envolvera em roubo de carros, e embora ela tivesse dado testemunho a seu favor, alegando ter presenciado um encontro em que ele se prontificara a cuidar de um carro para um amigo — uma deslavada mentira —, ela estava sabendo muito bem que o irmão era culpado de tudo que a acusação fizera pesar sobre ele. Na verdade, os crimes pelos quais fora sentenciado a cinco anos de prisão constituíam apenas uma fração daqueles que cometera. Mas isso não importava: ela ficara indignada com a condenação, e essa indignação tomara a forma de gritos e gestos dirigidos aos guardas presentes na sala do tribunal. A juíza, que já estava se retirando, retomou seu assento e ordenou a Florence que se apresentasse diante dela.

"Este é um tribunal de justiça", disse. "A senhora precisa entender que não pode gritar para os guardas nem para qualquer outra pessoa neste recinto. Além do mais, considere-se com sorte por não ter o promotor acusado a senhora de perjúrio, depois de todas as mentiras que contou aqui hoje."

Florence fora intimada a calar-se, e deixaram que se retirasse em liberdade. Isso, no entanto, só fez aumentar sua sensação de injustiça. A República de Botsuana cometera um grande erro mandando seu irmão para a cadeia. Havia pessoas muito piores que ele, e por que nada era feito contra elas? Onde estava a justiça neste caso, se pessoas como... A lista era longa, e, por curiosa coincidência, três dos homens que nela figuravam eram conhecidos dela, dois deles conhecidos íntimos.

E foi a um destes, o sr. Philemon Leannye, que ela então resolveu recorrer. Ele lhe devia um favor. Uma vez ela havia dito a um policial que ele estava com ela, quando não estava, e isso foi depois de ela haver recebido a advertência judicial de perjúrio e ter preocupações com as autoridades. Conhecera Philemon Leannye num quiosque de venda de refeições prontas, no African Mall. Ele estava cansado de garotas de bar, e queria conhecer algumas moças honestas que não pretendessem tirar o dinheiro dele nem fazer com que pagasse bebidas para elas.

"Alguém como você", ele havia dito, deitando charme.

Ela se sentira lisonjeada e nascera daí uma amizade. Podiam se passar meses sem que ela o visse, mas ele aparecia de tempos em tempos trazendo presentes — um relógio de prata, uma bolsa (com uma carteira dentro), uma garrafa de Cape Brandy. Ele morava em Old Naledi, na companhia de uma mulher com quem havia tido três filhos.

"Ela está sempre gritando comigo, essa criatura", queixava-se ele. "Não consigo fazer nada certo, do ponto de vista dela. Dou-lhe dinheiro todo mês, mas ela sempre diz que as crianças estão com fome e que ela não tem como lhes comprar comida. Nunca está satisfeita."

Florence se mostrava solidária.

"Você deveria deixá-la e casar-se comigo", disse certa vez. "Não sou mulher de gritar com um homem. Seria uma boa esposa para um homem como você."

Sua sugestão fora feita a sério, mas ele a tratou como uma brincadeira, e respondeu-lhe com um tapinha jocoso.

"Você seria má do mesmo jeito", disse. "Assim que as mulheres se casam com os homens, começam a se queixar. Todo mundo sabe. Pergunte a qualquer homem casado."

Sua relação permaneceu sem compromissos, mas, depois da entrevista arriscada e verdadeiramente assustadora que ela teve com a polícia — uma entrevista em que o álibi dele foi investigado por mais de três horas —, ela sentiu que havia ali um favor que algum dia ela poderia fazer valer.

"Philemon", disse-lhe ela, numa tarde quente, deitada a seu lado na cama do sr. J. L. B. Matekoni. "Quero que me arranje uma arma."

Ele riu, mas ficou sério ao virar-se para ela e ver a expressão que tinha.

"O que está planejando fazer? Atirar no sr. J. L. B. Matekoni? Da próxima vez que ele entrar na cozinha e se queixar da comida, você vai atirar nele? Hah!"

"Não. Não estou planejando atirar em ninguém. Quero a arma para 'plantar' na casa de alguém. Depois comunicarei à polícia que há uma arma naquela casa, eles virão e a encontrarão."

"Quer dizer que não terei a minha arma de volta?"

"Não. A polícia a levará. Mas levarão também a pessoa em cuja casa ela foi encontrada. O que acontece se descobrem que uma pessoa está de posse de uma arma ilegal?"

Philemon acendeu um cigarro e expeliu o ar na direção do teto do sr. J. L. B. Matekoni.

"O pessoal aqui não vê com bons olhos armas ilegais. Quem é apanhado com uma arma ilegal vai para a cadeia, e pronto. Não tem conversa. Eles não querem que este lugar se converta numa Johannesburgo."

Florence sorriu. "Ainda bem que eles são tão rigorosos com relação às armas. É isto que eu quero."

Philemon retirou um fragmento de tabaco do espaço

entre seus dois dentes da frente. "Muito bem", disse. "E como é que eu pago por essa arma? São quinhentos pulas. No mínimo. Alguém tem que trazê-la de Johannesburgo. Aqui não se consegue uma facilmente."

"Não tenho quinhentos pulas", disse ela. "Por que não roubar a arma? Você tem contatos. Consiga que um dos seus rapazes cuide disso." Ela fez uma pausa antes de prosseguir. "Lembre-se de que eu o ajudei. Não foi fácil para mim."

Ele a olhou atentamente. "Você quer mesmo isso?"

"Quero", disse ela. "É realmente importante para mim."

Ele apagou o cigarro e jogou as pernas para fora da cama.

"Tudo bem", disse ele. "Vou conseguir para você essa arma. Mas lembre-se: se alguma coisa der errado, não foi de mim que você recebeu a arma."

"Direi que a encontrei", disse Florence. "Direi que ela estava jogada no mato perto da prisão. Talvez tivesse algo a ver com os presos."

"Parece razoável", disse Philemon. "Para quando você quer essa arma?"

"Quanto antes, melhor", disse ela.

"Posso conseguir uma para você esta noite", disse ele. "Acontece que tenho uma de reserva. Pode ser sua."

Ela se sentou e fez-lhe um afago delicado na nuca. "Você é um homem muito gentil. Pode vir me ver sempre que quiser, você sabe. Sempre. Sempre fico feliz em vê-lo e em fazer você feliz."

"Você é uma garota fantástica", disse ele, rindo. "Muito danadinha. Muito perversa. Muito esperta."

Ele entregou a arma, como prometera, embrulhada num papel impermeável, que ele pôs no fundo de uma volumosa sacola de plástico do Bazar OK, por baixo de uma pilha de velhas edições da revista Ebony. Ela desfez o embrulho na sua presença e ele começou a lhe explicar como funcionava a trava de segurança, mas ela cortou de imediato o que ele estava dizendo.

"Não estou interessada nisso", falou. "Tudo que me interessa são essa arma e essas balas."

Ele lhe fizera entrega, em separado, de nove cartuchos de munição pesada. As balas brilhavam, como se cada uma delas tivesse recebido um polimento especial para a missão a cumprir, e ela se sentiu atraída pelo seu contato. Dariam um belo colar, ela pensou, se furadas na base e alinhadas num fio de náilon ou, quem sabe, numa corrente de prata.

Philemon lhe mostrou como carregar as balas no pente da arma e como limpar a arma depois, para remover as impressões digitais. Em seguida fez-lhe uma breve carícia, plantou-lhe um beijo na face e foi-se embora. O cheiro do seu óleo para cabelo, um exótico cheiro parecido com o do rum, pairou no ar, como sempre acontecia quando ele a visitava, e ela sentiu bater-lhe uma saudade das lânguidas tardes com seus prazeres. Se ela fosse até a casa dele e matasse sua mulher, ele se casaria com ela? Ele a veria como sua libertadora, ou como a assassina da mãe de seus filhos? Difícil dizer.

Além do mais, ela nunca seria capaz de atirar em ninguém. Era cristã, e achava errado matar pessoas. Considerava-se uma pessoa de bem, que simplesmente foi forçada pelas circunstâncias a fazer coisas que as pessoas do bem não faziam — ou declaravam que não faziam. Claro que ela não se deixava enganar. Todo mundo tinha os seus desvios, e se ela estava se propondo a lidar com Mma Ramotswe dessa maneira pouco convencional era só porque se fazia necessário usar dessas medidas contra alguém que tão patentemente constituía uma ameaça ao sr. J. L. B. Matekoni. Como poderia ele defender-se de uma mulher tão determinada como aquela? Evidentemente, a situação exigia providências enérgicas, e alguns anos de cadeia ensinariam aquela mulher a ter mais respeito pelos direitos dos outros. A intrometida mulher detetive era a responsável por seu próprio infortúnio; a única culpada pelo que ia lhe acontecer era ela mesma.

Muito bem, pensou Florence, consegui a arma. Essa arma precisa ser colocada no lugar que eu planejei, e que é uma certa casa em Zebra Drive.

Com esse objetivo, ela teria que invocar um outro favor. Um homem que ela conhecia apenas como Paul, um homem que se aproximou dela para ter conversa e afeto, tomara-lhe dinheiro emprestado dois anos antes. Era uma dívida considerável, mas que ele nunca quitou. Talvez houvesse esquecido, mas Florence não, e agora ela o faria lembrar-se. Caso ele se mostrasse difícil, havia um recurso: ele, também, tinha uma esposa que não sabia das visitas sociais feitas por seu marido à casa do sr. J. L. B. Matekoni. Uma ameaça de revelá-las poderia encorajar a aquiescência dele em participar do plano.

Foi o dinheiro, entretanto, que garantiu sua concordância. Ela mencionou o empréstimo, e ele declarou, gaguejando, não ter meios de pagá-lo.

"Não posso dispor de nem um pula do que eu tenho", disse. "Temos que pagar o hospital para um de nossos filhos. Ele está sempre ficando doente. Não tenho como economizar dinheiro algum. Um dia eu acerto as contas com você."

Ela assinalou sua compreensão com um movimento de cabeça. "Vai ser fácil esquecer", disse. "Esquecerei esse dinheiro se você fizer algo para mim."

Ele olhou para ela, desconfiado.

"Você vai a uma casa vazia", disse ela, "não haverá ninguém lá. Você quebra uma janela na cozinha e entra."

"Não sou nenhum ladrão", interrompeu-a ele. "Não roubo."

"Mas não lhe estou pedindo que roube", disse ela. "Que ladrão você já viu que entra numa casa e põe algo dentro dela? Isso não é ser ladrão!"

Ela explicou que queria que fosse deixado um embrulho em qualquer armário, enfurnado de um jeito que ficasse impossível encontrá-lo.

"Quero guardar essa coisa em lugar seguro", disse ela. "Lá a coisa estará segura."

Ele ensaiara objeções à idéia, mas ela tornou a mencionar o empréstimo e ele capitulou. Iria no dia seguinte, à tarde, numa hora em que todos estivessem no trabalho. Ela fizera a sua parte: não haveria sequer uma criada dentro de casa e não havia cachorro.

"Não poderia ser mais fácil", prometeu-lhe ela. "Você resolve isso em quinze minutos. É entrar e sair."

Ela lhe passou o embrulho. A arma havia sido recolocada no papel impermeável, que foi envolvido numa outra camada de papel pardo comum. O invólucro disfarçava a natureza do conteúdo, mas o embrulho continuava pesado e provocou desconfianças nele.

"Não faça perguntas", disse ela. "Não faça perguntas, e assim não ficará sabendo".

É uma arma, pensou ele. Ela quer que eu "plante" uma arma nessa casa em Zebra Drive.

"Não quero carregar essa coisa para todo lado comigo", disse. "É muito perigoso. Sei que é uma arma, e sei o que acontece se a polícia descobre que a gente está com uma arma. Não quero ir para a cadeia. Pego isso com você amanhã na casa de Matekoni."

Ela pensou um instante. Poderia levar a arma consigo para o trabalho, bem escondida num saco plástico. Se ele preferisse receber o embrulho das mãos dela na própria casa, tudo bem, não tinha objeções a fazer. O importante era fazer o objeto entrar na casa da Ramotswe, e depois, dois dias mais tarde, dar o telefonema de denúncia à polícia.

"Está certo", disse ela. "Reponho o embrulho de volta no saco plástico e o levo comigo. Você apareça às duas e meia. Ele já terá retornado à garagem para trabalhar."

Ele ficou a olhá-la recolocar o embrulho na sacola do Bazar OK dentro da qual havia feito sua primeira aparição.

"Bem", disse ela. "Você se portou como um homem correto, e quero fazê-lo feliz."

Ele abanou a cabeça. "Estou nervoso demais para poder ficar feliz. Talvez numa outra ocasião."

Na tarde seguinte, pouco depois das duas horas, Paul Monsopati, funcionário de categoria superior do Hotel do Sol de Gaborone, e um homem indicado pela administração do hotel para nova promoção, penetrou no escritório de uma das secretárias do hotel e pediu-lhe que deixasse a sala por alguns minutos.

"É um telefonema importante para mim", disse. "É assunto particular. Tem a ver com um enterro."

A secretária assentiu com a cabeça e saiu da sala. As pessoas estavam sempre morrendo, e os enterros, avidamente freqüentados por cada parente afastado que tinha condições de fazê-lo, exigiam um bocado de planejamento.

Paul retirou o fone do gancho e discou um número que havia escrito num pedaço de papel.

"Quero falar com um inspetor", disse. "Não com um sargento. Quero um inspetor."

"Quem é o senhor, Rra?"

"Isso não tem importância. Chame um inspetor, ou vai ter problemas."

Nada foi dito, e, minutos depois, uma nova voz surgiu na linha.

"Por favor, escute o que eu vou lhe dizer, Rra", disse Paul. "Não posso falar muito tempo. Sou um cidadão leal de Botsuana. Sou contra o crime."

"Ótimo", disse o inspetor. "Isso é o que gostamos de ouvir."

"É o seguinte", disse Paul. "Se o senhor for a uma certa casa, lá descobrirá uma senhora que está de posse de uma arma de fogo ilegal. Ela é uma pessoa envolvida no comércio de armas. A arma está numa sacola branca do Bazar OK. O senhor a surpreenderá se for imediatamente para lá. Ela é a responsável, não o homem que mora naquela casa. Está na sua sacola, e ela a terá consigo na cozinha. É só o que tenho a dizer."

Ele deu o endereço da casa e em seguida desligou. Do outro lado da linha, o inspetor sorriu com satisfação. Seria uma captura fácil, e ele receberia congratulações por esse feito com relação a armas ilegais. Há muitas queixas contra o público em geral e a falta de senso do dever entre seus membros, mas volta e meia algo assim acontece e um cidadão consciencioso restaura a confiança nas pessoas comuns que formam o público. Deveria haver recompensas para essas pessoas. Menções honrosas e um prêmio em dinheiro. Quinhentos pulas, no mínimo.

16
FAMÍLIA

O sr. J. L. B. Matekoni tinha consciência do fato de que estava em pé exatamente embaixo do galho de uma acácia. Ele ergueu os olhos e viu por um instante, com máxima clareza de detalhes, as folhas contrapostas ao vazio do céu. Dispostas umas sobre as outras no calor do meio-dia, as folhas mais pareciam mãos miudinhas cerradas em oração; um pássaro, um picanço-real comum por aquelas bandas, sujo, desalinhado e sem nada de especial, estava empoleirado mais acima do galho, com as patas bem presas no apoio e olhos negros apontados como dardos; era a situação enormemente aflitiva com que se defrontara o sr. J. L. B.Matekoni que dava a essa sua percepção tamanha intensidade; como um condenado que espiasse para fora da cela na última manhã de sua vida e fixasse sua atenção no mundo familiar esmaecendo-se.

Ele abaixou os olhos e viu que Mma Ramotswe continuava lá, parada a uma distância de pouco mais de três metros, encarando-o com uma expressão confusa de absoluto desconcerto. Ela sabia que ele trabalhava para a fazenda dos órfãos, e estava bem a par de como Mma Silvia Potokwane era persuasiva quando queria fazer valer sua vontade. Pensou ele: ela deve estar imaginando que este sr. J. L. B. Matekoni aqui saiu a levar dois dos órfãos para passar o dia fora e aproveita para que tirem seus retratos. Não haveria de imaginar que este sr. J. L. B. Matekoni aqui estava na companhia de seus dois novos filhos adotados, a serem em breve os dois filhos adotados dela também.

Mma Ramotswe quebrou o silêncio. "O que está fazendo?", disse, simplesmente. Era uma pergunta inteiramente razoável — o tipo de pergunta que poderia ser feita por qualquer amiga ou mesmo noiva. O sr. J. L. B. Matekoni baixou os olhos para as crianças. A menina havia colocado sua fotografia num saco plástico preso à lateral da cadeira de rodas; o menino retinha a fotografia dele contra o peito, como se Mma Ramotswe pudesse querer se apossar dela.

"Estas são duas crianças da fazenda dos órfãos", disse, gaguejante, o sr. J. L. B. Matekoni. "Esta é a menina e este outro é o menino."

Mma Ramotswe riu. "Ora vejam!", disse. "Então é isso? Muito esclarecedor, sem dúvida."

A menina sorriu e cumprimentou educadamente Mma Ramotswe.

"Eu me chamo Motholeli", disse. "Meu irmão se chama Puso. Foram os nomes que recebemos na fazenda dos órfãos."

Mma Ramotswe balançou a cabeça. "Espero que eles cuidem bem de vocês lá. Mma Potokwane é uma boa pessoa."

"Ela é boa", disse a menina. "Muito boa."

Ela pareceu que ia dizer mais alguma coisa, quando o sr. J. L. B. resolveu entrar na conversa.

"Mandei tirar fotos das crianças", explicou, e, virando-se para a menina, disse: "Mostre as fotos para Mma Ramotswe, Motholeli".

A garota moveu a cadeira de rodas para a frente e passou a fotografia para Mma Ramotswe, que a admirou.

"É um lindo retrato para se guardar", disse. "Eu tenho somente um ou dois retratos de mim mesma quando tinha a sua idade. Se acontece de eu sentir que estou ficando velha, dou uma olhada neles e penso que talvez não esteja tão velha, afinal de contas."

"A senhora ainda é jovem", disse o sr. J. L. B. Matekoni. "Hoje em dia ninguém é considerado velho até chegar aos setenta — ou mesmo mais. Está tudo mudado."

"Isso é o que gostamos de pensar", disse Mma Ramotswe com um risinho, devolvendo a foto para a menina. "O sr. J. L. B. Matekoni está levando vocês de volta agora, ou vão comer na cidade?"

"Estivemos fazendo compras", foi logo dizendo o sr. J. L. B. Matekoni. "Talvez ainda tenhamos uma ou duas coisas a fazer."

"Logo voltaremos para a casa dele", disse a menina. "Estamos morando com o sr. J. L. B. Matekoni, agora. Estamos na casa dele."

O sr. J. L. B. Matekoni sentiu o coração bater como se fosse saltar do peito. Vou ter um ataque cardíaco, pensou. Vou morrer já. E, por um momento, sentiu uma imensa tristeza ao pensar que jamais se casaria com Mma Ramotswe, que morreria solteiro, que as crianças seriam órfãs pela segunda vez, que a Tlokweng Road Speedy Motors fecharia. Mas seu coração não parou, continuou batendo, e Mma Ramotswe e todo o mundo físico teimosamente permaneceram onde estavam.

Mma Ramotswe lançou um olhar zombeteiro para o sr. J. L. B. Matekoni.

"Eles estão morando em sua casa?", perguntou. "Isso é novidade. Acabaram de chegar?"

Ele balançou a cabeça, desolado. "Ontem", disse.

Mma Ramotswe baixou os olhos para as crianças, depois voltou a olhar para o sr. J. L. B. Matekoni.

"Acho que precisamos ter uma conversa", disse. "Vocês, crianças, ficam aqui um momentinho. O sr. J. L. B. Matekoni e eu vamos até a agência do correio."

Não havia como escapar. Com a cabeça caída para a frente, como um colegial apanhado em falta, ele seguiu Mma Ramotswe até a esquina da agência do correio, onde, diante das caixas postais enfileiradas em colunas, ele se preparou para ouvir o julgamento e a sentença que certamente o esperavam. Ela se divorciaria dele — se é que se podia aplicar esse termo ao rompimento de um noivado. Ele a havia perdido por causa de sua desonestidade e estupidez — e a culpada de tudo era Mma Silvia Potokwane. Mulheres assim estavam sempre interferindo na vida dos outros, forçando-os a fazer coisas; daí as coisas saíam dos eixos e a conseqüência eram vidas arruinadas.

Mma Ramotswe descansou sua cesta de cartas.

"Por que não me falou dessas crianças?", perguntou. "O que foi que você fez?"

Ele mal ousava enfrentar o seu olhar. "Eu ia falar para você", disse. "Ontem dei uma chegada à fazenda dos órfãos. A bomba estava dando defeito. Está velha demais. E o microônibus deles está precisando mudar os freios. Tentei consertar esses freios, mas sempre estão dando problemas. Vamos ter que tentar encontrar peças novas, foi o que eu disse a eles, mas..."

"Sei, sei", pressionou-o Mma Ramotswe. "Você já me falou desses freios antes. Mas, e essas crianças?"

O sr. J. L. B. Matekoni suspirou. "Mma Potokwane é mulher de grande força. Ela me sugeriu que adotasse algumas crianças. Eu não pretendia fazer isso sem falar com você, mas ela não me deu chance. Trouxe as crianças para onde estávamos e realmente não tive alternativa. Foi muito difícil para mim."

Ele interrompeu o que estava dizendo. Um homem passou a caminho da caixa postal, remexendo no bolso à procura de sua chave, murmurando algo para si próprio. Mma Ramotswe olhou para o homem, depois voltou a olhar para o sr. J. L. B. Matekoni.

"Quer dizer, então", disse ela, "que você concordou em levar as crianças. E agora elas estão pensando que vão ficar de vez."

"É, acho que sim", respondeu ele em voz baixa.

"E por quanto tempo?", perguntou Mma Ramotswe.

O sr. J. L. B. respirou fundo. "Pelo tempo que elas precisarem de uma casa onde morar", disse. "Foi o que eu ofereci a elas."

Inesperadamente se sentiu tomado de uma nova confiança. Não havia feito nada de errado. Não roubara coisa alguma, não matara ninguém, nem cometera adultério. Simplesmente oferecera mudar a vida de duas crianças pobres que nada tinham e que agora seriam amadas e cuidadas. Se Mma Ramotswe não gostava disso, não havia nada que ele agora pudesse fazer. Fora impetuoso, mas sua impetuosidade servira a uma boa causa.

Mma Ramotswe de repente riu. "Ora, sr. J. L. B. Matekoni", falou. "Ninguém poderá dizer do senhor que não é um bom homem. É, na minha opinião, o melhor dos homens de Botsuana. Que outro homem seria capaz de fazer isso? Não conheço nenhum, nenhum outro faria isso. Nenhum outro."

Ele olhou para ela. "Não ficou zangada?"

"Fiquei, mas só por um pouquinho. Um minuto, talvez. Depois pensei: quero me casar com o homem mais generoso do país? Sim! Posso me tornar uma mãe para essas crianças? Sim! Foi isso que eu pensei, sr. J. L. B. Matekoni."

Ele olhou para ela, incrédulo. "Você é que é uma mulher boa demais, Mma. Tem sido muito boa para mim."

"Não é o caso de ficarmos parados aqui falando de bondade e generosidade", ela disse. "Há essas duas crianças que estão esperando. Vamos levá-las de volta para Zebra Drive e mostrar-lhes onde vão morar. Posso, às tardes, ir apanhá-las em sua casa e trazê-las para a minha. A minha é mais..."

Ela deixou a frase pelo meio, mas ele não se importou.

"Sei que Zebra Drive é mais confortável", disse. "E seria melhor para eles que fossem cuidados por você."

Voltaram até onde estavam as crianças, juntos, em demonstração de absoluto companheirismo.

"Vou me casar com essa senhora", anunciou o sr. J. L. B. Matekoni. "Ela em breve vai ser a mãe de vocês."

O menino pareceu espantado, mas a menina baixou os olhos respeitosamente.

"Obrigada, Mma", disse ela. "Vamos tentar ser bons filhos para a senhora."

"Isso é bom", disse Mma Ramotswe. "Seremos uma ótima família, isso eu já posso prever."

Mma Ramotswe se afastou para ir apanhar sua pequenina van branca, levando consigo o menino. O sr. J. L. B. Matekoni empurrou a cadeira de rodas da garota de volta até o caminhão, e seguiram para Zebra Drive, onde Mma Ramotswe e Puso já estavam à sua espera quando eles chegaram. O menino estava na maior vibração, correndo para confraternizar com sua irmã.

"É uma casa ótima", exclamou ele. "Veja, tem árvores e melões. Vou ter um quarto nos fundos."

O sr. J. L. B. deixou-se ficar para trás, enquanto Mma Ramotswe fazia as crianças percorrerem a casa. Tudo o que ele sentira por aquela criatura via-se agora confirmado em seu espírito, fora de qualquer dúvida. Obed Ramotswe, o pai dela, que a criara depois da morte de sua mãe, fizera um ótimo trabalho. Ele dera a Botsuana uma de suas damas mais finas. Ele fora um herói, talvez sem nunca saber.

Enquanto Mma Ramotswe preparava o almoço para as crianças, o sr. J. L. B. Matekoni telefonou para a oficina a fim de verificar se os aprendizes estavam cumprindo as tarefas que ele deixara por sua conta. Quem atendeu foi o aprendiz mais novo, e, pelo tom da voz dele, o sr. J. L. B. Matekoni logo percebeu que algo de gravemente errado estava acontecendo. O rapaz estava falando muito alto e de modo agitado.

"Ainda bem que o senhor telefonou, Rra", disse ele. "A polícia veio aqui. Eles queriam falar com o senhor sobre sua empregada. Ela foi detida e levada para a cadeia. Tinha uma arma dentro da bolsa. Eles estão muito zangados."

O aprendiz não tinha mais informações a dar, e o sr. J. L. B. Matekoni repôs o fone no aparelho. Sua criada fora apanhada com uma arma! Ele tinha muitas suspeitas em relação a ela — de desonestidade, e até de coisas piores —, mas não de que pudesse andar armada. Que andaria aprontando nas horas de folga? Assaltos? Assassinatos?

Ele foi até a cozinha, onde Mma Ramotswe estava fervendo cubinhos de abóbora numa panela esmaltada.

"Minha criada foi detida e levada presa", disse ele sumariamente. "Tinha uma arma. Dentro da bolsa."

Mma Ramotswe descansou a colher. A abóbora borbulhava satisfatoriamente e em pouco tempo estaria macia. "Não me surpreendo", disse. "Era uma mulher muito desonesta. Finalmente a polícia a pegou. A esperteza dela não foi suficiente para enganá-los."

O sr. J. L. B. Matekoni e Mma Ramotswe decidiram naquela tarde que a vida estava se tornando complicada demais para ambos, e que deveriam declarar o resto do dia como sendo destinado a atividades simples, centradas nas crianças. Com esse objetivo, o sr. J. L. B. Matekoni telefonou para os aprendizes e os mandou fechar a oficina até a manhã seguinte.

"Eu estava mesmo pensando em dar uma folga a vocês para estudarem", disse. "Pois bem, podem parar para estudar um pouco esta tarde. Coloquem um aviso em que esteja dito que amanhã reabriremos às oito da manhã."

Para Mma Ramotswe ele disse: "Não vão estudar. Vão sair atrás de garotas. Esses rapazes não têm coisa alguma na cabeça. Nada".

"Muitos jovens são assim", disse ela. "Só pensam em dançar, em roupas e em música a todo volume. É a vida deles. Nós também éramos assim, lembra-se?"

Quando ela deu seu próprio telefonema para a Agência Nº 1 de Mulheres Detetives, atendeu-o uma Mma Makutsi muito segura de si, que lhe explicou haver completado a investigação do caso Badule e que tudo que restava a fazer era decidir como se servir da informação que ela havia colhido. Elas teriam que conversar sobre isso, disse Mma Ramotswe. Ela receara que a investigação viesse a expor uma verdade nada simples em suas implicações morais. Havia ocasiões em que a ignorância era mais confortadora que o conhecimento.

A abóbora, entretanto, estava pronta, e era hora de sentar-se à mesa, como uma família, pela primeira vez.

Mma Ramotswe rendeu graças.

"Somos gratos pela abóbora e por esta carne", disse.

"Há irmãos e irmãs que não têm boa comida à mesa, e pensamos neles, e desejamos que não lhes faltem abóbora e carne no futuro. E agradecemos ao Senhor que trouxe estas crianças para nossa vida, a fim de que possamos ser felizes e elas possam ter um lar junto a nós. E pensamos na felicidade que este dia está trazendo para a finada mãe e o finado pai destas crianças, que estão vendo isso lá do alto."

Nada havia que o sr. J. L. B. Matekoni pudesse acrescentar a essa ação de graças, que ele considerou perfeita sob todos os aspectos. Ela expressava seus próprios sentimentos inteiramente, e seu coração estava emocionado demais para que ele pudesse falar. Assim sendo, ficou calado.

17
NA UNIVERSIDADE

A manhã é a melhor hora para encarar um problema, pensava Mma Ramotswe. A gente se sente mais leve e em pleno frescor nas primeiras horas do dia de trabalho, quando o sol ainda está baixo e o ar, com absoluta nitidez. É a melhor hora para se fazer a si próprio as perguntas cruciais; hora de clareza, própria para o raciocínio, ainda não sobrecarregada com o peso do decurso do dia.

"Li o seu relatório", disse Mma Ramotswe, quando Mma Makutsi chegou para trabalhar. "Muito completo e muito bem escrito. Meus parabéns."

Mma Makutsi agradeceu o elogio respeitosamente.

"Fiquei feliz pelo meu primeiro caso não ser difícil", disse ela. "Pelo menos não foi difícil descobrir o que precisava ser descoberto. Mas as questões que coloquei no fim — estas são a parte difícil."

"Sim", disse Mma Ramotswe, baixando os olhos na direção da folha de papel. "As questões morais."

"Não sei como resolvê-las", disse Mma Makutsi. "Se penso numa determinada resposta como sendo a correta, logo percebo as dificuldades nela envolvidas. Se examino outra resposta, vejo um outro conjunto de dificuldades."

Ela olhou, esperançosa, para Mma Ramotswe, que franziu a testa.

"Para mim tampouco é fácil", disse a mulher mais velha. "Só porque tenho um pouco mais de idade que a senhora, isso não significa que disponho de soluções para qualquer dilema que apareça. À medida que se fica mais velha, na verdade, a gente começa a perceber mais e mais lados numa situação. Na sua idade, as coisas têm contornos mais bem definidos." Ela fez uma pausa, depois acrescentou: "É bom lembrar que eu estou quase chegando, mas ainda não cheguei, aos quarenta. Não sou tão velha assim".

"Não", disse Mma Makutsi. "É a idade ideal para uma pessoa ter. Mas estamos diante de um problema real; é tudo muito incômodo. Se contarmos a Badule sobre esse homem, e ele der um fim a tudo isso, então as mensalidades escolares do garoto não serão pagas. Isso acabará com a ótima oportunidade que ele está tendo. Não seria o melhor para o menino."

Mma Ramotswe concordou. "Entendo", disse. "Por outro lado, não podemos mentir para o sr. Badule. Não é ético para uma detetive mentir para um cliente. Não se pode fazer isso."

"Compreendo o seu ponto de vista", disse Mma Makutsi. "Mas há ocasiões, sem dúvida, em que uma mentira tem sua razão de ser. Imagine um assassino entrando em sua casa e lhe perguntando onde se encontra uma certa pessoa. A senhora sabe onde essa pessoa está, mas responde: 'Não tenho a menor idéia. Não faço a menor idéia de onde possa estar'. Isso não seria uma mentira?"

"Sim. Mas nesse caso a senhora não tem nenhum dever de contar a verdade a esse assassino. E então pode mentir para ele. Mas a senhora tem, sim, o dever de contar a verdade ao seu cliente, ou à polícia."

"E por quê? Evidentemente, se for errado mentir, mentir será sempre errado. Se as pessoas pudessem mentir quando julgassem ser esse o procedimento correto, não teríamos nunca como saber se estão falando a verdade." Mma Makutsi interrompeu o que estava dizendo e parou para pensar alguns instantes antes de prosseguir. "O que uma pessoa pensa ser o certo pode ser muito diferente do que pensa outra pessoa. Se cada pessoa cria sua própria regra..." Ela deu de ombros, calando a conclusão de seu raciocínio.

"Sim", disse Mma Ramotswe. "Tem razão, quanto a isso.

É o mal que aflige o mundo hoje em dia. Cada um pensa que pode decidir na sua cabeça o que é certo e o que é errado. Todos pensam que podem esquecer a antiga moral de Botsuana. Mas não podem."

"Mas o verdadeiro problema aqui", disse Mma Makutsi, "está em saber se deveríamos contar tudo para ele. E se disséssemos: 'O senhor está certo, sua esposa é infiel', e deixássemos a coisa nesse pé? Teríamos cumprido com o nosso dever? Na verdade, não estaríamos mentindo, não é mesmo? Só não estaríamos dizendo toda a verdade."

Mma Ramotswe fixou o olhar em Mma Makutsi. Ela sempre valorizara os comentários de sua secretária, mas nunca havia esperado que erguesse uma tal montanha moral a partir de um simples probleminha com que os detetives deparam no seu dia-a-dia. Havia ali um mal-entendido. O objetivo era ajudar as pessoas em seus pro-blemas; não era o caso de fornecer-lhes uma solução completa. O uso que fizessem da informação só dizia respeito a elas. Era sua vida, e o critério para decidir tinha que partir delas.

Mas, ao pensar nisso, se deu conta de que havia ultrapassado em muito tais limites no passado. Em diversos de seus casos bem-sucedidos, era fora além da simples descoberta de informações. Ela tomara decisões sobre o resultado, e essas decisões acabaram se revelando de grande importância. Por exemplo, no caso da mulher cujo marido tinha uma Mercedes Benz roubada, ela providenciara o retorno do carro a seu dono. No caso da reivindicação fraudulenta de uma indenização a ser paga pela companhia de seguros ao homem de treze dedos, ela decidiu não o denunciar à polícia. Essa fora uma decisão que dera novo rumo a uma vida. Ele talvez tenha se tornado honesto depois de ela lhe ter dado essa chance; talvez não. Isso ela de antemão não podia saber. Mas o que ela fez foi darlhe uma chance, que pode ter sido importante. Ela de fato interferiu na vida de outras pessoas, e não é verdade que haja apenas fornecido informação.

No presente caso, ela compreendeu que o que estava realmente em questão era o destino do garoto. Os adultos podiam cuidar de si mesmos; o sr. Badule poderia lidar com a descoberta de um adultério (bem no fundo do coração, ele sabia que sua esposa era infiel); o outro homem podia voltar à sua mulher arrependido, de joelhos, e receber seu castigo (talvez ser forçado a viver com uma esposa católica naquela aldeia distante), e, quanto à mulher elegante, ela poderia gastar um pouco mais de seu tempo no açougue, em vez de descansar naquela cama espaçosa em Nyerere Drive. O garoto, entretanto, não podia ficar à mercê dos acontecimentos. Ela precisaria garantir que, acontecesse o que acontecesse, ele não iria sofrer por causa do mau comportamento da mãe.

Talvez houvesse uma solução que permitisse ao menino continuar no colégio. Olhando-se a situação tal como se apresentava, seria o caso de dizer que havia ali alguém que fosse realmente infeliz? A mulher elegante vivia na maior felicidade; tinha um amante rico e uma cama espaçosa e confortável onde se deitar. O amante rico lhe comprava roupas elegantes e outras coisas que as mulheres elegantes muito apreciam. O amante rico era feliz porque tinha a companhia de uma mulher elegante e não precisava gastar muito tempo com sua esposa devota. A esposa devota era feliz porque morava onde queria morar, presumivelmente fazendo o que gostava de fazer, e tinha um marido que vinha para casa regularmente, mas não tão regularmente a ponto de se tornar um estorvo para ela. O garoto era feliz porque tinha dois pais, e estava recebendo uma boa educação num colégio caro.

Restava o sr. Letsenyane Badule. Era ele feliz, ou, se era infeliz, poder-se-ia fazer com que voltasse a ser feliz sem qualquer mudança na situação? Se elas pudessem encontrar uma maneira de conseguir isso, então não haveria necessidade de mudar as circunstâncias que diziam respeito ao menino. Mas como chegar a esse resultado? Ela poderia deixar de contar ao sr. Badule que o filho não era dele — já que isso traria muitos aborrecimentos, seria cruel demais, e era de se presumir que o garoto também se sentiria afetado ao saber disso. Era provável que o menino ignorasse quem era o seu pai verdadeiro; afinal de contas, muito embora os dois narigões fossem idênticos, é comum os meninos não notarem esse tipo de coisa, e é possível que o fato não lhe tivesse chamado a atenção. Mma Ramotswe decidiu que não era preciso fazer nada a esse respeito; o estado de ignorância era provavelmente o melhor para o menino. Mais tarde, uma vez pagas todas as mensalidades do colégio, ele poderia começar a estudar os narizes da família e tirar suas próprias conclusões.

"É o sr. Badule que tem de ser considerado", decretou Mma Ramotswe. "Temos de fazê-lo feliz. Temos de lhe contar o que está se passando, mas precisamos fazer com que aceite as coisas tais como são. Se ele as aceitar, então pronto: todo o problema desaparece."

"Mas ele nos contou que está muito preocupado com a situação", objetou Mma Makutsi.

"Ele se preocupa porque acha que não é bom para sua mulher estar visitando outro homem", replicou Mma Ramotswe. "Precisamos convencê-lo do contrário."

Mma Makutsi pareceu em dúvida, mas sentia-se aliviada por Mma Ramotswe estar de novo no comando da situação. Não haveria mentiras e, se tivessem que ser ditas, não o seriam por ela. De qualquer modo, Mma Ramotswe era imensamente habilidosa. Se ela acreditava que podia convencer o sr. Badule a ser feliz, as chances de consegui-lo eram bastante razoáveis.

Mas havia outros assuntos que mereciam atenção. Numa carta a Mma Ramotswe, a sra. Curtin lhe indagava se tinha descoberto alguma coisa. "Sei que ainda é cedo para pedir resultados", escreveu ela, "mas desde que falei com a senhora, senti que a senhora descobriria algo para mim. Não estou querendo adulá-la, Mma, mas senti que a senhora era uma dessas pessoas que simplesmente *sabiam*. A senhora não precisa responder a esta carta; sei que não deveria estar escrevendo ainda nesta fase das investigações, mas preciso fazer alguma coisa. A senhora há de compreender, Mma Ramotswe — tenho certeza de que sim."

A carta comoveu Mma Ramotswe, como o faziam todos os pedidos que recebia de pessoas aflitas. Ela pensou no avanço conseguido naquele caso até então. Ela estivera no local e sentira que era ali que havia terminado a vida do rapaz. Em certo sentido, portanto, ela havia chegado à conclusão certa desde o início. Agora precisava trabalhar recuando no tempo e descobrir por que ele jazia ali — e disso não tinha a menor dúvida — naquela terra seca, à beira do Grande Kalahari. Era um túmulo solitário, tão distante de seu povo, e ele tão jovem! Como haviam as coisas chegado a esse ponto? Algum delito fora cometido, e, para saber que tipo de delito ocorrera, seria preciso encontrar as pessoas capazes de cometer esse delito. O sr. Oswald Ranta.

A pequenina van branca se movia cautelosamente sobre os quebra-molas destinados a evitar que o pessoal da universidade circulasse por ali em furiosa velocidade. Mma Ramotswe dirigia com prudência e considerava motivo de vergonha a forma de dirigir irresponsável que tornava as estradas tão perigosas. Botsuana, é claro, oferecia muito mais segurança do que outros países naquela parte da África. A África do Sul era bem ruim; lá havia motoristas agressivos, capazes de matar quem cortasse a sua dianteira, e estavam freqüentemente embriagados, especialmente depois do dia de pagamento. Quando este caía numa sexta-feira, pegar a estrada à noite era uma temeridade total. A Suazilândia era ainda pior. Os suázis tinham paixão por velocidade, e a estrada em curvas na altura entre Manzini e Mbabane, em que certa vez ela havia passado uma apavorante meia hora, era conhecida como uma assassina contumaz de motoristas. Ela se lembrava de haver topado com uma matéria numa antiga edição do *The Times of Swaziland* que mostrava a foto de um homem cujos traços muito se pareciam com os de um rato, pequeno e insignificante, e sob a qual estava impressa a simples legenda *O finado sr. Richard Mavuso (46)*. O sr. Mavuso, dono de uma cabeça miúda e de um minúsculo bigode bem penteado, e que estava longe de ser motivo de atração para vencedoras de concursos de beleza, infelizmente — como revelava a reportagem do jornal — fora atropelado por uma delas.

Mma Ramotswe sentira-se estranhamente afetada pela reportagem. *Habitante local, o sr. Richard Mavuso (acima) foi atropelado na sexta-feira à noite pela vice-Miss Suazilândia. A conhecida estrela do concurso de beleza, srta. Gladys Lapelala, de Manzini, atropelou o sr. Mavuso quando ele tentava atravessar a estrada em Mbabane, onde era funcionário do Departamento de Obras Públicas.*

A reportagem ficava por aí, e Mma Ramotswe se indagou por que se sentira tão afetada por ela. As pessoas eram constantemente atropeladas e não se dava maior importância a isso. Faria diferença o fato de alguém ser atropelado por uma estrela de concurso de beleza? E o lamentável seria o fato de o sr. Mavuso ser tão pequeno e insignificante e a beldade do concurso ser tão grande e importante? Talvez essa ocorrência valesse como uma impressionante metáfora para as injustiças da vida; os poderosos, os atraentes, os aclamados podiam impunemente desconsiderar os insignificantes, os tímidos.

Estacionou cuidadosamente a pequenina van branca numa vaga atrás do prédio do Ministério e olhou à sua volta. Ela passava pelas instalações da universidade diariamente e estava familiarizada com a concentração de edifícios brancos e ensolarados que se espalhavam pela vista de centenas de hectares perto do antigo aeroporto. Entretanto, nunca tivera ocasião de entrar, e agora, ao defrontar-se com um desnorteante conjunto de blocos, cada qual com um nome impressionante e oriundo de outras terras, ela se sentiu ligeiramente intimidada. Ela não era uma mulher sem estudos, mas faltara-lhe formar-se num curso superior. E esse era um lugar onde só se encontravam pessoas com graduação, pós-graduação, ou até mesmo mais que isso. Eram pessoas inimaginavelmente cultas; eruditos como o professor Tlou, que havia escrito uma história de Botsuana e uma biografia de Seretse Khama. Ou como o dr. Bojosi Otloghile, autor de um livro sobre a Suprema Corte de Botsuana, que ela comprara mas não havia lido. Podiam-se encontrar pessoas assim ao dobrar a esquina de um desses prédios, e na aparência elas eram iguais a qualquer outra. Mas suas cabeças continham bem mais do que as cabeças do comum das pessoas, que na maior parte do tempo não primam por ter muito conteúdo.

Ela olhou para uma placa que se autoproclamava um mapa do campus. Departamento de Física, nessa direção; Departamento de Teologia, nessa outra direção; Instituto de Estudos Avançados, o primeiro à direita. E, finalmente, de um modo mais prestativo, Informações. Seguiu a seta que apontava para Informações e chegou a uma modesta construção pré-fabricada, meio escondida atrás de Teologia e em frente de Línguas Africanas. Bateu à porta e entrou.

Uma mulher magra estava sentada atrás de uma escrivaninha, tentando soltar a tampa de uma caneta.

"Estou procurando o senhor Ranta", disse Mma Ramotswe. "Disseram-me que trabalha aqui."

A mulher parecia entediada. "Doutor Ranta", disse. "Não se trata simplesmente de um senhor Ranta. É doutor Ranta."

"Perdão", disse Mma Ramotswe. "Não tive a intenção de ofendê-lo. E onde se encontra, por favor?"

"Ele é procurado aqui, procurado ali", disse a mulher. "Passa por aqui, depois, quando a gente vai ver, não está em parte alguma. Assim é o doutor Ranta."

"Mas estará aqui neste momento?", perguntou Mma Ramotswe. "Onde vai estar depois não me preocupa."

A mulher arqueou uma sobrancelha. "A senhora pode tentar o seu escritório. Ele tem um escritório aqui. Mas a maior parte do tempo ele passa no quarto dele."

"Ah!", disse Mma Ramotswe. "É um conquistador, esse doutor Ranta?"

"Digamos que sim", disse a mulher. "E um dia destes o Conselho Universitário vai apanhá-lo e amarrá-lo com uma corda. Mas, enquanto isso, ninguém se atreve a tocar nele."

Mma Ramotswe estava intrigada. Acontece muitas vezes que uma pessoa se preste a fazer o trabalho que deveria ser feito por outra, como essa mulher estava fazendo nesse momento.

"Por que as pessoas não podem tocar nele?", perguntou Mma Ramotswe.

"As moças têm medo de falar", disse a mulher. "E os colegas dele têm, eles próprios, algo que preferem esconder. A senhora sabe como são esses lugares."

Mma Ramotswe abanou a cabeça. "Não fiz graduação", disse. "Não sei como são esses lugares."

"Pois bem", falou a mulher, "eu lhe digo. São lugares onde há muitas pessoas como o doutor Ranta. A senhora verá. Posso lhe contar essas coisas porque amanhã estou indo embora. Vou para um emprego melhor."

Mma Ramotswe recebeu instruções sobre como encontrar o escritório do dr. Ranta e despediu-se da prestimosa recepcionista. Não fora uma boa idéia da universidade colocar aquela mulher no setor de informações. Se ela atendia a qualquer pedido de informação sobre um membro do pessoal com fofocas que corriam sobre aquela pessoa, um visitante podia formar uma impressão inteiramente errada. Entretanto, talvez fosse apenas por estar de saída do emprego que ela havia falado daquela maneira; nesse caso, pensou Mma Ramotswe, estava ali uma oportunidade.

"Só uma coisa, Mma", disse ela ao chegar à porta. "Talvez seja difícil para qualquer pessoa lidar com o doutor Ranta, pelo fato de que ele não fez nada de errado. Pode não ser de bom-tom correr atrás de alunas, mas isso é capaz de não valer como justa causa para demiti-lo, pelo menos hoje em dia. De forma que talvez não haja nada que possa ser feito."

Ela percebeu imediatamente que sua tática daria certo, e que a suposição de que a recepcionista sofrera nas mãos do doutor Ranta era correta.

"Fez algo de errado, sim, ora se fez!", comentou a mulher, animando-se toda de repente. "Ele ofereceu dar o gabarito de uma prova para uma aluna, se ela topasse ficar com ele. Sim senhora! Sou a única pessoa a saber disso. A aluna era filha de minha prima. Contou para a mãe, mas a mãe não quis fazer a denúncia. A mãe acabou me contando."

"Mas a senhora não tem nenhuma prova?", perguntou Mma Ramotswe, serenamente. "É esse o problema?"

"Sim", respondeu a recepcionista. "Não há nenhuma prova. Ele arrumou um jeito de sair limpo dessa história."

"E essa moça, Margaret, fez o quê?"

"Margaret? Que Margaret?"

"A filha de sua prima", disse Mma Ramotswe.

"Não se chama Margaret", disse a recepcionista. "Chama-se Angel. Não fez nada, e ele conseguiu se safar. Os homens sempre conseguem se safar, não é mesmo? Sempre, sempre."

Mma Ramotswe teve vontade de dizer *Não. Nem sempre*, mas dispunha de pouco tempo, de modo que se despediu pela segunda vez e foi andando em direção ao Departamento de Economia.

A porta estava aberta. Mma Ramotswe fixou a atenção num aviso, antes de bater: *Dr. Oswald Ranta, bacharel em ciências (Econ.), (UB) Ph.D. (Duke). Se eu não estiver, pode deixar um recado com a secretária do Departamento. Estudantes que desejem ter de volta suas dissertações, devem procurar seu orientador ou a sala do Departamento.*

Ela escutou para verificar se vinham vozes do interior do escritório, mas não ouviu voz nenhuma. Deu para perceber as batidas no teclado de uma máquina de escrever. O dr. Ranta estava no escritório.

Ele ergueu os olhos incisivamente quando ela bateu na porta e abriu-a para dentro.

"Pois não, Mma", disse ele. "O que deseja?"

Mma Ramotswe passou do inglês para o setsuana. "Gostaria de falar com o senhor, Rra. Poderia ter um momento de sua atenção?"

"Sim", disse ele, sem deixar de ser polido. "Mas não uma eternidade. A senhora é uma de minhas alunas?"

Mma Ramotswe fez um gesto autodepreciativo ao sentar-se na cadeira por ele indicada. "Não", disse. "Não fiz curso superior. Tirei meu certificado de Cambridge, mas nada mais depois disso. Estava ocupada trabalhando para uma empresa de ônibus do marido de minha prima. Não pude dar prosseguimento à minha educação."

"Nunca é tarde demais, Mma", disse ele. "A senhora poderia estudar. Temos aqui estudantes de idade avançada. Não quero dizer que a senhora seja muito velha, naturalmente, mas sim que qualquer pessoa pode estudar."

"Talvez", disse ela. "Um dia, talvez."

"A senhora pode fazer aqui praticamente qualquer curso", continuou ele. "Exceto medicina. Por enquanto, ainda não formamos médicos."

"Nem detetives."

Ele se mostrou surpreso. "Detetives? Não existe curso para detetives em nenhuma universidade."

Ela ergueu uma sobrancelha. "Mas eu li que nas universidades americanas há cursos para formar detetives particulares. Tenho um livro cujo autor é..."

Ele cortou o que ela estava dizendo. "Bem, quanto a isso... É verdade, nas universidades americanas é possível fazer qualquer tipo de curso. De natação, de tudo que lhe der vontade. Mas só em algumas universidades. Nos lugares melhores, lugares conhecidos pelo nome de Ivy League, esses absurdos não acontecem. As matérias que lá se estudam são matérias de verdade."

"Como lógica?"

"Lógica? Sim. Estuda-se lógica para diplomar-se em filosofia. Ensinam lógica em Duke, naturalmente. Ou pelo menos ensinavam quando eu estava lá."

Ele esperava que ela se mostrasse impressionada, e ela tentou corresponder a essa expectativa com um olhar de admiração. Esse, ela pensou, é um homem que precisa de constante reafirmação de seu valor. Daí, a necessidade de todas essas moças...

"Mas, justamente, a lógica é essencial ao ofício de detetive. A lógica e um pouquinho de psicologia. Quem conhece lógica, sabe como as coisas deveriam funcionar; quem conhece psicologia, deveria saber como as pessoas funcionam."

Ele sorriu, entrelaçando as mãos sobre a barriga, como a preparar-se para dar uma lição. Ao fazer isso, passeou o olhar de alto a baixo pelo corpo de Mma Ramotswe, o que não passou despercebido a ela. Por sua vez, ela o olhou de volta, fixando-se nas mãos entrelaçadas e na gravata fina e elegante.

"Olhe só, Mma", disse ele. "Eu bem que gostaria de passar um bom tempo discutindo filosofia com a senhora. Mas tenho uma reunião daqui a pouco e devo pedir-lhe que me diga qual era o assunto que queria tratar comigo. Seria mesmo filosofia?"

Ela riu. "Eu não seria capaz de desperdiçar o seu tempo. O senhor é um homem inteligente, com muitas reuniões e comissões em sua vida. Eu sou apenas uma mulher detetive. Eu..."

Ela notou-o tenso. As mãos se separaram e se deslocaram para os braços da cadeira.

"A senhora é uma detetive?", perguntou ele. O tom de voz estava mais frio agora.

Ela fez um gesto de desdém. "É só uma pequena agência. A Agência Nº 1 de Mulheres Detetives. Fica no sopé da colina Kgale. Talvez o senhor já a conheça de vista."

"Não costumo passar por lá", disse ele. "Não ouvi falar da senhora."

"Bem, eu não iria esperar que o senhor tivesse ouvido falar de mim, Rra. Não sou uma pessoa conhecida, ao contrário do senhor."

A mão direita dele moveu-se, pouco à vontade, até o nó de sua gravata.

"Por que a senhora quer falar comigo?", perguntou ele. "Alguém lhe disse para vir falar comigo?"

"Não", disse ela. "Não se trata disso."

Ela percebeu que sua resposta o acalmou, trazendo de volta a arrogância dele.

"Então se explique, por favor", disse ele.

"Eu vim para lhe pedir que me fale sobre algo que aconteceu há muito tempo. Há dez anos."

Ele olhou fixo para ela. Seu olhar agora se mostrava cauteloso, e ela sentiu desprender-se do interlocutor aquele cheiro acre, inequívoco, de uma pessoa que está sentindo medo.

"Dez anos são muito tempo. As pessoas não lembram."

"Não", admitiu ela. "As pessoas esquecem. Mas há algumas coisas que não são facilmente esquecidas. Uma mãe, por exemplo, não há de esquecer seu filho."

Enquanto ela falava, a atitude dele modificou-se novamente. Levantou-se da cadeira, rindo.

"Ah", disse. "Agora entendi. Aquela mulher americana, aquela que está sempre fazendo perguntas, pagou-lhe para sair por aí desenterrando o passado mais uma vez. Será que essa mulher não desiste? Será que essa mulher não aprende?"

"Aprender o quê?", perguntou Mma Ramotswe.

Ele estava de pé junto à janela, olhando para um grupo de estudantes na calçada embaixo.

"Aprender que não há nada a ser descoberto. Aquele rapaz morreu. Ele deve ter se aventurado para dentro do Kalahari e se perdeu. Saiu para uma caminhada e nunca mais voltou. É fácil de acontecer. As acácias se parecem muito umas com as outras, sabe como é, e não há morros por lá para servir de orientação. A pessoa se perde. Especialmente se a pessoa é um homem branco fora do seu elemento natural. O que se pode esperar?"

"Mas não acredito que ele tenha se perdido e tenha morrido. Acho que foi outra coisa que aconteceu a ele."

Ele voltou o rosto para ela.

"Que outra coisa?", perguntou ele áspera e abruptamente.

Ela deu de ombros. "Não sei exatamente. E como poderia saber? Não estava lá." Ela fez uma pausa, antes de acrescentar, a meia-voz: "O senhor estava".

Ela ouviu o som acentuado da respiração dele, enquanto voltava para a cadeira. Embaixo, um dos estudantes gritou algo, algo sobre uma jaqueta, que fez os outros rirem.

"A senhora diz que eu estava lá. O que quer dizer com isso?"

Ela sustentou o olhar dele. "Quero dizer que o senhor estava morando lá naquela época. O senhor era uma das pessoas que o viam todos os dias. O senhor o viu no dia de sua morte. O senhor deve ter alguma idéia."

"Eu disse para a polícia na época e disse para os americanos que apareceram fazendo perguntas a todos nós. Eu o vi naquela manhã uma vez, depois tornei a vê-lo na hora do almoço. Contei para eles o que foi que almoçamos. Descrevi as roupas que estávamos usando. Contei tudo para eles."

Ouvindo-o falar, Mma Ramotswe chegou a uma conclusão. Ele estava mentindo. Se ele estivesse falando a verdade, ela teria dado o encontro por encerrado, mas sabia que sua intuição inicial fora correta. O que ele falava era mentira. Era fácil perceber. Aliás, uma coisa que não entrava na cabeça de Mma Ramotswe era por que todo mundo se mostrava incapaz de perceber quando outra pessoa estava mentindo. Aos olhos dela isso era tão óbvio; naquele momento, era como se o dr. Ranta tivesse em volta do pescoço um letreiro luminoso em que estivesse escrito MENTIROSO.

"Não acredito no senhor, Rra", disse ela, sem mais rodeios. "O senhor está mentindo para mim."

Ele abriu ligeiramente a boca e fechou-a em seguida. Depois, entrelaçando novamente as mãos sobre a barriga, recostou-se na cadeira.

"Nossa conversa terminou, Mma", decidiu ele. "Lamento não poder ajudá-la. Talvez a senhora, chegando em casa, possa estudar um pouco mais de lógica. A lógica lhe dirá que, quando uma pessoa afirma que não tem como ajudá-la, é de se deduzir que dela não virá ajuda alguma. O que é perfeitamente lógico."

Ele disse isso com um sorriso escarninho, satisfeito com seu jogo verbal.

"Pois muito bem, Rra", disse Mma Ramotswe. "O senhor poderia ajudar-me, ou melhor, o senhor poderia ajudar aquela pobre americana. Ela é uma mãe. O senhor teve uma mãe. Eu poderia lhe dizer: *Pense um pouco nos sentimentos daquela mãe*, mas sei que, para uma pessoa como o senhor, isso não faz a menor diferença. O senhor pouco está ligando para aquela mulher. Não simplesmente pelo fato de ela ser uma mulher branca, de terras distantes; o senhor tampouco ligaria se ela fosse uma mulher de sua própria aldeia, não é verdade?"

Ele deu um sorriso forçado para ela. "Já lhe disse. Nossa conversa terminou."

"Mas às vezes pessoas que não se importam com os outros podem ser convencidas a se importar" disse ela.

Ele bufou, desdenhoso. "Daqui a um minuto vou telefonar para a Administração e dizer a eles que há uma invasora na minha sala. Eu poderia dizer que encontrei a senhora tentando roubar alguma coisa. Eu bem que poderia, a senhora sabe. Aliás, acho que talvez faça exatamente isso. Tivemos problemas com ladrões ocasionais recentemente, e a Administração na mesma hora providenciou o envio de pessoal da segurança. A senhora iria ter dificuldades em se explicar, senhora Lógica."

"Eu, se fosse o senhor, não faria isso, Rra", disse ela. "Pois, veja só, eu sei tudo a respeito de Angel."

O efeito foi imediato. O corpo se tornou rígido e novamente ela sentiu o cheiro acre, mais forte agora.

"Sim", disse ela. "Sei sobre Angel e o gabarito da prova. Tenho uma declaração nesse sentido guardada em meu escritório. Posso acabar com o senhor em dois tempos. O que faria o senhor em Gaborone como professor universitário desempregado, Rra? Voltaria para sua aldeia? Iria de novo lidar com o gado?"

Suas palavras, ela notou, funcionaram como machadadas. Extorsão, pensou. Chantagem. Era assim que o chantagista devia se sentir quando tinha a vítima aos seus pés. Poder absoluto.

"A senhora não pode fazer isso... Eu negarei... Não há nada que prove..."

"Tenho toda a prova que será necessária", disse ela. "Angel e uma outra moça que está preparada para mentir e dizer que o senhor lhe passou as questões do exame. Ela está ressentida com o senhor e mentirá. O que ela diz não é verdade, mas haverá duas moças contando a mesma história. Nós, detetives, damos a isso o nome de corroboração, Rra. Os tribunais gostam quando há corroboração. É o que chamam de testemunhos de fatos similares. Seus colegas do Departamento Jurídico podem lhe dar todas as implicações desse tipo de testemunho. Vá até lá e fale com eles. Eles farão uma exposição da lei para o senhor."

Ele moveu a língua entre os dentes, como para umedecer os lábios. Ela notou isso e também a mancha de suor nas suas axilas; o laço de um dos sapatos estava desfeito e a gravata fora manchada com chá ou café.

"Não gosto de estar fazendo isso, Rra", disse ela. "Mas é parte do meu trabalho. Às vezes preciso agir com dureza e fazer coisas de que não gosto. Mas o que estou fazendo agora precisa ser feito porque há uma mulher americana desolada que tudo que deseja é dizer adeus ao filho.

Sei que o senhor não se importa com ela, mas eu sim, e acho que os sentimentos dela merecem mais consideração que os seus. Assim sendo, vou lhe fazer uma proposta. O senhor me conta o que aconteceu e eu lhe prometo — pode se fiar na minha palavra — que não ouviremos mais coisa alguma sobre Angel e sua amiga."

A respiração dele estava irregular, arquejante, como a de alguém com problemas de obstrução na via aérea — alguém em apuros para respirar.

"Não o matei", disse. "Não o matei."

"Agora o senhor está falando a verdade", disse Mma Ramotswe. "Não tenho a menor dúvida. Mas o senhor precisa me contar o que aconteceu e onde se acha o corpo. É isso que quero saber."

"A senhora vai à polícia contar para eles que soneguei informação? Se for, eu simplesmente enfrentarei o que tiver de me acontecer por causa daquela moça."

"Não, não vou à polícia. A história é somente para a mãe ficar sabendo. Mais nada."

Ele cerrou os olhos. "Não posso falar aqui. A senhora pode vir à minha casa."

"Irei esta noite."

"Não", disse ele. "Amanhã."

"Tem que ser esta noite", disse ela. "Aquela mulher esperou dez anos. Não posso aceitar que espere mais."

"Muito bem. Vou escrever o endereço. A senhora pode vir hoje à noite às nove horas."

"Irei às oito", disse Mma Ramotswe. "Sabe, nem toda mulher está disposta a fazer o que o senhor manda."

Ela se retirou e, ao fazer a caminhada de volta até a pequenina van branca, ouviu sua própria respiração e sentiu seu próprio coração batendo desvairadamente. Ela não fazia idéia de onde extraíra tal coragem, mas em algum lugar dentro de si estava guardada, como a água no fundo de uma pedreira fora de uso — a uma profundidade insondável.

18

NA TLOKWENG ROAD SPEEDY MOTORS

Enquanto Mma Ramotswe se deleitava com os prazeres da chantagem — pois que disso se tratava, ainda que visando a uma boa causa, e aí residia um outro problema moral para ela e Mma Makutsi abordarem no momento oportuno —, o sr. J. L. B. Matekoni, mecânico oficial de Sua Excelência o Alto Comissário Britânico para Botsuana, levou seus dois filhos adotivos para passarem a tarde na oficina mecânica. A garota, Motholeli, pedira-lhe que os levasse a fim de que ela o pudesse ver trabalhando, e ele, perplexo, aceitara. Uma garagem para consertos não era lugar apropriado para crianças, com todas aquelas ferramentas pesadas e mangueiras para lavagem dos carros, mas ele podia ordenar a um dos aprendizes que os ficasse vigiando enquanto ele trabalhava. Além disso, poderia ser uma boa idéia estabelecer nessa etapa o contato do menino com a garagem, de modo a que ele se afeiçoasse à mecânica desde cedo. Entender de carros e motores era algo que devia ser incutido nos começos da juventude; não era um gosto que se pudesse adquirir mais tarde. É claro que alguém podia se tornar mecânico com qualquer idade, mas não era todo mundo que tinha um *feeling* especial para motores. Esse feeling tinha que ser adquirido por osmose, lentamente, com o passar dos anos.

Ele estacionou em frente à porta do seu escritório, para que Motholeli pudesse entrar na cadeira de rodas sem se expor ao sol. O menino saiu em disparada para investigar uma bica na lateral do prédio e foi preciso chamá-lo de volta.

"Este lugar é perigoso", o sr. J. L. B. Matekoni foi logo avisando. "Você precisa ficar junto de um daqueles rapazes ali."

Ele chamou o aprendiz mais jovem, aquele que constantemente lhe dava tapinhas no ombro com o dedo engordurado de graxa e fazia um estrago nos seus macacões limpos.

"Você pare com o que está fazendo", disse ele. "Fique de olho nesses dois enquanto eu estiver trabalhando. Esteja atento para que não se machuquem."

O aprendiz pareceu aliviado por seu novo encargo e abriu um sorriso de ponta a ponta para as crianças. Esse é o preguiçoso, pensou o sr. J. L. B. Matekoni. Daria mais para babá do que para mecânico.

A garagem estava cheia de serviço. Havia um microônibus que fazia o transporte de um time de futebol; tinha vindo para uma revisão e era um trabalho difícil. O motor se desgastara pelas constantes sobrecargas que recebia, mas esse era um destino comum a todos os microônibus no país. Circulavam sempre sobrecarregados, já que os proprietários os apinhavam de passageiros. Aquele do time de futebol precisava trocar os anéis de pistão e vinha expelindo uma acre fumaça negra tão forte que provocara queixas de sufocação por parte dos jogadores.

O motor ficou à mostra e a transmissão havia sido isolada. Com a ajuda do outro aprendiz, o sr. J. L. B. Matekoni tratou de retirar o bloco do motor para fora do veículo. Motholeli, observando atentamente da sua cadeira de rodas, apontou algo para ser visto pelo irmão. Este deu uma rápida olhada na direção do motor, mas em seguida voltou a se concentrar no que estava fazendo. Estava produzindo contornos em uma mancha de óleo aos seus pés.

O sr. J. L. B. Matekoni pôs à mostra os pistões e os cilindros. Depois, fazendo uma pausa, olhou para as crianças.

"O que está acontecendo agora, Rra?", perguntou-lhe a menina. "Vai substituir aqueles anéis de pistão? Para que servem? São importantes?"

O sr. J. L. B. Matekoni olhou para o menino. "Está me acompanhando, Puso? Vê o que eu estou fazendo?"

O garoto sorriu frouxamente.

"Ele está desenhando uma figura no óleo", disse o aprendiz. "Está desenhando uma casa."

A menina perguntou: "Posso chegar mais perto, Rra? Prometo não atrapalhar."

O sr. J. L. B. Matekoni assentiu com a cabeça e, depois de ela ter feito a cadeira de rodas cobrir a distância que os separava, mostrou-lhe onde estava o problema.

"Segure isso para mim", disse ele. "Assim."

Ela pegou a chave inglesa e segurou-a com firmeza.

"Ótimo", disse ele. "Agora faça girar esse parafuso. Está vendo qual? Não muito. Assim... Perfeito."

Ele tomou de suas mãos a chave inglesa e recolocou-a numa bandeja, entre as suas ferramentas. Depois se virou e olhou para ela. Ela estava inclinada para a frente em sua cadeira, os olhos brilhando de interesse. Ele conhecia aquele olhar; a expressão de alguém que adora motores. Não dava para fingir; o jovem aprendiz, por exemplo, não tinha tal olhar, e por isso nunca passaria de um mecânico medíocre. Mas essa menina, essa estranha e compenetrada criança que entrara em sua vida, tinha o perfil de uma mecânica. Tinha o dom. Ele jamais o havia visto numa garota, mas ali estava para quem quisesse ver. E por que não? Mma Ramotswe lhe havia ensinado que não havia nenhuma razão para que as mulheres deixassem de fazer o que fosse do seu agrado. E estava absolutamente certa. As pessoas supunham que detetives particulares tinham de ser homens, mas vejam como Mma Ramotswe se saíra bem. Ela fora capaz de usar os poderes femininos de observação e a intuição feminina para descobrir coisas que poderiam muito bem escapar a um homem. Então, se uma moça podia aspirar a tornar-se detetive, por que não deveria aspirar ao ingresso no mundo predominantemente masculino dos carros e motores?

Motholeli ergueu os olhos, encarando o olhar dele, mas ainda respeitosamente.

"O senhor não está zangado comigo, Rra, não é?", perguntou. "O senhor não está achando que o atrapalho, não é?"

Ele pousou delicadamente a mão no braço dela.

"Claro que não estou zangado", disse. "Estou orgulhoso. Estou orgulhoso de agora ter uma filha que vai ser uma grande mecânica. É isso o que você quer? Estou certo?"

Acanhadamente, ela fez um sinal afirmativo com a cabeça. "Sempre adorei motores", disse. "Sempre gostei de olhá-los. Sempre gostei de trabalhar com chaves de fenda e chaves inglesas. Mas nunca tive a chance de mexer com coisa alguma."

"Pois bem", disse o sr. J. L. B. Matekoni. "Agora isso vai mudar. Você pode vir comigo nas manhãs de sábado e dar uma ajuda. Você gostaria? Podemos fazer uma bancada especial para você — uma que seja baixinha — para ficar adequada à sua altura."

"É muita bondade sua, Rra."

Ela passou o resto do dia ao seu lado, observando cada procedimento, fazendo uma ou outra pergunta, mas com o cuidado de evitar qualquer intromissão. Ele entremeava o trabalho com elogios a ela, até que finalmente o motor do microônibus, revigorado, foi reajustado em seu lugar e, quando testado, deixou de produzir a acre fumaça negra.

"Veja só", disse o sr. J. L. B. Matekoni com orgulho, apontando para a emissão transparente do cano de descarga. "O óleo não queima daquela maneira se ficar isolado em seu lugar próprio. Vedações bem ajustadas. Bons anéis de pistão. Tudo como deve ser."

Motholeli bateu palmas. "Essa van está mais feliz agora", disse.

O sr. J. L. B. Matekoni sorriu. "Sim", concordou. "Agora está mais feliz."

Depois de ouvir essa observação, ele não tinha mais dúvida de que ela possuía talento para o ofício. Somente aqueles que entendiam realmente as máquinas poderiam atribuir felicidade a um motor; era um tipo de percepção que simplesmente faltava àqueles sem vocação para a mecânica. Essa menina possuía tal percepção; o aprendiz mais jovem, nem um pouco. Tratava um motor aos pontapés, em vez de conversar com ele, e em diversas ocasiões o sr. J. L. B. Matekoni o vira forçando o metal. "Não se pode forçar o metal." O sr. J. L. B. Matekoni cansara de repetir isso para ele. "Se a gente força o metal, ele revida na mesma hora. Se você não se lembrar de nada mais do que eu lhe ensinei, pelo menos se lembre disso." No entanto, o aprendiz continuava a deformar as roscas de parafuso virando a porca de maneira errada, e entortando os flanges se eles se mostrassem relutantes em submeter-se ao alinhamento correto. Nenhum maquinismo poderia ser tratado dessa maneira.

Já a menina era diferente. Entendia os sentimentos dos motores e um dia haveria de ser uma grande mecânica — isso era evidente.

Ele olhou-a com orgulho, enquanto limpava as mãos num trapo de algodão. O futuro da oficina mecânica Tlokweng Road Speedy Motors parecia assegurado.

19
O QUE ACONTECEU

Mma Ramotswe sentiu medo. Ela só havia tido medo uma ou duas vezes antes em seu trabalho como única detetive particular mulher de Botsuana (um título que continuava a merecer; Mma Makutsi, vale lembrar, era apenas uma detetive particular *assistente*). Ela havia experimentado a mesma sensação quando fora visitar Charlie Gotso, o rico homem de negócios que continuava apegado à tradição de recorrer a feiticeiros, e, na verdade, quando fora àquele encontro, chegara a pensar se a visita não poderia vir a ter como conseqüência algum risco futuro. Agora, diante da perspectiva de ir à casa do dr. Ranta, voltou a ser tomada pelo frio intenso na barriga. Claro que não havia um fundamento real para isso. Era uma casa comum numa rua conhecida, perto do Colégio Maru-a-Pula. Haveria vizinhos do lado, e o som de vozes; haveria cães latindo dentro da noite; haveria os faróis dos carros. Ela não conseguia imaginar que o dr. Ranta significasse algum perigo para ela. Era um sedutor consumado, talvez, um manipulador, um oportunista, mas não um assassino.

Por outro lado, as pessoas mais comuns podem ser assassinas. E, se fosse o caso de alguém morrer nas mãos de uma dessas pessoas, era muito provável que a vítima conhecesse o seu agressor e o encontrasse em circunstâncias das mais triviais. Ela fizera recentemente uma assinatura do *Journal of Criminology* (um erro dispendioso, pois continha pouca coisa que lhe interessasse), onde, além de estatísticas inexpressivas e uma prosa ininteligível, topara com um fato que prendeu a sua curiosidade: em sua grande maioria, as vítimas de homicídio conhecem a pessoa que as assassina. Não são mortas por estranhos, mas por amigos, pela família, por conhecidos de trabalho. Mães matam seus filhos. Maridos matam suas mulheres. Mulheres matam seus maridos. Empregados matam seus patrões. O perigo, segundo parecia, espreitava a cada interstício da vida do dia-a-dia. Será que isso era verdade? Não em Johannesburgo, ela pensou, onde as pessoas eram vitimadas por jovens e adolescentes desordeiros, os *tsostis*, que rondavam as ruas à noite, por ladrões de carros dispostos a usar suas armas, por fortuitos atos de violência indiscriminada partidos de jovens sem qualquer senso do valor da vida. Mas talvez cidades como essa fossem uma exceção; talvez em circunstâncias mais normais o homicídio ocorresse apenas nesse tipo de contexto — uma conversa discreta numa casa modesta, enquanto a poucos metros de distância as pessoas se achavam envolvidas em suas tarefas cotidianas.

O sr. J. L. B. Matekoni sentiu que havia algo errado. Ele chegara para o jantar com a disposição de contar para ela a visita que fizera, antes, no início da noite, à sua criada na prisão, mas logo notou que ela parecia distraída. Não mencionou essa impressão logo de saída; como ele tinha uma história para contar sobre sua criada, pensou que isso poderia afastar o espírito dela do que quer que a estivesse preocupando.

"Tratei com um advogado para ir visitá-la", disse ele. "Há um homem na cidade que é entendido nesse tipo de caso. Combinei com ele para que vá vê-la na sua cela e depois faça a sua defesa no tribunal."

Mma Ramotswe serviu feijão com fartura no prato do sr. J. L. B. Matekoni.

"Ela explicou alguma coisa?", perguntou. "As aparências não falam a seu favor. Que mulher mais tola!"

O sr. J. L. B. Matekoni franziu a testa. "Ela estava histérica assim que cheguei. Começou a gritar com os guardas. Foi muito constrangedor para mim. Eles disseram: 'Controle, por favor, sua esposa e mande que cale essa boca'. Tive que falar-lhes duas vezes que ela não era minha esposa."

"Mas por que a gritaria?", perguntou Mma Ramotswe. "Ela com certeza sabe que não pode dar esses escândalos lá dentro."

"Sabe, eu imagino", disse o sr. J. L. B. Matekoni. "Gritava porque estava furiosa demais. Dizia que era outra pessoa quem deveria estar lá, não ela. Mencionou o seu nome, por alguma razão."

Mma Ramotswe serviu feijão no seu próprio prato. "Eu? O que é que eu tenho a ver com isso?"

"Fiz essa pergunta a ela", prosseguiu contando o sr. J. L. B. Matekoni. "Mas ela só fez balançar a cabeça e não disse nada a respeito."

"E a arma? Ela esclareceu sobre a arma?"

"Disse que a arma não pertencia a ela. Disse que pertencia a um namorado e que ele tinha ficado de vir buscá-la. Depois disse que não sabia da existência da arma. Pensou que o embrulho contivesse carne. Pelo menos, é o que ela alega."

Mma Ramotswe balançou a cabeça. "Não vão acreditar nisso. Se acreditassem, será que conseguiriam algum dia condenar alguém por posse ilegal de arma?"

"Isso foi o que o advogado me disse pelo telefone", falou o sr. J. L. B. Matekoni. "Ele disse que era muito difícil livrar alguém de uma acusação dessas. Os tribunais simplesmente não acreditam quando a pessoa diz que desconhecia a existência da arma. Acham que está mentindo e botam essa pessoa na cadeia por pelo menos um ano. Se já houver condenações anteriores, e geralmente há, a pena a cumprir pode ser bem mais longa."

Mma Ramotswe ergueu sua xícara de chá até os lábios. Ela gostava de tomar chá às refeições, e tinha uma xícara especial para esse uso. Ela ia tentar comprar para o sr. J. L. B. Matekoni uma outra xícara que formasse um par com essa, pensou, mas talvez fosse difícil encontrá-la, já que essa xícara fora fabricada na Inglaterra e era muito especial.

O sr. J. L. B. Matekoni olhou de lado para Mma Ramotswe. Ela estava preocupada com alguma coisa. Num casamento, ele pensou, seria importante não manter nada em segredo para o seu cônjuge, e ambos poderiam muito bem começar essa política desde logo. Veio-lhe à lembrança, é bem verdade, que havia pouco fizera segredo dos dois filhos adotados para Mma Ramotswe, o que estava longe de ser uma questão de menor importância, mas isso já era assunto resolvido e uma nova política poderia começar dali para a frente.

"Mma Ramotswe", arriscou ele, "parece pouco à vontade esta noite. Foi por causa de alguma coisa que eu disse?"

Ela pousou a xícara de chá, olhando para seu relógio ao fazer isso.

"Não tem nada a ver com você", disse. "Tenho que sair para falar com alguém agora à noite. É sobre o filho de Mma Curtin. A pessoa com quem vou me encontrar me causa certa preocupação."

Ela lhe falou dos seus temores. Explicou que, mesmo sabendo ser bastante improvável que um economista da Universidade de Botsuana pudesse cometer alguma violência, estava convencida, entretanto, de que se tratava de um mau-caráter, o que a deixava profundamente inquieta.

"Existe uma palavra para classificar esse tipo de pessoa", disse. "Trata-se de um psicopata. É um homem sem nenhum senso moral."

Ele ouviu em silêncio, com a testa franzida de preocupação. Quando ela terminou de falar, o comentário dele foi de absoluta franqueza: "Você não pode ir. Não vou admitir que minha futura esposa corra um risco desses."

Ela olhou para ele. "Fico muito satisfeita de saber que você se preocupa comigo", disse ela. "Mas tenho uma profissão, que é a de detetive particular. Se eu tivesse que ceder a alguma intimidação, melhor teria sido escolher outro ofício."

O sr. J. L. B. Matekoni demonstrou seu descontentamento. "Você não conhece esse homem. Não pode ir à sua casa assim, sem hesitar. Se insiste em ir, eu então vou também. Ficarei esperando do lado de fora. Ele não precisa saber que estou lá."

Mma Ramotswe ficou pensando. Ela não queria que o sr. J. L. B. Matekoni se aborrecesse, e se o simples fato de estar presente do lado de fora era capaz de aliviar a ansiedade dele, então não haveria nenhum motivo que o impedisse de ir. "Tudo bem", disse ela. "Você espera lá fora. Vamos na minha van. Você fica sentado no carro, enquanto eu converso com ele."

"E se houver alguma emergência", disse ele, "é só gritar, que eu estarei ouvindo."

Ambos terminaram a refeição num estado de espírito mais calmo. Motholeli estava lendo para o irmão no quarto dele, a refeição noturna dos dois fora servida mais cedo. Terminado o jantar, o sr. J. L. B. Matekoni retirou os pratos, levando-os para a cozinha, e Mma Ramotswe percorreu o corredor para ir ao encontro dos meninos: a garota estava semi-adormecida, com o livro pousado no joelho; Puso, ainda acordado, mas sonolento, com um dos braços atravessado sobre o peito e o outro pendente da beirada da cama. Ela recolocou-lhe o braço sobre a cama e ele sorriu para ela, fechando os olhos.

"É hora de você ir para a cama também", disse ela para a menina. "O sr. J. L. B. Matekoni me disse que você teve um dia de muita atividade consertando motores."

Ela empurrou a cadeira de rodas de Motholeli até o seu quarto, onde a ajudou a descer e sentar-se na cama. Como gostava de estimular o senso de independência da menina, deixou que se despisse sem ajuda e que colocasse a camisola nova comprada para ela pelo sr. J. L. B. Matekoni no passeio em que fizeram compras. A cor não fora bem escolhida, pensou Mma Ramotswe, mas era a escolha feita por um homem, de quem não se podia esperar que entendesse dessas coisas.

"Você está feliz aqui, Motholeli?", perguntou.

"Ah! muito feliz", disse a garota. "E cada dia que passa me sinto mais feliz."

Mma Ramotswe fixou na cama o lençol que cobria Motholeli e pespegou um beijo no rosto dela. Em seguida, apagou a luz e retirou-se do quarto. *Cada dia que passa me sinto mais feliz.* Mma Ramotswe ficou pensando se o mundo que essa menina e seu irmão iriam herdar seria melhor do que o mundo em que ela e o sr. J. L. B. Matekoni haviam sido criados. Eles haviam crescido mais felizes, ela pensou, porque viram a África se tornar independente e caminhar com seus próprios passos no mundo. Mas que adolescência mais conturbada o continente havia vivido, com seus ditadores presunçosos e suas burocracias corruptas. E o tempo todo o povo africano tentava simplesmente levar uma vida decente em meio ao tumulto e à decepção. Será que as pessoas que tomavam todas as decisões neste mundo, as pessoas poderosas em lugares como Washington e Londres, tomavam conhecimento de pessoas como Motholeli e Puso? Ou se importavam com elas? Ela tinha certeza de que se importariam, se ao menos tomassem conhecimento. Às vezes ela pensava que essas pessoas de além-mar não tinham em seus corações um espaço para a África, porque ninguém jamais lhes falara que os africanos eram pessoas exatamente iguais a elas. Simplesmente não conheciam pessoas como seu pai, Obed Ramotswe, visto na fotografia da sala de estar, exibindo orgulhosamente seu terno brilhante. Você não teve nenhum neto — ela pensou, dirigindo-se à foto —, mas agora você tem. Dois. Nesta casa.

A foto permanecia muda. Ele adoraria ter conhecido as crianças, ela pensou. Teria sido um bom avô, ensinando aos meninos a antiga moral de Botsuana e fazendo-os compreender em que consiste viver uma vida honrada. Ela teria de se encarregar disso agora; ela e o sr. J. L. B. Matekoni. Um desses dias, em breve, ela iria na sua van até a fazenda dos órfãos agradecer a Mma Silvia Potokwane por ter-lhes dado as crianças. Agradeceria também a ela pelo que havia feito por todos os outros órfãos, porque tinha a impressão de que ninguém jamais lhe agradecera por isso. Por mais autoritária que pudesse ser, afinal ela era uma supervisora, e fazia parte do trabalho de uma supervisora ser assim, da mesma forma que detetives tinham que agir como intrometidos, e os mecânicos... Bem, como deveriam ser os mecânicos? Cobertos de graxa? Não, cobertos de graxa não era bem o caso. Ela teria que pensar melhor sobre isso.

"Estarei preparado", disse o sr. J. L. B. Matekoni, abaixando a voz, embora não houvesse necessidade disso. "Você saberá que estou aqui. Bem aqui, do lado de fora da casa. Se gritar, eu escuto."

Eles examinaram a casa, à luz pálida de um poste de iluminação, um prédio sem maior interesse ou atrativos, com um telhado de telhas vermelhas, como existem tantos, e um jardim malcuidado.

"Ele evidentemente não tem um jardineiro", observou Mma Ramotswe. "Veja que bagunça."

A falta de um jardineiro era sinal de desconsideração, se, como no caso do dr. Ranta, se tratasse de alguém com um emprego bem pago de colarinho branco. Era um dever social que se impunha, empregar pessoal no serviço doméstico, gente prontamente disponível e ansiosa por trabalhar. Os salários eram baixos — vergonhosamente baixos, pensava Mma Ramotswe —, mas pelo menos o sistema criava empregos. Se todos que estavam empregados tivessem uma criada, isso significaria comida indo para a boca das criadas e de seus filhos. Se todos fizessem, eles próprios, o trabalho doméstico e cuidassem de seus jardins, o que sobraria para ser feito pelas pessoas que eram criadas e jardineiros?

O estado de abandono do jardim dava testemunho do

egoísmo do dr. Ranta, o que não era nenhuma surpresa para Mma Ramotswe.

"É egoísmo demais," comentou o sr. J. L. B. Matekoni.

"Exatamente o que eu estava pensando", disse Mma Ramotswe.

Ela abriu a porta da van e se espremeu toda para sair. A van era um tanto pequena demais para uma mulher como ela, de físico tradicional, mas Mma Ramotswe era muito afeiçoada ao carro, e sofria só de pensar que pudesse chegar o dia em que o sr. J. L. B. Matekoni não conseguisse mais consertá-lo. Nenhuma van moderna, por mais fantásticos que fossem seus acessórios e sofisticações, seria capaz de substituir a pequenina van branca. Desde que fora comprada, havia onze anos, vinha transportando fielmente Mma Ramotswe em todas as jornadas, suportando os extremos do calor de outubro, ou a poeira fininha que em certas épocas do ano surgia trazida do Kalahari e cobria tudo com um manto marrom-avermelhado. A poeira era inimiga dos motores, explicara o sr. J. L. B. Matekoni — em mais de uma ocasião —, inimiga dos motores mas amiga do mecânico esfaimado.

O sr. J. L. B. Matekoni ficou observando Mma Ramotswe aproximar-se da porta da frente e bater. O dr. Ranta devia estar esperando por ela, pois a fez entrar rapidamente e fechou a porta.

"É só a senhora, Mma?", perguntou o dr. Ranta. "O seu amigo lá fora vai entrar?"

"Não", disse ela. "Ele esperará por mim lá fora."

O dr. Ranta riu. "Segurança? A senhora então se sente segura?"

Ela não respondeu à pergunta. "O senhor tem uma bela casa", disse. "É um felizardo."

Ele lhe fez sinal para segui-lo até a sala de estar. Depois apontou para uma cadeira e sentou-se, ele próprio, na sua.

"Não quero desperdiçar meu tempo conversando com

a senhora", disse. "Falarei somente porque a senhora me lançou uma ameaça, e eu venho tendo alguma dificuldade com certas mulheres mentirosas. Esta é a única razão de eu estar falando com a senhora."

Seu orgulho estava ferido, ela percebeu. Ele fora acuado — e, por uma mulher, ainda por cima; para um mulherengo, era humilhação demais. Não havia sentido, ela pensou, em arrastar-se nas preliminares, e foi direto ao ponto.

"Como foi que morreu Michael Curtin?", perguntou.

Ele estava sentado na cadeira em posição diretamente oposta à dela, e tinha os lábios franzidos.

"Eu trabalhava lá", disse ele, parecendo ignorar a pergunta dela. "Eu era um economista rural, e eles tinham recebido uma bolsa da Fundação Ford para contratar alguém que estudasse as condições econômicas desses empreendimentos agrícolas em pequena escala. Era a minha função. Mas eu percebi que o projeto era irrealizável. Percebi isso logo de início. Essas pessoas não passavam de idealistas. Achavam que era possível mudar o modo como as coisas sempre haviam sido. Eu sabia que não podia dar certo."

"Mas o senhor aceitou o dinheiro", disse Mma Ramotswe.

Ele a olhou com desprezo. "Era um trabalho. Sou um economista profissional. Estudo coisas que funcionam e coisas que não funcionam. Talvez não dê para a senhora entender isso."

"Entendo, sim", disse ela.

"Pois bem", prosseguiu ele. "Nós — a direção, por assim dizer — morávamos num casarão. Havia um alemão que era o responsável — um homem da Namíbia, Burkhardt Fischer. Ele tinha uma esposa, Marcia, e havia uma mulher sul-africana, Carla Smit, o rapaz americano e eu.

"Todos nos dávamos muito bem, exceto Burkhardt, que não gostava de mim. Ele tentou se livrar de mim pouco depois da minha chegada, mas eu tinha um contrato assinado com a Fundação, e eles se recusaram a me descartar. Contou um monte de mentiras a meu respeito, mas o pessoal da Fundação não acreditou nele.

"O rapaz americano era muito educado. Falava setsuana razoavelmente e as pessoas gostavam dele. A mulher sul-africana tomou afeto pelo rapaz e começaram a repartir o mesmo quarto. Ela fazia tudo para ele — preparava sua comida, lavava sua roupa, era de uma dedicação incrível. Até que ela começou a se interessar por mim. Não a encorajei, mas ela teve um caso comigo, enquanto continuava com o rapaz. Ela me disse que ia lhe contar, mas que não queria ferir os seus sentimentos. Assim, nós nos encontrávamos secretamente, o que não era fácil naquele cenário, mas dávamos um jeito.

"Burkhardt desconfiou do que estava acontecendo, chamou-me ao seu escritório e ameaçou contar tudo ao americano se eu não parasse de ver Carla. Disse-lhe que não era da sua conta, e ele se aborreceu. Falou que ia escrever novamente à Fundação para denunciar que eu estava contribuindo para uma desagregação dentro do trabalho coletivo. Então eu lhe disse que pararia de me encontrar com Carla.

"Mas não parei. Por que deveria parar? Nós nos encontrávamos à noite. Ela disse que gostava de sair para passear no mato ao escurecer; o rapaz não tinha o mesmo gosto e não saía. Preveniu-a dos riscos que estaria correndo se fosse muito longe e insistiu em que ficasse atenta aos animais selvagens e às cobras.

"Nós tínhamos um lugar aonde íamos para ficar juntos sozinhos. Era uma cabana para além dos campos. Servia de depósito para enxadas, cordas e coisas assim. Mas também era um ótimo lugar de encontro para amantes.

"Naquela noite estávamos juntos na cabana. Era noite de lua cheia, e estava bem claro do lado de fora. De repente percebi a presença de alguém fora da cabana e me levantei. Fui rastejando até a porta e a abri bem devagar. O rapaz americano estava do lado de fora. Vestido só com um short e calçando um par de botas rústicas chamadas *veldschoens*. Estava uma noite muito quente.

"Ele perguntou: 'O que você está fazendo aqui?'. Eu não disse nada, e ele na mesma hora me empurrou para o lado e olhou para dentro da cabana. Viu Carla e entendeu tudo.

"De início ficou em silêncio. Simplesmente olhou para ela, depois para mim. E então começou a correr para longe da cabana. Mas não correu em direção à casa, fazendo o caminho de volta, e sim na direção oposta, mato adentro.

"Carla gritou para que eu fosse atrás dele, e foi o que fiz. Ele corria muito depressa, mas consegui alcançá-lo e segurá-lo pelo ombro. Deu-me um empurrão e fugiu de novo. Segui-o, embrenhando-me no mato cheio de espinhos, que me arranhavam as pernas e os braços. Eu poderia facilmente ter sido atingido por um desses espinhos no olho, mas isso não aconteceu. Era muito perigoso.

"Peguei-o, novamente, e dessa vez ele não teve forças para reagir com a mesma energia. Cerquei-o com meus braços, para contê-lo, a fim de que pudéssemos levá-lo de volta para a casa, mas ele se soltou e tropeçou.

"Estávamos à beira de uma vala profunda, uma *donga*, que atravessava o matagal. Tinha uns dois metros de profundidade, e assim que ele tropeçou, caiu dentro da vala. Olhei para baixo e o vi deitado no fundo. Não se mexia e não produzia nenhum som.

"Desci para junto dele e o olhei. Continuava imóvel e em silêncio. Quando tentei examinar-lhe a cabeça para ver se estava machucada, ela tombou de lado na minha mão. Percebi que quebrara o pescoço na queda e que não estava mais respirando.

"Corri de volta para Carla e lhe contei o que havia acontecido. Ela foi comigo até a *donga* e olhamos para ele mais uma vez. Era evidente que estava morto, e ela começou a gritar.

"Quando cessaram os gritos, sentamo-nos dentro da vala e pensamos no que fazer. Achei que, se voltássemos e descrevêssemos o que havia acontecido, ninguém acreditaria que ele havia tropeçado acidentalmente. Imaginei que as pessoas diriam que ele e eu havíamos tido uma briga depois de ele ter descoberto meu encontro com sua namorada. Eu sabia, sobretudo, que, se a polícia falasse com Burkhardt, ele diria horrores de mim e concluiria que o mais provável era que eu o havia matado. As coisas estariam malparadas para mim.

"E então decidimos enterrar o corpo e dizer que não sabíamos nada a respeito. Eu sabia da existência de cupinzeiros nas proximidades; o mato estava repleto deles, e eu sabia que esse era um bom lugar para a gente se livrar de um cadáver. Encontrei um facilmente, e tive sorte: um tamanduá havia feito um buraco bem grande do lado de um deles, e só tive o trabalho de aumentá-lo um pouco para em seguida colocar o corpo lá dentro. Amontoei pedras e terra por cima, e varri em volta do cupinzeiro com um ramo de acácia. Acho que devo ter apagado todos os vestígios do que acontecera, porque o rastreador que eles trouxeram para a área não detectou coisa alguma. Além disso, choveu no dia seguinte, o que ajudou a eliminar quaisquer vestígios.

"A polícia esteve nos fazendo perguntas nos dias que se seguiram, e apareceram outras pessoas também. Disse-lhes que não o havia visto aquela noite, e Carla disse o mesmo. Ela estava chocada e mergulhou num silêncio absoluto. Não quis tornar a me ver e passava uma boa parte de seu tempo chorando.

"Finalmente, foi-se embora. Falou comigo brevemente antes de partir e me disse que lamentava ter se envolvido comigo. Disse-me também que estava grávida, mas que o bebê era dele, e não meu, porque já devia estar grávida quando eu e ela começamos a nos encontrar.

"Ela se foi, e eu parti um mês depois. Recebi uma bolsa para a Duke; e ela deixou o país. Ela não quis voltar para a África do Sul, de que não gostava. Ouvi dizer que ela foi para o Zimbábue, para Bulawayo, e que se empregou como gerente de um pequeno hotel de lá. Ouvi dizer, outro dia, que continua lá. Alguém que conheço esteve em Bulawayo e me disse tê-la visto à distância."

Fez um breve silêncio e olhou para Mma Ramotswe. "Esta é a verdade, Mma", disse. "Não o matei. Falei-lhe a verdade."

Mma Ramotswe moveu a cabeça afirmativamente. "Estou convencida disso", falou. "Estou convencida de que não estava mentindo." Depois de uma pausa, disse: "Não contarei nada à polícia. Disse-lhe que assim faria, e não volto atrás em minha palavra. Mas contarei à mãe o que aconteceu, desde que ela me prometa o mesmo — que não irá à polícia; e acho que ela me fará essa promessa. Não vejo nenhum sentido em que a polícia reabra o caso."

Era evidente que o dr. Ranta se sentia aliviado. Sua expressão de hostilidade sumira, agora, e ele parecia estar buscando algum tipo de reafirmação por parte dela.

"E as moças?", perguntou ele. "Não vão criar problemas para mim?"

Mma Ramotswe balançou a cabeça. "Não criarão nenhum problema, não precisa se preocupar."

"E o tal testemunho?", perguntou ele. "O da outra moça. A senhora o destruirá?"

Mma Ramotswe levantou-se e caminhou em direção à porta.

"Aquele testemunho?"

"Sim", disse ele. "O testemunho a meu respeito, dado pela moça que estava mentindo."

Mma Ramotswe abriu a porta da frente e olhou para fora. O sr. J. L. B. Matekoni estava sentado dentro do carro e ergueu os olhos quando a porta da frente foi aberta.

Ela desceu o degrau da entrada.

"Bom, dr. Ranta", disse com tranqüilidade na voz. "Acho que o senhor é um homem que mentiu para um bocado de pessoas, especialmente, me parece, para mulheres. Agora está acontecendo algo que possivelmente nunca lhe aconteceu antes. Uma mulher mentiu para o senhor e o senhor caiu nessa mentira inteiramente. O senhor não há de gostar disto, mas talvez lhe ensine o que é ser manipulado: simplesmente, não existe a tal outra moça."

Ela caminhou até o portão. Ele ficou a olhá-la da porta, mas ela tinha certeza de que não se atreveria a fazer nada. Quando passasse a raiva que ela sabia que ele estava sentindo, ele haveria de refletir que ela conseguira puxar o assunto e conduzir o seu depoimento sem truculência, e, se tivesse um mínimo de consciência, também seria grato a ela por ter feito descansarem em paz os acontecimentos de dez anos antes. Mas ela tinha suas dúvidas sobre a consciência dele, e, pensando bem, suas expectativas poderiam não corresponder à realidade.

Quanto à sua própria consciência: ela havia mentido para ele e recorrido à chantagem. Fizera-o a fim de obter informação que de outro modo não teria conseguido. Mas novamente a questão perturbadora de se os fins justificavam os meios se fez presente. Era certo agir incorretamente para obter o resultado justo? Sim, tinha que ser. Guerra é guerra. A África fora obrigada a lutar para libertar-se, e não houve quem dissesse que era errado usar a força para alcançar aquele resultado. A vida era um saco de gatos, e muitas vezes não havia outra maneira de agir. Ela usara com o dr. Ranta as regras do próprio jogo dele, e ganhara, da mesma forma que recorrera ao embuste para vencer o cruel feiticeiro num caso anterior. Era lamentável mas necessário num mundo que estava longe de ser perfeito.

20

BULAWAYO

Saindo bem cedo, com a cidade quase sem movimento e o céu ainda escuro, ela conduziu a pequenina van branca rumo à estrada de Francistown. Pouco antes de chegar ao desvio de Mochudi, onde a estrada segue para a nascente do Limpopo, o sol começou a se erguer sobre a planície, e, por alguns minutos, o mundo inteiro se converteu num pulsante amarelo dourado — as *kopjes* (colinas), a panóplia dos topos das árvores, o capim ressecado da última estação que crescia dos lados da estrada, a própria poeira. O sol, uma grande bola vermelha, pareceu pender acima do horizonte e depois libertar-se para sair flutuando sobre a África; as cores naturais do dia retornaram, e Mma Ramotswe viu à distância os telhados familiares de sua infância, e os jumentos do lado da estrada, e as casas espalhadas aqui e ali entre as árvores.

Essa era uma terra árida, mas agora, no início da estação das chuvas, começava a mudar. As primeiras chuvas haviam sido benéficas. Grandes nuvens purpúreas haviam se amontoado em direção ao norte e ao leste, e a chuva caíra em brancas torrentes, como uma cachoeira a derramar-se sobre a terra. O solo, ressequido por meses de aridez, engolira as tremeluzentes poças criadas por esses aguaceiros, e, no espaço de algumas horas, uma camada de verde se expandira sobre o leito marrom. Brotos de capim, minúsculas flores amarelas, tentáculos de videiras selvagens irromperam atravessando a crosta amaciada da terra, tornando o solo verde e viçoso. As cisternas, depressões com entulho de lama endurecida, de repente se viam repletas de água lamacenta, e os leitos dos rios, antes passagens secas de areia, voltavam a fluir. A estação das chuvas era o milagre anual que permitia a existência de vida nessas áridas paragens — um milagre em que era preciso acreditar, do contrário as chuvas poderiam não vir nunca, e o gado poderia morrer, como já acontecera no passado.

Ela gostava de ir dirigindo seu carro até Francistown, se bem que hoje estenderia seu percurso por três horas mais ao norte, cruzando a fronteira e avançando Zimbábue adentro. O sr. J. L. B. Matekoni fora contra essa viagem, e tentara convencê-la a mudar de idéia, mas ela insistira. Ela havia assumido essa investigação e não descansaria antes de tê-la concluído.

"Lá é mais perigoso do que em Botsuana", dissera ele. "Está sempre havendo algum tipo de problema. Houve a guerra, depois os rebeldes, e depois outros provocadores. Bloqueios de estrada. Assaltos. Esse tipo de coisa. E se a sua van enguiçar?"

Era um risco que ela tinha de correr, embora não gostasse de preocupá-lo. Além do fato de sentir que precisava fazer a viagem, era importante para Mma Ramotswe estabelecer a norma de que caberia a ela tomar suas próprias decisões nesses assuntos. Não dava para ter um marido que interferisse no funcionamento da Agência Nº 1 de Mulheres Detetives; do contrário, poderiam muito bem trocar o nome para Agência Nº 1 de Mulheres (e um Marido) Detetives. O sr. J. L. B. Matekoni era um bom mecânico, mas não um detetive. Era uma questão de... De quê? De sutileza? De intuição?

Ou seja, a viagem a Bulawayo seria feita. Ela se considerava apta a cuidar de si própria; tantas pessoas que se meteram em problemas eram as únicas culpadas pelo que lhes havia acontecido! Aventuravam-se em lugares onde não tinham que estar; faziam declarações provocativas às pessoas erradas; eram más decifradoras dos códigos sociais. Mma Ramotswe sabia interagir com os que a cercavam.

Sabia como lidar com rapazes dotados de um senso explosivo de sua própria importância, o que, segundo ela, era o fenômeno mais perigoso com que uma pessoa poderia se defrontar na África. Um rapaz munido de um rifle era como uma mina de guerra; bastava sentir-se ferido em sua suscetibilidade — o que facilmente podia acontecer — para desencadear conseqüências calamitosas. Mas, se tratado corretamente — com o respeito que eles tanto prezam —, a situação poderia desarmar-se. Por outro lado, uma abordagem excessivamente passiva não era recomendável, visto que ele seria bem capaz de encarar a pessoa como uma oportunidade de auto-afirmação. Era tudo uma questão de saber avaliar as sutilezas psicológicas da situação.

Ela passou a manhã dirigindo. Por volta das nove horas, atravessou Mahalapye, onde seu pai, Obed Ramotswe, havia nascido. Ele se mudara para o sul, para Mochudi, que era a aldeia de sua mãe, mas era em Mahalapye que havia vivido, por assim dizer, a sua gente, que continuava a ser, em certo sentido, a gente de Mma Ramotswe. Se ela circulasse pelas ruas dessa cidade e falasse com os idosos, tinha certeza de que encontraria alguém que soubesse exatamente quem ela era; alguém que seria capaz de encaixá-la em alguma complicada genealogia. Haveria primos de segundo, terceiro, quarto graus, ramos distantes da família, que fariam a sua ligação com pessoas que ela jamais encontrara e com quem experimentaria um sentimento imediato de parentesco. Se a pequenina van branca tivesse alguma pane, ela só precisaria bater em qualquer uma dessas portas e pôr-se à espera, até receber a ajuda de algum primo distante que faria alusão a seu parentesco com os Ramotswe batsuanas.

Mma Ramotswe achava difícil imaginar o que seria não ter ninguém em quem pudesse reconhecer sua "gente". Ela sabia de pessoas que não tinham outros em sua vida, não tinham tios, ou tias, ou primos distantes em nenhum grau; pessoas que eram *unicamente elas próprias.* Muitas pessoas brancas eram assim, por alguma razão insondável; pareciam não querer ter parentes e se sentiam felizes por ser unicamente elas próprias. Como deviam ser sós — autênticos exploradores espaciais, profundamente entranhados no espaço, flutuando na escuridão, mas sem aquele cabo prateado que fazia a ligação dos astronautas com seu pequeno útero metálico de oxigênio e calor. Por um instante, ela se encantou com a metáfora e imaginou a pequenina van branca no espaço, girando lentamente contra um fundo de estrelas, e ela, Mma Ramotswe, da Agência Nº 1 de Mulheres Detetives, flutuando, imponderável, virada de cabeça para baixo, atada à pequenina van branca por uma fina corda de pendurar roupa.

Ela parou em Francistown e tomou uma xícara de chá na varanda do hotel com vista para os trilhos da estrada de ferro. Um trem puxava seu fardo de vagões lotados de viajantes procedentes do norte e fez uma manobra; outro, um cargueiro transportando cobre das minas da Zâmbia, estava parado fazendo hora, enquanto o maquinista conversava com um funcionário da ferrovia debaixo de uma árvore. Um cão, exausto pelo calor, manco em virtude de uma perna estropiada, passou se arrastando. Um menino pequeno, curioso, com o nariz escorrendo, olhou de uma mesa para Mma Ramotswe e reagiu com risadinhas quando ela sorriu para ele.

Chegou a hora de cruzar a fronteira, e ela entrou na lenta fila que se arrastava do lado de fora do prédio branco onde funcionários uniformizados estendiam ao público seus formulários grosseiramente impressos e carimbavam passaportes e autorizações, entediados e impositivos ao mesmo tempo. Terminadas as formalidades, ela partiu para a última etapa de sua jornada, passando por montes de granito que se fundiam em horizontes azuis suaves, e pegando um ar que parecia mais fresco que o calor opressivo de Francistown. Entrou em Bulawayo, uma cidade de ruas largas e pés de jacarandá, com varandas à sombra. Ela tinha um lugar onde ficar; a casa de uma amiga que a visitava de tempos em tempos em Gaborone, com um quarto confortável à sua espera, pisos vermelhos encerados e frios, e um telhado de sapê que ventilava o interior da casa, dando-lhe o frescor e o silêncio da atmosfera de uma caverna.

"Fico sempre feliz em vê-la", disse sua amiga. "Mas por que está aqui?"

"Para descobrir alguém", disse Mma Ramotswe. "Ou melhor, para ajudar alguém a descobrir alguém."

"Que linguagem mais enigmática!", disse, rindo, a amiga.

"Deixe-me explicar", disse Mma Ramotswe. "Estou aqui para encerrar um capítulo."

Ela a descobriu, assim como o hotel, sem dificuldade. A amiga de Mma Ramotswe deu uns tantos telefonemas e conseguiu para ela o nome e o endereço do hotel. Era uma antiga construção, de estilo colonial, no caminho para Matopos. Não dava para perceber claramente que tipo de pessoa poderia morar ali, mas parecia uma casa bem-cuidada, com um bar barulhento em algum lugar dos fundos. Acima da porta da frente, pintada com letras brancas sobre fundo preto, havia uma placa: *Carla Smit, autorizada a vender bebidas alcoólicas.* Aqui a busca chegava ao fim, e, como tão freqüentemente acontecia quando as buscas chegavam ao fim, o cenário era rotineiro, sem nada de excepcional; de qualquer modo era surpreendente que a pessoa procurada existisse realmente e estivesse ali.

"Sou Carla."

Mma Ramotswe olhou para a mulher, sentada atrás da escrivaninha, com uma pilha de papéis em desordem à sua frente. Na parede às suas costas, espetado acima de um fichário, estava um calendário com os dias assinalados em cores vivas; um presente da gráfica que o havia impresso: *Impresso pela Gráfica Matabeleland (Particular) Limitada: Tinta no papel, clientes a granel!* Ocorreu-lhe na mesma hora que poderia mandar editar um calendário para seus próprios clientes: *Tem suspeitas? Venha à Agência Nº 1 de Mulheres Detetives. Você vem com a pergunta, nós temos a resposta.* Não, muito longo e desenxabido. Que tal *Curamos seus sustos a baixos custos?* Muito comercial. E *Quem desespera já era?* Não. Nem todos os clientes se sentem desgraçados. *Descobrimos tudo.* Melhor. Esse tem a *dignidade* necessária.

"A senhora deseja...?", perguntou a mulher, educadamente, mas com um toque de desconfiança na voz. Ela está achando que vim pedir emprego, pensou Mma Ramotswe, e está fortalecendo o ânimo para me dispensar.

"Meu nome é Preciosa Ramotswe", disse a detetive. "Sou de Gaborone. E não vim para pedir emprego."

A mulher sorriu. "Tantas pessoas me procuram com esse objetivo", disse. "A crise de desemprego está tão terrível. Pessoas com todo tipo de diploma estão desesperadas procurando emprego. Aceitam qualquer coisa. Estão dispostas a fazer qualquer coisa. Recebo dez, às vezes até vinte pedidos por semana; esse número cresce ainda muito mais no término do ano letivo."

"A situação está ruim?"

A mulher suspirou. "Sim, e já há algum tempo que está assim. Tem muita gente sofrendo."

"Entendo", disse Mma Ramotswe. "Somos felizardos lá em Botsuana. Não temos esses problemas."

Carla concordou com um movimento de cabeça e ficou pensativa. "Eu sei. Morei lá uns poucos anos. Faz algum tempo, mas ouvi dizer que não mudou muito. Por isso é que vocês são felizardos."

"A senhora preferia a África antiga?"

Carla olhou para ela investigativamente. Essa era uma pergunta política, e ela precisava ter cuidado.

Falou lentamente, escolhendo as palavras. "Não. Não

no sentido de preferir os tempos de colônia. Claro que não. Nem todas as pessoas brancas eram a favor daquilo, a senhora sabe. Eu posso ter sido uma sul-africana, mas deixei a África do Sul para ficar longe do *apartheid*. Por isso fui para Botsuana."

Mma Ramotswe não havia tido a intenção de constrangê-la. Sua pergunta fora sem maldade, e ela tentou deixá-la à vontade. "Não foi isso o que eu quis dizer", disse ela. "Estava me referindo à África antiga, quando era menor o número de pessoas sem emprego. As pessoas tinham um espaço seu. Elas faziam parte de sua aldeia, de sua família. Tinham suas terras. Agora, muito disso desapareceu, e elas não têm nada a não ser um barraco na periferia de uma cidade. Não gosto desta África."

Carla relaxou. "Está certo. Mas não podemos parar o mundo, não é mesmo? A África agora tem esses problemas. Precisamos tentar enfrentá-los."

Houve um silêncio. Essa mulher não veio aqui para falar de política, pensou Carla; ou da história da África. O que estará querendo?

Mma Ramotswe olhou para as mãos e para o anel de noivado com seu minúsculo ponto de luz. "Dez anos atrás", começou, "a senhora morava perto de Molepole, naquele lugar administrado por Burkhardt Fischer. A senhora estava lá quando um americano chamado Michael Curtin desapareceu em circunstâncias misteriosas."

Parou. Carla olhava para ela de olhos vidrados.

"Não tenho nada a ver com a polícia", disse Mma Ramotswe. "Não vim aqui para interrogá-la."

Carla mantinha uma expressão impassível. "Então, por que a senhora quer falar disso? Aconteceu há tanto tempo. Ele foi dado como desaparecido. E isso é tudo."

"Não", disse Mma Ramotswe. "Não é tudo. Não preciso lhe perguntar o que aconteceu, porque sei exatamente como foi. A senhora e Oswald Ranta estavam lá, naquela cabana, quando Michel de repente apareceu. Ele caiu numa *donga* e quebrou o pescoço. Vocês esconderam o corpo porque Oswald teve medo de que a polícia pudesse acusá-lo de ter matado Michael. Foi isso o que aconteceu."

Carla não disse nada, mas Mma Ramotswe percebeu que suas palavras a haviam chocado. Dr. Ranta contara a verdade, como ela bem imaginara, e agora a reação de Carla estava confirmando isso.

"A senhora não matou Michael", disse ela. "Isso não teve nada a ver com a senhora. Mas vocês esconderam, sim, o corpo, o que fez com que a mãe dele jamais ficasse sabendo do que lhe aconteceu. Isso foi um erro. Mas não interessa. O importante é que a senhora pode fazer com que isso tudo seja apagado. E pode fazer isso com absoluta segurança. Não há nenhum risco para a senhora."

A voz de Carla, de tão distante que saiu, quase não pôde ser ouvida. "O que posso fazer? Não posso fazer com que ele volte."

"A senhora pode dar um fim à busca da mãe dele", disse ela. "Tudo que ela deseja é poder se despedir do filho. Isso é comum acontecer com pessoas que perderam alguém. Pode não haver desejo de vingança em seus corações; elas só querem saber. É isso."

Carla reclinou-se na cadeira, baixando os olhos. "Não sei... Oswald ficaria furioso se eu falasse sobre..."

Mma Ramotswe cortou-a na mesma hora. "Oswald está sabendo, e concorda."

"Então, por que ele mesmo não conta ?", retorquiu Carla, subitamente irritada. "Foi ele quem fez tudo. Eu só fiz mentir para protegê-lo."

Mma Ramotswe balançou a cabeça, sinalizando que entendia. "Eu sei", disse. "A culpa é dele, mas não é um bom homem. Não é capaz de dar nada àquela mulher — nem a ninguém, diga-se de passagem. Pessoas assim não pedem desculpas ou perdão a outra. Mas a senhora pode fazer isso. A senhora pode ir ao encontro dessa mulher e contar-lhe o que aconteceu. A senhora pode pedir-lhe que perdoe."

Carla balançou a cabeça. "Não vejo por quê... Depois de todos estes anos..."

Mma Ramotswe interrompeu-a. "Além disso", falou, "a senhora é mãe do neto dela. Não é verdade? A senhora seria capaz de negar-lhe esse tiquinho de consolo? Ela hoje não tem um filho, mas há um..."

"Menino", disse Carla. "Chama-se Michael também. Está com nove anos, vai fazer dez."

Mma Ramotswe sorriu. "A senhora precisa levar a criança para ela ver, Mma", disse. "Não há razão agora para a senhora deixar de fazer isso. A senhora é mãe. Sabe o que isso significa. Oswald não pode lhe fazer nada. Ele não constitui nenhuma ameaça."

Mma Ramotswe se ergueu e caminhou até a escrivaninha, onde Carla estava sentada, toda encolhida e tomada de incertezas.

"A senhora sabe que precisa fazer isso", disse a detetive.

Pegou a mão da outra mulher e segurou-a delicadamente. Tinha manchas de sol, pela exposição às alturas, ao calor e ao trabalho pesado.

"E vai fazer, não é mesmo, Mma? Ela se dispõe a vir a Botsuana. Virá em um ou dois dias, se eu lhe disser. A senhora pode se afastar daqui, só por uns poucos dias?"

"Tenho uma assistente", disse Carla. "Ela pode me substituir."

"E o menino? Michael? Não vai ficar feliz de ver a avó?"

Carla ergueu os olhos para ela.

"Sim, Mma Ramotswe", disse. "A senhora está certa."

Ela voltou a Gaborone no dia seguinte, chegando tarde da noite. Sua criada, Rose, havia ficado na casa para cuidar das crianças, que estavam dormindo quando Mma Ramotswe chegou. Ela entrou discretamente nos quartos, ouviu a respiração suave e sentiu o doce aroma de crianças dormindo. Depois, exausta da viagem, jogou-se em sua cama, mentalmente ainda como se estivesse dirigindo, com os olhos a mover-se por trás das pálpebras pesadas, cerradas.

Estava no escritório bem cedo, na manhã seguinte, deixando as crianças aos cuidados de Rose. Mma Makutsi chegara ainda mais cedo que ela, e estava sentada eficientemente diante da escrivaninha, datilografando um relatório.

"O sr. Letsenyane Badule", anunciou ela. "Estou relatando o encerramento do caso."

Mma Ramotswe ergueu uma sobrancelha. "Pensei que a senhora fosse esperar por mim para solucioná-lo."

Mma Makutsi franziu os lábios. "No começo, faltoume coragem", disse ela. "Mas afinal ele veio ontem, e eu tive que falar com ele. Se eu o tivesse visto chegar, poderia ter trancado a porta e colocado um aviso. Mas ele entrou antes que eu pudesse tomar qualquer providência."

"E então?", quis saber Mma Ramotswe.

"E então eu mencionei que sua esposa lhe estava sendo infiel."

"O que foi que ele disse?"

"Ele ficou contrariado. Mostrou-se muito triste."

Mma Ramotswe sorriu ironicamente. "Não é de surpreender", disse ela.

"Pois é, mas depois eu lhe falei que não devia fazer coisa alguma a propósito disso, porque sua esposa não havia feito isso em benefício próprio, mas sim pelo bem de seu filho. Ela se envolvera com um homem rico para garantir que o filho tivesse uma boa educação. Eu disse que ela estava sendo muito altruísta. E disse que talvez fosse melhor deixar as coisas exatamente no pé em que estavam."

Mma Ramotswe mostrava-se estarrecida. "Ele acreditou nisso?" perguntou, incrédula.

"Sim senhora", disse Mma Makutsi. "Ele não é um homem muito sofisticado. Pareceu bem satisfeito."

"Estou pasma", disse Mma Ramotswe.

"É isso aí", disse Mma Makutsi. "Ele está feliz. A esposa também continua a ser feliz. O menino recebe sua educação. E o amante da esposa e a mulher do amante da esposa também estão felizes. É um bom resultado."

Mma Ramotswe não ficou convencida. Havia uma falha ética considerável nessa solução, mas defini-la precisamente exigiria um bocado mais de reflexão e discussão. Ela precisaria conversar com Mma Makutsi sobre isso mais detidamente, quando lhe sobrasse tempo para fazê-lo. Era uma lástima, pensou, que o *Journal of Criminology* não tivesse uma página para discussão de problemas como esse. Ela poderia ter escrito para o jornal, pedindo conselho sobre essa delicada matéria. Talvez pudesse escrever ao redator-chefe, em todo caso, sugerindo a criação de uma coluna para atender a leitores aflitos por dúvidas cruéis; seria um modo, certamente, de trazer mais leitores para o periódico.

Seguiram-se alguns dias parados, em que, mais uma vez, ficaram sem clientes, podendo pôr em dia os assuntos administrativos da agência. Mma Makutsi providenciou uma lubrificação para sua máquina de escrever e saiu a fim de comprar uma chaleira nova para preparação do chá de *rooibos*. Mma Ramotswe escreveu cartas a velhos amigos e atualizou a escrita financeira da agência, com vistas à proximidade do encerramento do ano contábil. Ela não havia ganhado muito dinheiro, mas não tivera prejuízo, e fora feliz e se divertira. Isso valia muito mais do que um balancete com lucros expressivos. Na verdade, ela pensava, os registros contábeis deveriam incluir um item específico intitulado *Felicidade*, lado a lado com o inventário de gastos, receita etc. Na sua contabilidade, a esse item corresponderia uma cifra bem grande, ela imaginava.

Mas que não representava nada, em comparação com a felicidade de Andrea Curtin, que chegou três dias depois e ficou conhecendo, no final daquela tarde, no escritório da Agência Nº 1 de Mulheres Detetives, a mãe de seu neto e o próprio neto. Enquanto Carla era deixada a sós com a sra. Curtin para lhe fazer o relato do que acontecera naquela noite dez anos atrás, Mma Ramotswe levou o menino para uma caminhada e mostrou-lhe as encostas graníticas da colina Kgale e a distante mancha azul que eram as águas da represa. Ele era um menino cortês, um tanto sério na sua maneira de ser, que se interessava por pedras e ficava parando o tempo todo para arranhar algum exemplar de rocha ou colher algum seixo.

"Este aqui é quartzo", disse, mostrando um pedaço de pedra branca. "Às vezes se descobre ouro no quartzo."

Ela pegou a pedra e a examinou. "Você é muito interessado em pedras?"

"Quero ser geólogo", disse ele solenemente. "Temos um geólogo que se hospeda em nosso hotel às vezes. Ele me ensina sobre pedras."

Ela sorriu, encorajadora. "Seria um trabalho interessante", disse. "Meio como ser detetive. Procurando coisas."

Ela estendeu a mão para devolver-lhe o pedaço de quartzo. Quando ele o pegou de volta, seu olhar fixou o anel de noivado dela, e, por um momento, segurando-lhe a mão, ele prestou atenção no círculo dourado e na pedra cintilante a ele presa.

"Zircônia cúbica", disse. "Parece diamante. Igualzinha."

Quando voltaram, Carla e a americana estavam sentadas uma ao lado da outra, e a expressão de paz, mesmo de alegria, visível no rosto da mais velha valeu como um sinal para Mma Ramotswe de que o que ela havia pretendido fora alcançado.

Tomaram o chá juntas, sem tirar os olhos uma da outra. O menino tinha um presente para sua avó: um pequeno entalho em pedra-sabão feito por ele próprio. Ela pegou o presente e beijou o neto, como faria qualquer avó.

Mma Ramotswe tinha um presente para a americana, uma cesta que, em sua viagem de volta de Bulawayo, obedecendo a um impulso natural, ela comprara de uma mulher sentada na beira da estrada em Francistown. A mulher era desesperadamente necessitada, e Mma Ramotswe, que não precisava de uma cesta, fizera aquela compra só para ajudá-la. Era uma cesta tradicional de Botsuana com um desenho sugerido no trançado.

"Estas pequenas marcas aqui são lágrimas", disse ela. "A girafa dá suas lágrimas para as mulheres, e elas as incorporam à feitura da cesta."

A americana recebeu a cesta delicadamente, da maneira que os batsuanas consideravam apropriada para receber um presente — com ambas as mãos. Que grosseiras as pessoas que pegavam o presente só com uma das mãos, como se o estivessem arrancando do doador! Ela sabia.

"A senhora é muito gentil, Mma", disse ela. "Mas por que a girafa dá as suas lágrimas?"

Mma Ramotswe encolheu os ombros; nunca havia pensado no assunto. "Suponho que signifique que todos nós podemos dar alguma coisa", disse. "Uma girafa não tem outra coisa para dar — a não ser lágrimas." Seria esse o significado?, ela se perguntou. E, por um momento, imaginou estar vendo uma girafa abaixar os olhos em meio às árvores, com seu corpo sustentado como que sobre pernas de pau e camuflado entre as folhas; as bochechas de um veludo úmido, os olhos líquidos; e pensou em toda a beleza que havia na África, e no riso, e no amor.

O menino olhou para a cesta. "É verdade, Mma?"

Mma Ramotswe sorriu.

"Espero que sim", disse.

ESTA OBRA FOI COMPOSTA PELO GRUPO DE CRIAÇÃO EM GARAMOND E IMPRESSA
PELA PROL EDITORA GRÁFICA SOBRE PAPEL PÓLEN SOFT DA COMPANHIA SUZANO
PARA A EDITORA SCHWARCZ EM NOVEMBRO DE 2003